DIE LIEGENDE FRAU

Wolfgang Ehemann

DIE LIEGENDE FRAU

Roman

Bibliografische Information der Deutschen Nationalbibliothek:
Die Deutsche Nationalbibliothek verzeichnet diese Publikation in der Deutschen Nationalbibliografie; detaillierte bibliografische Daten sind im Internet über http://dnb.dnb.de abrufbar.
© 2020 Wolfgang Ehemann
Lektorat: Dr. Karin Orbanz
Korrektorat: Katrin Meyer
Herstellung und Verlag: BoD – Books on Demand, Norderstedt
ISBN: 978-3-7526-0630-0

Für Michaela und Angelika;

ohne sie wäre dieses Buch nicht entstanden.

PROLOG

3. Juni 1998; 10:56 Uhr. Der ICE »Wilhelm Conrad Röntgen« ist nicht einmal zur Hälfte besetzt und fährt mit Tempo 200 Richtung Hamburg. Kurz hinter Celle hören einige der Reisenden ein lautes Krachen. Gleich darauf schieben sich Metallteile eines defekten Rades knirschend durch den Boden des ersten Waggons. Sie bohren sich zwischen zwei Sitzreihen. Entsetzte Passagiere alarmieren den Zugbegleiter. Doch bis der nach vorn kommt, fährt der ICE noch anderthalb Minuten und 5,5 Kilometer weiter. Er hat freie Fahrt. Auf einer Weiche kurz vor Eschede schlägt der kaputte Radreifen gegen den Radlenker. Der wird abgesprengt und rammt sich bis zur Decke in den Wagen. Schreie gellen durch die Reihen. Die eigentliche Katastrophe beginnt: Der erste Wagen entgleist, der ICE rumpelt weiter über die Schienen. Und über weitere Weichen. Die dritte wird durch das entgleiste Rad umgestellt, was den zweiten Wagen auf die Nebenstrecke zieht. Der nächste Waggon rammt und zerschmettert den Pfeiler einer Brücke. Spätestens jetzt ist der Zug nicht mehr zu retten. Der Triebkopf, also die Lok, rast alleine weiter. Wagen vier überschlägt sich. Die 200-Tonnen-Brücke fällt in sich zusammen, begräbt die Wagen fünf und sechs un-

ter sich. Damit ist die Durchfahrt blockiert. Im Ziehharmonika-Effekt schieben sich die anderen Waggons gegen Brückenbruchstücke, ICE-Fragmente und Passagiere. Zwischen den Trümmern sterben 101 Menschen. 194 überleben, 88 davon schwer verletzt. Einziges Glück in dieser Katastrophe: Nachfolgende und entgegenkommende Züge können rechtzeitig gewarnt werden, rasen nicht in das Chaos der Unfallstelle.

Etwa zwei Stunden später. Im Klinikum Hannover herrschen im Gegensatz zum Unglücksort professionelle Ruhe und Ordnung. Als die ersten Schwerverletzten ankommen, stellen sie eine Herausforderung, aber keine unlösbare Aufgabe dar. Kein Geschrei, keine Aufregung. Im improvisierten zusätzlichen Notfallbereich arbeitet derzeit nur ein einziger Mediziner, der versucht, sich um acht bereits eingetroffene Patienten zu kümmern.

»Sie müssen leben!« Kein Aufschrei, eher eine Mahnung. Ein Appell in der Stille des Raums, kaum mehr als geflüstert. Es ist nur ein Seufzen, mit dem der Arzt das Sterben von Barbara Dahlmann nicht gestattet. Mit diesem kategorischen Imperativ verurteilt der Arzt eine schrecklich zugerichtete Frau kurz nach ihrem 30. Geburtstag zu einem Leben ohne Tod. Aber auch zu einem Leben ohne Leben, zumindest ohne ein Leben im herkömmlichen Sinn.

Was der Arzt weiß, ist wenig, er kennt nicht einmal Barbaras Namen. Daher weiß er natürlich erst recht nicht, dass Barbara im Moment der Katastrophe versucht hat, ihrem Sohn Raoul das Leben zu retten, indem sie sich über ihn warf, sodass ihr eigener Körper als Schutzschild dienen sollte. Und diente. Doch statt sie für diese selbstlose

Tat zu bewundern, wendet sich der Arzt von Barbara ab. Für ihn steht fest, dass er für diese Frau im Moment nichts mehr tun kann. Sie ist stabilisiert, soweit man von Stabilität überhaupt noch sprechen kann, wenn ein Mensch in einen Dämmerzustand zwischen Ohnmacht und Tod hinüberdriftet. Was die Frau jetzt bräuchte, wäre die Intensivstation, in der aber zu diesem Zeitpunkt kein Platz für sie ist.

Da es außer dieser Frau 200, womöglich sogar 300 andere Verletzte gibt, wendet sich der Arzt in einer schnellen Bewegung dem blutüberströmten Mann im Nachbarbett zu. Mit routiniertem Blick erkennt er sofort, dass hier jeder Seelen-Imperativ zu spät kommt. Der Grauhaarige mit der völlig zerquetschten Brust nimmt keine Befehle zum Leben mehr entgegen. Das Sprichwort, wonach Totgesagte länger leben, gilt nun einmal nicht, wenn der Totsager einen weißen Arztkittel trägt.

Die automatischen Schiebetüren öffnen und schließen sich hektisch. Die Stille weicht binnen drei Minuten aufgeregtem Lärm. Abgehetzte Krankenschwestern und Pfleger fahren einen Verletzten nach dem anderen in den improvisierten Krankensaal, der vor drei Stunden noch ein großzügiger Wartebereich war. Und eigentlich nichts anderes ist als ein langer breiter Flur, dessen Wände von zahllosen Türen unterbrochen werden. Zwischen den Türen stehen sonst Vierfachstühle aus rot lackiertem Stahl senkrecht zur Wand. Die Sitzmöbel sind binnen Minuten beiseite geschoben, in Nebenräume gerückt worden. Wer heute auf einen Arzt warten muss, wird ohnehin nicht mehr sitzen können. Er wird liegend behandelt werden und auch schon liegend gebracht werden. Von Sanitätern, die vor der Tür schuften, die Patient um Patient aus- oder umladen und in den Wartebereich karren. Nicht wenige der lebensgefährlich Verletzten, das weiß der Arzt, werden per Hubschrauber eingeflogen. Weil sie dem Tod näher sind als dem Leben, weil sie also geflogen werden müssen. Doch noch etwas anderes weiß der Arzt: Auch Patienten, die eigentlich hätten geflogen werden müssen, werden eilig in Krankenwagen geworfen und 60 Kilometer bis hierher nach Hannover transportiert. Das ist einem anderen Imperativ geschuldet, dem der großen Zahlen. Obwohl mehr als zwei Dutzend Hubschrauber im Einsatz sind, können nicht alle Verletzten Niedersachsens Landeshauptstadt fliegend erreichen. Ob die Ärzte, Sanitäter und Feuerwehrleute vor Ort wissen, dass sie Überlebenstombola für jeden der geborgenen Verletzten spielen, wenn sie in Stress und Hektik auf die Schnelle entscheiden über die elementare Frage »Straße oder Luft?«

Am Ort des Unfalls, der sich kurz vor 11 Uhr ereignet hat, herrscht Durcheinander und Chaos. Der Alarm wächst binnen Minuten zum Großalarm, wird nach anderthalb Stunden zum Katastrophenalarm. Etwa zu dieser Zeit erreichen bereits die ersten Verletzten das Klinikum in Hannover. Leichtverletzte bringt man in eine nahegelegene Turnhalle, für die Schwerverletzten werden Zelte aufgebaut. Hier fallen auch die ersten Entscheidungen über Leben und Tod.

Gegen 13.45 Uhr sind alle Verletzten abtransportiert. Daher wird der Sammel- und Verbandsplatz an der Unfallstelle umfunktioniert. Zu einer Sammelstelle für Todesopfer. Die meisten verstorbenen Passagiere sind, wie sich allerdings erst viel später herausstellen wird, sofort tot. Die Geschwindigkeit von 200 Stundenkilometern im Moment der Kollision entspricht – wie Journalisten später berichten – einem Sturz aus 160 Metern Höhe.

Befindet sich der letzte Etagenboden eines Hauses 22 Meter über dem Grund, sprechen deutsche Bürokraten von einem Hochhaus; dies hängt mit den Feuerwehrdrehleitern zusammen, die eine »Nennrettungshöhe« von 23 Metern erreichen können. Zum Vergleich: Um zur Klasse der Wolkenkratzer, mithin zum Adel unter den Hochhäusern, zu zählen, muss ein Gebäude mindestens 150 Meter hoch sein. Das zehntgrößte deutsche Hochhaus ist das WestendGate in Frankfurt am Main. 47 oberirdische Etagen summieren sich auf rund 160 Meter Höhe. Der Aufprall nach einem Sprung von der Spitze dieses Gebäudes entspricht also ziemlich exakt dem Abbremsvorgang des Katastrophenfahrzeugs, der mehr als ein Drittel der Insassen tötet.

In all dem lärmenden Trubel, zwischen dem Geschrei und dem Gestöhne registriert der Arzt noch, dass sich für Barbara Dahlmann eine Tür öffnet. Die Tür zum Flur Richtung Intensivstation. Vielleicht bleibt es dieser Frau also doch erspart, als zu identifizierende Leiche in der Rechtsmedizin zu landen. Der Arzt seufzt kurz auf, ehe er sich dem nächsten Schwerverletzten zuwenden will. Während seiner Drehbewegung nimmt er aus dem Augenwinkel ein beschriebenes Blatt weißes Papier wahr, 15 mal 30 Zentimeter groß. Es hängt keine zwei Meter entfernt im Querformat an der Wand und ist mit Klebstreifen in jeder Ecke befestigt. »Kuchen enthält ganz wenige Vitamine. Deshalb muss man sehr viel davon essen!« ist dort in säuberlicher Handschrift zu lesen. Der Arzt unterbricht seine Rettungsarbeiten, macht zwei Schritte zur Wand, streckt den rechten Arm aus und reißt den Zettel herunter. »Heute ist nicht der Tag für Witze«, denkt er. Hat die Frau, deren Namen er nicht kennt, nicht ausgesehen wie eine seiner Töchter?

Er weiß es nicht mehr, denn er hat sich das Aussehen der Frau nicht gemerkt. Sich daran zu erinnern, würde ihn belasten, daher ist es besser, sich auf das Wesentliche zu konzentrieren. Alles, was für seine Rettungsmaßnahmen verzichtbar ist, das muss er auch nicht wissen. Ebenso wenig wie den Helfern am Ort der Katastrophe muss auch den Ärzten im Klinikum alles bekannt sein, was tatsächlich vor sich geht. Gleichzeitig vor sich geht. Schon gar nicht kann der Arzt wissen, was absolut niemand in diesem Moment ahnt: Das Schicksal hat heute für 295 Menschen die Weichen ins Ungewisse gestellt. Sie alle werden ins Ungewisse weichen müssen.

ERSTER TEIL

Die Welt wird Traum, der Traum wird Welt,
  Und was man geglaubt, es sei geschehn,
  Kann man von weitem erst kommen sehn

                                                      Novalis

KAPITEL 1

(im Jahr 2003)

Plötzlich is da weiß Wüste. Strahlend Licht, brüllend Hellichkeit, eine Aat Uaknall. Sie weis, dassi lebt und sie weis, dassi sich woll füllt. Ungeheuer woll. Sie wusst, dassi in ein Aat angstfreia Schweerlosigkeit sich befind, die sie nicht hätt beschreib könn.

Stet da wer an ihrm Beet?

Welchen Beet? Sie lieg doch ga nich in eim Beet... Oda doch? Sie denk fürn kurz Momme, sie würd Schimmen hören. Leise und entfernt. Doch schnell wird klaa, dassi irrt sich. Dassi muss irrn sich.

Dann hört sie so ne Aat Klocke. BONG! Un sie is wieda weg in dem Land, wo sie nich weis, wo das is.

Späta fühlt sie sich wieda lebendich. Un auch echt riesich primitivilegiert. Un dankba. Fürs Lehben, das sie seit lange führt. Ein Lehben, das sie von lässigen Verflichtungen gelööst hat. Sie genies es, in dem Luksus zu lehben, sich imma beliebig viel »Zeit zum Denk« neem zu könn. Und was fast noch schöna is: Zeit, um nua zum sein. Ihr Denke wird klara.

Sie spürt, dassi träum tut, fühlt sich aba woll in ihrm Traum, der ihr die Schönheit von ihrm Leben in die Erinnerung ruf. Das Gefühl von som Glück, seit lange und mit größa wachsenda Begeisterung in diesem Luksus an Freiheit schwelgn zu können, tut sie durchfluten. Nich arbeiten, nichs leisten oder abliefan zu müss, is wundaba, unschätzba Glück. Seit Monaten sieht jeda ihra Tage aus wie Urlaub. Sie genießt das »Verschwenden« von Zeit durch Langsamkeit: Statt Hektik Gemütlichkeit.

Jeda Tag beginnt mit Musik. Sone Stunde nur mit Musik zu hören, auch son Luksus, der ihr vor vielen Jahren gekommen ist abhanden. Sie las früha Stapels von Büchers oder saß stundelang am Fluss in der Sonne. Die Zeit vaging, ohne dass was Spektakulär geschah. Davor hat se lange nicht merkt, wie leer ihr »Batterie« war gewesen.

Ihre Kündi machte sie frei. Aba danach überhaupt keine Lust sie hat, was zu unternehmen. Schon gar nicht sowas, das auch nur an Aktivitäti oder Arbeit oder Karrier erinnert. Es gibt kein Zweifel: Sie hat vollbracht absolut nichts Produktiviges. Aber sie hat destowegen null schlecht Gwissen. Ihr klar geworden, dassi in ihrm Leben keinerleilei »Leistungsbeweise« mehr brauchen tut, weder wechen Geld und so, noch wechen Nachban, Gesellschaft oder die Ritters. Und für ihr Seel oder aus ander Gründe sowieso nich.

Wieda tönt da diesa merkwürdich Glockschlag, der für sie geworden is Schicksal und bestimmend Macht.

Späta is die Klocke wieda wech. Aus. Still. Sie lieg da wie Lähmung. Lahm, lahm, lahma. Liegen, lügen. Still im Beet. Mit kurze Beine, wo die Liegen haben. Weiße Wüste in meim Hirn. Nebel, Nebel, Nebel. Bis Wind macht Denk leichta. Pfffffff.

Ihre Denk tut wieda heller werden. Es tut sich lichten!

Die liegende Frau spürt, dass sie träumt, fühlt sich aba woll in ihrm Traum, der ihr die Schönheit ihres Lebens in Erinnerung rufen tut.

Sie glaubt fest dran, dass jeder Mensch die Chance und auch das Recht haben sollte, sein Leben so zu gestalten, dass er glücklich ist. Alle Entscheidungen, die sie selba zuletzt troffen hat, sind getroffen worden genau desterowegen. Sie hat immer schon aus der Situation heraus entschieden – und jede Entscheidung ist für die jeweilige Situation auch richtig gewesen. Davon ist sie überzeugt, auch wenn manche Entscheidung am Ende nicht an das erhoffte Ziel geführt hat.

Sie hatte ein glückliches Leben mit völlig unterschiedlichen Lebensphasen. Dabei hatte sie großes »Glück«: Immer dann, wenn es nicht mehr so gut lief, konnte sie eine »Weiche« umstellen. Zum Besseren. Schon damals verstand sie Menschen nicht, die ihren Entscheidungen misstrauen, nicht genutzten Chansen nachtrauern und das eigene Glück gringschätzen. Das würd ihr nie passiern. Wieso auch? Sie weiss, dassi Normales und Verrücktes, Spannendes und Langweiliches, Gutes und Böses, Sinnvolles und Ballaballa tat. Aba es ging ihr prima dabei, weil sie es so wollte. Genau so will.

Was hätt se sich wünschn könn mehr? Oder weniga?

Sie will es und das und alles einfach zukommen lassen auf sich...

Dann würd ihr sicha alles wieda einfalln. Auch ihr Name. Oder ihr Alter. Das mit den Zahln war sowieso schwierick. Aber sie weis, dassas im Moment übahaupti nich wichtich wa, weils kein Bedeuterungtungtung hatt. Was aba Bedeuterung gehabt haben tut, war imma schon des Ticketackerund. Mit di Zeiga aufm Kreis mit dem Radi, Radio, Radius. Abba warum wa das so?

Der Nebl kom wieda zurück. Sie fällt und fäll und fäll ins weiße Licht. Dann schlächt wieda die Klock und es is nua noch still.

Viel späta kommt die Frage nach der Bedeuterung der Zeit zu ihr zurück. Sie spürt, dassi träumt, fühlt sich aber woll in ihrm Traum, der ihr die Schönheit ihres Lebens in Erinnerung ruft.

Sie weiß genau, die Zeit ist wichtig. Echt wichtig, richtich wichtig, total kolossal wichtig. Nur warum war ihre Bedeuterung derart groß? Es fällt ihr nich ein, was sie in einen Tsunami der Verzweiflung treibt, bis das Erkennen über ihr zusammenschwappt: Weil irgendetwas nicht stimmt. Weil eigentlich hätte Sommer sein müssen, aber es kommt ihr vor, als wäre es November. Und der November ist – wie jeder weiß – zu nichts gut. Nicht einmal zum Nachdenken. Ulkig am Nachdenken ist, wie Gedanken sich ausdehnen oder auch verschwinden können. Wie sie sich in ihr endlos in die Länge ziehen oder auf ein Minimum reduzieren können. Wie sie als tickende Tonfolgen ineinander greifender Uhrrädchen endlos hörbar scheinen oder doch urplötzlich (und buchstäblich) stillstehen.

Das Denken ist aber auch wie eine Rechnung. Mal wird addiert, mal quadriert, mal die Wurzel gezogen. Nicht immer geht die Rechnung auf, aber sie setzt sich immerwährend fort. Zu schwierige oder unangenehme Gedanken kann man im Januar ersticken. Oder im November. Oder im Keim. Allerdings kommen schwierige Gedanken irgendwann zurück. Im Schlaf zum Beispiel. Oder in der Stille mancher Abende, in unerwarteten Gesten oder in plötzlichen Ausbrüchen von Angstschweiß.

Der Januar ist nur ein schlechterer, düsterer und grauerer November. Ganz selten ein weißerer. Aber immer nur ein November. Dieser Januar ist für nichts gut. Der Himmel ist niedrig und grau. Die Zeit zieht sich zusammen, ihr ist kalt. Die Nippel unterm T-Shirt der Zeit wirken wuschig, aber die Zeit ist völlig ruhig, kein bisschen erregt. Es ist nur die Kälte. Die Blätter an den Bäumen verkrampfen sich, als hätten sie die Gicht. Es sind die Hände von Sterbenden. Die Blätter fallen. Wie Soldaten auf das Feld. Nachtwärts steigt wieder Nebel auf. Dichter Rauch, als ob der Kamin nicht zieht. Sie kämpft dagegen an, will nicht wieder ins Weiß hinabfallen. Der Nebel aber kriecht und breitet sich aus, ergreift Besitz, zwingt den Januar in die Knie. Allen fällt alles schwer. Ihr nicht. Ihr fällt nichts schwer. Trotzdem: Der Januar ist zu nichts gut. Sie mag ihn nicht, er mag sie nicht.

Was man nich mögn tut, will man auch nicht kenn. Was man nicht kennt, muss man sehn, um danach drüba berichtn zu können. Was man nich kennen tut und nich sieht, bleibt dagegen imma in weita Fern, immer außer die Reichweit, trotz alla Anstrenckung der Sprach. Das liegt dran, dass die Sprach da ist vor allem dazu, zu schildern, was alle schon kenn tun.

Man kann aba nich kenn und wissn, wie was is, solang man nich gewesn is dort. Das giltet auch für ihr Leben. Destohalb muss man gehen hin und gewesn sein dort. Aba man muss auch wieda wech sein, um zu könn drüba schreibn oder drüba redn. Aba selbst denne hat die Sprach imma noch Müh. Beim Redn, aber noch mehr beim Schreibn. Müh, selbst wenn ma nur über bekannte Dingelings sprechch tut. Müh sogar denne, wenn ma das mit Leut tut, mit denen sie total einverstanden is. Oder Leut, die alles aus ihrm Leben schon kenn, denen sie braucht eigentlich kaum was zu sagn, denen wenigfingerzähl Andeutili genügen.

Mühe macht müde. Müh macht müd. Müh macht alles weiß.

Mim Weis komm da Nebl wieda zurück. Sie fäll und fäll und fäll runta ins weiß Licht. Dann schlächt wieda die Klock und es is nua noch still. Still. Still.

KAPITEL 2

(im Jahr 2004)

Ein Stund oda Tack oda Woch späta wa die Klocke wieder weg. Das Still verschwand, weil ihre Gedanken den ganzen Platz brauchten. Sie liecht da wie lähmt, aber ihr Kopf wird Clara. Ist das womöglich ein Name? Ihr Name?

Die liegende Frau will ihre Gedanken festhalten, obwohl sie sich drehen wie ein Brummkreisel. Wieda so eins Wort, dase was mit irr könnte haben zu tun. Aba was? Sie wa früha 'n Kind, das gern hat spielen. Draußen! Ja, draußen! Aber was bedeutet dieses Wort nun wieder?

Sie spielte gerne und ging auch gern spazoren. Zerwischen die Bäumke, den Balumen und die Falters. Da vergessen tut sie die Zeit. Manchmal wusst sie ga nich mehr, wo sie eignlich war. Raume und Zeite zu verliean, das waren die Bevor- und Benachteile, wenn man völlig losgelöst leben tut und war ganz gestellt auf sich allein.

Aba es half irr späta. Alz Erwachsen. Verlor sie da den Raume und den Zeite, wurd sie auf sich selbst zurückgeworfen. Nicht gut war das. Besonders wenn man unterweges auf Bänken sitzen blieb und nachdachte. Manchmal sprachen sie dann alte Männer an, deren Frauen schon lange gestorben waren. Senioren, die einsam waren und reden wollten. Witwer, die wollten, dass man ihnen den aufgegangenen Schnürsenkel wieder zuband. Mit der Begründung, als alter Knabe könne man sich leider nicht mehr bücken. Sie half, aber sie wusste, dass es keine alten Knaben gab, weil Knaben immer jung waren.

Einer der Witwer erzählte ihr vom nahenden Tod. Als sie unglücklich guckte und seufzte, sie wolle das nicht hören, sagte der dicke Mann tatsächlich: »Aber Sie können nicht leben, wenn Sie nicht an den Tod denken!« Seine Schuhe hatten Klettverschlüsse...

Ein dünner alter Mann gestand ihr, er beobachte seit vielen, vielen Jahren heimlich das Leben anderer Menschen. »Ich erinnere mich an alles. Und ich würde gerne davon erzählen«, sagte er. Sie schaute ihn lange an, dann fragte sie das furchfaltige Gesicht: »Wissen Sie eigentlich immer, was Sie tun?« »Ja, natürlich!«, behauptete der Mann, daher antwortete sie: »Wie traurig! Aber erzählen Sie ruhig!« Da schwieg der dünne Mann lange, ehe er sagte, er wisse nicht, wo er beginnen solle.

Ist Sprache nicht seltsam? Sie muss lange darüber nachdenken, warum in manchen Wörtern andere stecken. Und versucht, hinter den tieferen Sinn zu kommen. Warum macht zum Beispiel ausgerechnet das Wort »Ei« das Adjektiv »dreckig« zu »dreieckig«? Dass niemand Spaß am Hungern hat, ist selbstverständlich. Bildet etwa deshalb das Wort ohne das Auftakt-H, also die verbliebenen sechs der ursprünglich sieben Buchstaben und immerhin gut 85 Prozent des Gesamtwortes, ausgerechnet die Stimmungslage »ungern«?

Wie erklärt man Muslimen, die Deutsch lernen und meist ganz wild darauf sind, die deutsche Sprache perfekt zu erlernen, dass *der* Weizen und *das* Korn in Deutschland lebenswichtig sind (Pasta!), dass für sie aber *das* Weizen und *der* Korn tabu sind (basta!)?

Die liegende Frau sieht sich am Fluss sitzen. Früher. Wildgänse im schreienden Flug über ihr und ihrer Bank. Deren Geräusche sind neu und unbekannt für sie. Genau wie der Rhythmus, in dem sie auftauchen. Sie weiß, dass sie ihr bald vertraut sein würden. Und zwar so vertraut, dass sie wieder verschwinden würden. Die Frau denkt: Man weiß zu wenig und es existiert nicht. Oder man weiß zu viel und es existiert nicht. Denken heißt, das Existierende aus dem Schatten dessen zu ziehen, was wir wissen. Darum geht es beim Denken. Nicht um das, was dort geschieht, nicht darum, welche Dinge sich dort ereignen, vielmehr geht es um das Dort an sich. Denn das Dort ist zugleich der Ort und das Ziel des Denkens.

Als sie sich gerade frackt, wie sie dadennhin kommen soll, ist plötzelich sie dorten.

Und nicht meh hia.

Sie ist auf einem Spielplatz. Sie ist ein Junge. Dünn mit langem Hals. Kurze Haare, dunkelblond, braune wache Augen. Er lacht viel und man sieht Lücken zwischen seinen Milchzähnen. »Bin das wirklich ich?« fragt sich die Frau. Dann rasen ihre Gedanken. Sie hat nie darüber nachgedacht, aber alles in ihr hat sich weiblich angefühlt. An ihr Aussehen hat sie keinen Gedanken verschwendet. Keinen einzigen. Aber jetzt ihre Kindheit als die eines

Jungen zu sehen, schockiert sie. Dennoch: Das Gefühl einer alles überwältigenden Liebe zu diesem Kind lässt kaum einen anderen Schluss zu. Zärtlichkeit flutet durch jede Faser ihres Körpers, hüllt das Bild ihrer Kindheit in einen Kokon aus Zuneigung. Aber wie hat sie das vergessen können? Kann einem wirklich entfallen, dass man ein Mann ist? In Gedanken schilt sie sich einen Narren: Das kann doch niemand vergessen... und doch... vergisst sie es sofort wieder.

Denn plötzlich steht die liegende Frau in der tiefen Stille des Flussufers und versucht, sich nicht oder zumindest ganz lautlos zu bewegen. Einen Moment steht sie ruhig bei ihrer Seele, dann setzt sie sich doch auf die Bank. Sie denkt: Je älter ich werde, desto weniger tue ich für andere Menschen. Für die Menschheit. Manchmal komme ich mir schäbig vor, manchmal wie eine Gefangene. Ich gebe es aber zu: nicht oft. Vielleicht zu selten. Dabei ist es eine ungeheure Verantwortung zu leben. Wenn die Welt heranstürmt, um alles Mögliche zu verschenken. Sonnenuntergänge zum Beispiel, alles rosarot und golden. Oder Apfelsinen im Januar. Das alles sind Geschenke, nicht wahr?

Die liegende Frau denkt an Briefe, die ihr Innerstes wärmen. Hat sie sich dafür bedankt? Oder ist sie wie ein Tölpel bei sich selbst hängen geblieben? All diese herrlichen Dinge, die ihr geschenkt wurden. Hat sie ihre Dankbarkeit klargemacht?

Und falls nicht: Was passiert mit Menschen, die ihre ganze Dankbarkeit ein Leben lang aufsparen und wie engstirnige Geizhälse nichts davon ausgeben?

Haus an Haus an Haus. Lebt sie hier? Warum leben so viele Menschen in Reihenhäusern am äußersten Ende des Nahverkehrs? Weiter fährt kein Bus, die Stadt ist längst am Ende, doch die Unbequemlichkeit der sogenannten Stadtmöblierung setzt sich hier fort. Menschen leben hier genau an einem Punkt der Welt, der die Nachteile der Stadt mit den Nachteilen des Landlebens verbindet. So wie sich im Reihenhaus die Nachteile einer gemieteten Wohnung mit denen eines gekauften Hauses verbinden.

Die Frau sieht sich mal wieder auf der Brücke über den Fluss laufen. Sie blickt zum Grau des Himmels hinauf. An manchen Stellen scheint die Farbe so leicht, dass in dem Grau ein Hauch von Blau liegt. Es sieht aus, als hätte jemand einen zweiten, blauen Himmel hinter den grauen gespannt. An manchen Stellen löst sich das Grau auf wie das schlechte Gewissen eines Nichtrauchers nach dem ersten Zug des Wiederanfangens. An anderen Stellen hängen die Wolken schwerer und dunkler vor dem Blau. Die Sonne schafft es nicht, sich einen Weg zu bahnen. So verbringt die Frau einen Tag, an dem sie keinen Schatten wirft, weil nichts in ihrer Welt Schatten wirft.

Die liegende Frau hat darüber nachgedacht, was der eigentliche Unterschied ist: Ob einer zu wenig Geld hat oder zu viel, das ist er nicht. Auch nicht was jemand tut oder nicht tut, schon gar nicht ein größeres Haus oder ein teureres Auto. Der eigentliche Unterschied ist Ehrgeiz. Genauer gesagt: das Fehlen von Ehrgeiz. Der Nicht-Ehrgeiz nämlich ist der Schlüssel zur Tür des Glücks. Zur Frage, warum es einigen Menschen gelingt, halbwegs zufrieden durchs

Leben zu gehen, zufrieden durch ihre Existenz zu treiben: Weil sie nicht vom Fluch des Ehrgeizes gepeinigt werden. Im Gegensatz dazu werden andere von Ehrgeiz zerfressen, was ihre Welt größer erscheinen lässt, sie aber in Wahrheit kleiner macht und weniger anheimelnd als die Welten all derer, die nicht mit diesem Fluch geschlagen sind. Denn ehrgeizig zu sein bedeutet, nie zufrieden zu sein, immer mehr zu verlangen, ständig voranzuhetzen, weil kein Erfolg groß genug sein kann, um den Hunger nach neuen und noch größeren Erfolgen zu stillen, den Drang, aus einem Geschäft zwei zu machen, aus zwei drei, aus drei vier... Darüber verlieren all die »Ehrgeizkragen« das Wichtigste aus den Augen: die Zufriedenheit mit dem Hier und dem Jetzt, die es ihnen möglich machen würde, ihr Leben und ihr Glück zu genießen.

Irgendwo hat die Frau einmal gelesen, das Leben ahme die Kunst nach. Womöglich stimmt das? Die meisten Leute kämen mit dem Leben nicht zurecht, wenn sie nichts zu kopieren, abzumalen oder nachzuahmen hätten. Leider hat das Leben aber meist einen schlechten Geschmack. Oder die Menschen bewegen sich in vorgezeichneten Bahnen. Absurden, erschreckenden, weichenlosen Gleisen. Ausgefahrenen Spuren in malträtierten Gehirnen. Gehirne aus der Zeit der Steine, die immer noch funktionieren wie Faustkeile. Die uralten Spuren sind bis heute überaus wirksam und beeinflussen das Denken der Menschen. Die Frau würde gerne weinen.

Warum macht der Mensch so wenig richtig? Die Frau erinnert sich an früher, an Erzählungen einer Frau, der

Mutter. Früher fürchteten Menschen nichts so sehr wie den Mangel, Hunger, Armut und Kälte. Sie träumten von Nicht-Krieg, von Annehmlichkeiten, von weniger harter Arbeit, weniger Nässe und mehr Wärme. Sie träumten davon, Zeit für sich selbst zu haben. Aber meist schufteten sie sich nur zu Tode, wohnten in dunklen Behausungen. Es gab kaum Ärzte, noch weniger Schulen. Die Menschen starben jung und hatten oft nur wenige schöne Stunden im Leben. Heute haben wir alles, wovon unsere Vorfahren träumten: Wir leben bedeutend länger, sind gesünder, kennen keinen Hunger, außer wenn wir Diät halten. Wir machen uns Sorgen um unsere Figur, Frauen verkleinern oder vergrößern ihre Brüste, Männer kämpfen gegen ihren Bauch, kaufen Wundermittel gegen beginnende Glatzen, gehen ins Solarium, wollen Zähne wie Hollywood-Stars. Viele arbeiten zu viel, besonders Männer, die glauben, die Länge ihres Glieds richte sich nach der Länge ihrer Arbeitszeit oder nach den Pferdestärken ihres teuren Autos.

Es geht den Menschen gut. Und es geht den Menschen nicht gut.

Es geht den Menschen nicht gut, weil sie nie gelernt haben, was sie mit ihren Tagen machen sollen, weil sie nicht mehr wissen, was sie mit der Zeit und ihrem ganzen Leben anfangen sollen. Wärme durchpulst die liegende Frau, die glücklich erkennt, dass sie endlich mit dem Lernen angefangen hat.

Rot. Nicht grün. Farben. Wichtige Farben, denn sie signalisieren etwas. Sie wartet sich rot. Autos warten, Fahrräder warten, auch Fußgänger warten. Ach ja: eine Ampel. Vor der warten Menschen auf das Vergehen des Lebens.

Die Frau steht auf der Linksabbiegerspur. Wie fast immer. In der Mitte steht sie eigentlich nie, weil sie nie geradeaus fahren, sondern immer abbiegen will. Aber jetzt hat sie Rot und guckt sich suchend um, obwohl sie gar nicht weiß, ob sie etwas sucht oder wen sie sucht.

Sie könnte diesen Mann aufspüren, aber er kann nicht hier sein. Das weiß sie genau. Er hat fast nur traurige, turbulente und stressige Tage, sodass er sich schon mal selber verpasst. Er kann nicht hier sein und für sie lächeln. Und doch sucht sie danach. Denn das Lächeln könnte sie jetzt gut gebrauchen. Wie ist sein Name? Warum fallen ihr keine Namen ein, wenn's drauf ankommt? Auf der Geradeausspur neben ihr steht ein Wagen mit einer anderen Frau. Es ist jemand anders, nicht sie. Außerdem guckt die andere Frau weg. Demonstrativ? Kann sein. Blöde Kuh! Das Grinsen dieser Tussi kann der liegenden Frau gestohlen bleiben. Das einzige Lächeln, auf das sie immer wartet und das sie vielleicht sucht, ist nicht da. Es ist das Lächeln eines Mannes. Die Ampel schaltet um auf Gelb, die andere Frau fährt los. Ihre Vorderreifen quietschen beim Anfahren, aber nur ein wenig.

Die liegende Frau kann sich nicht erinnern, wessen Lächeln sie sucht.

KAPITEL 3

(im Jahr 2005)

Das Wort »Liebe« kommt im Grundgesetz der Bundesrepublik Deutschland nur ein einziges Mal vor, und zwar als Teil des Wortes »Kriegshinterbliebene«. Das hat ihr Erik erzählt. Wer ist Erik? Wieso kennt sie diesen Namen? Ist das ein Politiker? Nein, der Name klingt seltsam vertraut. Sie mag den Namen. Und sie mag den Menschen dahinter. Oder doch nicht? Irgendetwas macht ihr auch Angst, öffnet einen Brunnen, aus dem Traurigkeit und Wut sprudeln.

Am Brunnen stellt sich ihr jemand in den Weg und legt sofort los: »Hast du dir eigentlich schon mal klar gemacht, dass es uns noch nie in der Geschichte der Menschheit so gut gegangen ist wie heute? Dass der Einzelne noch nie mehr Möglichkeiten der Einflussnahme und der Gestaltung seiner Umgebung besaß als heute? Dass es noch niemals so leicht war, sich zu engagieren, etwas zu verändern, dass aber selten so wenig Wille dazu vorhanden war...«

»Woher kommt das bloß?«, fragt sich die liegende Frau. Du träumst, sprichst, schreibst, erzählst von großen und kleinen Dingen, um zu verstehen, um etwas zu fassen zu kriegen, womöglich vom Kern der Sache. Der Kern aber weicht ständig zurück. Vor allem, also auch vor mir. Genau wie das Ende des Regenbogens... Dort gibt es einen Schatz. Angeblich. Oder vielleicht Gott? Wo der wohl wohnt? Und wie der aussieht?

Früher kannten alle die Bibel. Daher wussten alle: Der Mensch kann das Antlitz Gottes nicht schauen, das wäre sein Untergang. Etwas Ähnliches gilt zweifellos für das Ziel ihrer Suche. Sie weiß, sie darf ihr Ziel nicht »schauen«, nicht erreichen, denn das würde ja ihre Suche beenden. Besser alles so lassen, wie es ist, denkt die Frau. Und es ist ja so, dass sie die Suche zum Lernen nutzt. Zum Beispiel will sie die vielen neuen Worte lernen, die ihr dauernd einfallen. Zum Beispiel die, mit denen sie das Funkeln der Sterne, das Schweigen der Fische, Trauer und Lachen, das Ende der Welt und das Sommerlicht beschreiben kann. Und natürlich das Glücksgefühl des Hungerns.

Fastenzeit. Wie lange hat sie nichts mehr gegessen? Monate? Jahre? Sie fastet, wird aber ernährt. Sie denkt, dass sie also nur fast fastet. Keinesfalls hat sie vor, sich vom Leben zum Tode zu hungerstreiken. Obwohl sie schon seit geraumer Zeit mit dem Tod ein freundschaftliches Verhältnis pflegt. Sie findet dadurch ihr Leben noch viel schöner. Ein Leben wie bei Thoreau, der einmal geschrieben hat: »Es war Morgen, und siehe, schon ist es Abend, ohne dass ich etwas Bemerkenswertes geleistet hätte.« Auch sie leistet nichts, weil niemand Leistung erwartet.

Es ist wie bei Diogenes von Sinope in seiner Tonne. Der glaubte schon vor mehr als zwei Jahrtausenden, dass nur der glücklich werden kann, der sich von überflüssigen Bedürfnissen frei macht und unabhängig von äußeren Zwängen ist. Die liegende Frau lebt so gesehen das glücklichste aller vorstellbaren Leben. Entzieht sich gerade sehr erfolgreich den langweiligen Spielen der Fußball-Europameisterschaft der Frauen. Nur der Frauen. Hat sogar überlegt, sich gleich von allen Nachrichten fernzuhalten. Weil es nur noch wenig Erfreuliches gibt. Schafft es dann aber doch nicht.

Sie hatte auch weniger gute Lebensphasen. Entgleisungen aus der gewohnten Bahn und lähmende Unsicherheit. Mit gerade 27 Jahren wollte ein leichter Husten nicht verschwinden. Der Hausarzt empfahl, die Lunge zu röntgen. Nur vorsichtshalber. Das Bild zeigte eine unklare »Auffälligkeit«, die durch eine Computertomographie bestätigt wurde. Untersuchungen in der Klinik folgten, doch die Ärzte wussten nicht, was es mit der entdeckten »Raumforderung« auf sich hatte. Auch eine Spezialisten-Konferenz setzte nur das Rätselraten fort. Niemand sprach das Wort aus, aber Schatten auf der Lunge bedeuten nur allzu oft Krebs, auch wenn »flankierende« Symptome wie Gewichtsabnahme gänzlich fehlten. Weitere Untersuchungen mussten folgen. Die Mühlen der modernen Medizin setzten sich für sie in Bewegung, im Hinterkopf der Frau stets ein Gedanke: Was wäre wenn? Eine der Untersuchungen war mit einer Allergieattacke verbunden, die Frau vertrug das Kontrastmittel nicht. Ihr Kopf sah aus wie eine Tomate. »Krebsrot« kalauerte einer der Götter in Weiß – Ärzte sind manchmal wirklich zum Totlachen! Die liegende Frau kennt all dies aber nur aus Beschreibungen, sie verlor durch die Allergie für mehr als 24 Stunden ihre Sehfähigkeit. Mit ausgeknipstem Augenlicht lag sie in der Dunkelheit und überlegte, ob sie erblindet wirklich weiterleben wollte. Die Frage blieb unbeantwortet, weil die Augen ihre Arbeit irgendwann wieder aufnahmen. Das einzig wichtige Ergebnis der ganzen Aufregung: Das Ding in der Lunge war »wohl doch kein Krebs«, schien in den letzten Wochen geschrumpft und sollte »erst mal nicht« operativ entfernt werden, nicht mal vorsichtshalber. Beobachten sollte genügen. Und was, falls doch? Die Überlebenschance bei Lungenkrebs für die nächsten fünf Jahre betrage lediglich 15 Prozent, sagte man ihr. Vielleicht wäre diese Information für Zigaretten-Anfänger wichtiger, denn Raucher sollten möglichst genau wissen, welchen Wechsel auf die Zukunft sie mit jeder Zigarette unterschreiben. Einen Wechsel, der sie beim Einlösen zwingt, russisches Roulette zu spielen, und zwar mit fünf Patronen in der Trommel ihres sechsschüssigen Schicksals-Revolvers. Miese Quote!

Ob Beten in solchen Fällen hilft? Sie grübelt. Als besonders gläubig im kirchlichen Sinne hat sich die Frau niemals eingestuft. Ihre gottlose Grundeinstellung erhielt aber auch durch das Fragezeichen hinter ihrer Gesundheit keine Neuausrichtung. Was also wäre geschehen, hätte ihr der Arzt erzählt, sie hätte noch drei Monate zu leben? Gab es eine To-do-Liste für das, was sie noch erleben wollte? Nein, die hatte sie natürlich nicht! Dennoch: Zu Glauben, Gott oder gar zur Kirche führte der Gedanke an ihren nahenden Tod die Frau nicht. Es ist eben schlicht ein Ammenmärchen, dass Menschen in Krisen und Notlagen gläubig werden. Natürlich sollten Menschen große Sorgen mit Gottvertrauen viel leichter ertragen können. Dann könnte Not tatsächlich zu Gott führen. Doch leider funktionieren Menschen nicht so. Vielmehr neigen sie gerade in existenziellen Lebenskrisen zu Egoismus und Rücksichtslosigkeit, was sich Gott eher nicht wünscht. Noch schlimmer aber ist: Nicht nur Unglück führt nicht zu Gott, auch Glück nicht. Menschen reagieren auch dann unsozial, wenn es ihnen gut oder zu gut geht. Eines aber bewirkte der bedrohliche Schatten doch: Die Frau kam einigen Menschen näher. Sie dachte nämlich viel darüber nach, wie viele und welche Freunde sie zu Unrecht vernachlässigt hatte, wen sie rasch wiedersehen wollte.

Wieder fallen ihr heute keine Namen ein! Gibt es denn keinen Menschen, den sie so liebt, dass sie ihn nicht vergessen hat? Hat sie nicht geheiratet? Ist da kein Mann in ihrem Leben? Oder eine Frau? Etwas lauert in der Dunkelheit ihrer Gedanken, sie kann es fühlen, aber nicht festhalten. Da gibt es etwas in Verbindung mit dieser Krankheit, die keine richtige war... Was ist es nur? Verdammt!, flucht sie in Gedanken und da fällt es ihr ein: Sie hatte sofort ihren Job gekündigt.

Statt zur Arbeit zu gehen, las sie sich durch die Bestsellerlisten. Alle liebten »Sofies Welt«, sie jedoch ermüdeten schon die ersten 100 Seiten. »Schnee, der auf Zedern fällt« und »Mein Herz so weiß« dagegen rührten sie zu Tränen. Andere Bücher hat sie längst vergessen. Dafür liebte sie »Der Pferdeflüsterer«, nicht nur das Buch, auch den späteren Kinofilm. Romane wie diesen las sie absichtlich langsam, um den Genuss zu verlängern. In bislang ungelesenen Seiten ihres heimischen Regals fand sie einen Satz für ihr Leben, den Jules Renard geschrieben hat: »Gott wird einfach weiter herumstümpern: Er heißt die Bösen im Himmelreich willkommen und schickt die Guten mit einem Fußtritt in die Hölle hinunter.«

Die liegende Frau verzweifelt an ihrer Hilflosigkeit. Warum erinnert sie sich an so etwas wie Buchtitel und Kinofilme, aber nicht an ihren eigenen Namen? Oder den ihres Vaters, den ihrer Mutter? Ist Mutter die Mehrzahl von Mut? Schneiden sich Parallelen nicht doch irgendwo? Und wo ist der Wind, wenn er nicht weht?

Leben Menschen auch nach dem Tod weiter? Diese Frage treibt die Frau lange um, ist immer und immer wieder ein großes Thema. Am Ende gelangt sie zu der »Gewissheit«, dass es das Leben nach dem Tod tatsächlich gibt. Dann denkt sie, es sei besser, sich aufs Diesseits zu konzentrieren. Mittlerweile ist es ihr egal, weil ihr Leben so viele gute Jahre hatte – besonders die letzten zehn. Weil sie mit ihrem bisher gelebten Leben so zufrieden ist, wäre es für sie kein Problem, wenn mit dem Tod alles vorbei wäre. In ihr ist keine Furcht, aber auch kein Herbeisehnen.

Früher bedauerte sie, ihren Tod nicht selbst herbeiführen zu können. Nicht, dass sie hätte sterben wollen, das nicht. Aber die Fähigkeit nicht zu haben, hatte sie gestört. Es erschien ihr, als habe man ihr einen Teil ihres Menschseins genommen. Heute denkt sie anders. Selbstmord kann sie nur als letzten Ausweg akzeptieren, daher ist er erst dann »gestattet«, wenn alle Hoffnung und jede Chance auf Hoffnung fehlen – etwa im Endstadium einer schweren Krankheit. Das Problem dabei ist, zumindest aus ihrer Sicht: Solange man sich selber umbringen kann, fehlt das Recht dazu. Doch wer das moralische Recht dazu erlangt hätte, der kann es nicht mehr selbstständig tun. Angst vor dem Tod ist für sie also nur Angst vor den Begleiterscheinungen, vor dem Zeitpunkt (zu früh), vor Schmerzen, vor körperlichem oder geistigem Siechtum vor dem Ende.

Wovor hat sie sonst noch Angst? Vor all den Unglücken, vor denen sich alle Menschen fürchten. Zum Beispiel, dass ihrem Sohn etwas Schlimmes geschehen könnte.

Ein Blitz durchzuckt ihre Gedankenwelt. Da ist etwas gewesen. Etwas Wichtiges. Wie ein dumpfer Glockenschlag. Sie weiß ganz genau, dass sie diesen Gedanken festhalten muss, aber er verschwindet wie Wasser aus einem Nudelsieb. Vor ihr liegt ein Berg Ravioli, aber das Wasser ist weg. Ravioli mochte sie gerne. Mag die nicht jeder?

Hat sie das nicht schon einmal gedacht? Warum denkt sie dauernd an so viel überflüssiges Zeug und nicht an die wichtigen Puzzleteile ihres Lebens. Warum macht sie sich nicht um wichtige Dinge Sorgen? Sorgen sind ein weiteres ernstes Thema, das ihr sehr am Herzen liegt. Die Sorge und das Sorgen. Beides kennt sie zur Genüge. Sie ist mit einer Mutter groß geworden, die sich immer ganz viele und heftige Sorgen um alles Mögliche gemacht hat. Natürlich sorgte sie sich ganz besonders um ihre Tochter, was für das Ziel der Sorge oft belastend war. Ganz anders ihr Vater. Der war verantwortungsbewusst, aber gelassen. Sein beruhigendes »Rankommen lassen!« hört sie noch heute. Ob sie nicht doch das Sorgen-Gen der Mutter geerbt hat? Und ist das nun gut oder schlecht? Kann man vielleicht wählen und sich entscheiden, wie man sein wollte? Kann es ihr beim Erinnern helfen, wenn sie sich Sorgen macht? Interessante Formulierung: »sich Sorgen machen«. Das ist etwas Aktives. Genauso wie »sich keine Sorgen machen«. Man entscheidet selbst, was man macht. Diese Macht hat jeder. Kann man vielleicht bei Bedarf umschalten? Das Sorgen-Gen an und das Gelassenheits-Gen aus? Vielleicht fühlt sie sich einfach zu frei, zu entspannt und zu glücklich?

Als Kind war sie von solchen Gefühlen weit entfernt. Die Strenge der Mutter machte ihr Angst. Große Angst. Einmal hatte sie zum Spielen am Bach den Putzeimer ihrer Mutter genommen. Mit anderen Kindern planschte sie herum, versuchte einen Fisch oder einen Frosch zu fangen, mit dem Eimer. Bis er ihren Kinderhänden entglitt und in den Bach fiel. Sie erschrak, erstarrte und griff zu spät nach dem abtreibenden Plastikgefäß. Während es sich entfernte, stand ihr das Entsetzen im Gesicht. Sie wagte nicht in den Bach zu springen, obwohl das Wasser kaum 30 Zentimeter tief war. Ihre Angst vor der Mutter, die über ihre nassen Schuhe, Strümpfe und Hosen schimpfen würde, lähmte sie und war ebenso groß, wie die Angst vor Mutters Zorn oder Trauer über den verlorenen Eimer. Gefangen zwischen ihren Ängsten sank sie am Bachufer auf die Knie und kämpfte vergeblich gegen ihre Tränen. Sie konnte nicht mehr aufhören zu weinen, obwohl die anderen Kinder sie zunächst zu trösten versuchten. Auch als der Ton umschlug in Spott, gelang es ihr nicht, die Heulsuse in ihr zu unterdrücken.

Wie heißen eigentlich ihre Freunde von damals? Ihr ist aufgefallen, dass Kinder heutzutage alle möglichen traditionellen Vornamen bekommen, dass aber kein einziger Junge mehr »Raoul« heißt. Es gibt Vornamen, die einfach nicht in Mode kommen wollen. Sie hat keine Ahnung, ob es im neuen Jahrtausend neue Raouls gibt und wie viele. Statistiken gibt es für alles, warum nicht dafür? Ob dieses neumodische Zeugs, dieses Internet helfen könnte? Sie weiß es nicht, denn sie hat ja nicht einmal ein Handy. Wozu auch?

Ihr Mann Erik besucht die liegende Frau, so oft er kann. Anfangs kommt er beinahe jeden Tag. Das zumindest will sie glauben, denn sie kann sich nicht daran erinnern. Als sie seine Anwesenheit erstmals registriert, kommt er offenbar schon seltener. Irgendwann steht er immer sonntags vor ihr. Nur noch sonntags. Als er anfängt, ihr vorzulesen, schaut er nur noch alle 14 Tage vorbei, bald nur noch monatlich. Niemand sonst besucht die liegende Frau. Nur der Jahrestag des Unfalls bildet eine Ausnahme. Seit sie ein Pflegefall ist, wird der 3. Juni statt ihres Geburtstages gefeiert. Erik bringt einen kleinen Kuchen mit. Darauf für jedes Jahr ein Kerzchen. Nimmt sie zumindest an, denn der erste Kuchen, an den sie sich erinnern kann trug fünf

Kerzen, im Jahr darauf waren es sechs. Sie ahnt nicht, dass noch einige weitere Kerzen erforderlich sind, ehe sie sich über ihre Lage gänzlich klar wird. Ihr Kampf hat noch nicht angefangen. Sie ist noch weit davon entfernt, zu versuchen, der Außenwelt Zeichen zu geben. Stunden, Tage, Wochen, Monate, Jahre ohne ein einziges Signal ihres Überlebens. Für die Welt außerhalb ihres Denkens hat sie keinen einzigen Hinweis darauf, dass es in der vermeintlichen Wüste ihres Gehirns noch viele Oasen und jede Menge Leben gibt.

So ist es kein Wunder, dass die Welt die liegende Frau aufgibt. Erik schreibt sie als Letzter ab. Für die Ärzte ist sie längst »austherapiert«, für das Pflegepersonal ist sie ein fester Posten ewig gleicher Arbeit. Niemand sucht nach Hoffnung, daher vermisst auch niemand ihre Signale. Sie sinkt in eine Verbitterung, so groß, dass sie fühlen kann, dass sie niemanden liebt. Die Welt da draußen schon gar nicht. Sie will auch nichts mehr von ihr hören.

Die liegende Frau würde viel lieber wieder einmal schreiben. Die Sinnlichkeit, mit einem Stift über Papier zu gleiten, dabei Worte und Geschichten entstehen zu lassen. Wo ist eigentlich ihr Füllfederhalter, den sie ursprünglich für ein schlichtes Schulinstrument hielt, der für sie später aber zum Schlüssel zu einer anderen, großen Welt wurde? Es muss wieder ohne ihn gehen, auch heute.

Draußen laufen nur Halmasteine durch die Straßen. Die liegende Frau träumt sich aus dem geschlossenen Fenster und würfelt Gedanken. Der Wind flüstert von den Niagarafällen und von harter Margarine. Die Sonne scheint darüber zu lachen. Die Dunkelheit draußen rülpst den Dominantseptakkord der gerissenen Schnürsenkel. Die Frau hat das Gefühl, dass alle Menschen viel zu wenig an ihre resistenten Ideologien denken. Apropos denken. Man sollte nicht denken, dass jeder, der die genaue Zahl der Violinisten eines Orchesters angeben kann, auch ein Geigerzähler ist. Diese Mahnung stammt von einem Patienten, der ab und an in ihr Zimmer geschlurft kommt. Friedrich hat eine Schwäche für Wortspiele und absurde Sprachkunststücke.

Es gibt wichtigere Dinge. Zum Beispiel die Frage, ob mittlerweile alle Autofahrer auf ein Navi angewiesen sind, um nach Hause zu finden. Die Frau will keins. Auf keinen Fall! Sie möchte nämlich immer Herrin des Verfahrens sein. Die liegende Frau versucht, sich an ihr Auto zu erinnern, doch schon wieder sind in ihrer Memoiren-Mine keine Diamanten zu finden. Sie denkt über Münchner und Hamburger nach. Die ja total unterschiedlich sind. Worauf man sich immer verlassen kann: Hamburger halten sich s-tets und s-tändich ganz besonders zurück. Nur nicht auffallen, das aber bitte deutlich, lautet die Devise. Kein echter Pfeffersack würde auf die Idee kommen, im Rolls-Royce über den Jungfernstieg zu fahren. Dies nämlich wäre »exzentrisch«; und das wiederum ist schlecht fürs Geschäft. Wenn geprotzt wird, dann mit »Klasse auf den zweiten Blick«. Was will man auch mit einem Wagen, den sich heutzutage Krethi und Plethi einfach leasen können. Das Schöne an den Hamburgern ist, dass sie eine Art Sensor für Respektlosigkeit haben. Wenn einer sich dieser Todsünde schuldig macht, dann wird er mit gnadenloser

Nichtbeachtung gestraft – am besten gar nicht erst ignorieren! Es sei denn natürlich, der Sünder ist reich und mächtig. Dann kann es schon einmal zu einem Akt der Vergebung kommen. Woher weiß sie all diese Dinge über Hanseaten? Lebt oder lebte sie in Hamburg? Irgendetwas regt sich in ihrem Inneren. Da ist etwas, ein Punkt, den diese Stadt in ihr berührt. Sie spürt einen Volltreffer in die dunkle Materie ihres schlechten Gewissens! Und wird verschluckt.

Ein Mann tritt an mein Bett. Erst kommt er mir bekannt vor, doch dann bin ich sicher, ihn vorher noch nie gesehen zu haben. Offenbar ist er leise in mein Zimmer geschlüpft, denn ich habe ihn erst bemerkt, als er am Fußende meines Bettes steht. Er ist alt, mindestens 70 Jahre, und sieht heruntergekommen aus. Offenbar ein Patient. Zahnlücken, wenige graue Haare und eine Haut, die zahllose Sonnentage nicht gut verkraftet hat. Seine Arme hängen neben einem untergewichtigen Körper herunter. Ich frage mich, wie seine Hände wohl aussehen könnten. Der Mann steht bewegungslos, starrt mir geradewegs ins Gesicht und atmet dabei rasselnd ein und aus. Er beginnt ein grundloses Kopfnicken, kratzt sich am Hals und tastet mit seinen Augen meine Bettdecke ab. Es ist mir unangenehm, weil ich das Gefühl habe, er überprüfe meinen Körper auf irgendetwas. Sein suchender und stets auch testender Blick macht nicht einmal vor dem Teil der Decke halt, unter dem sich meine Brüste befinden. Wobei: Ich will ehrlich sein, auch wenn ich mich selbst nicht fühlen oder sehen kann: Von meinen Brüsten dürften vermutlich allenfalls kümmerliche Reste übrig sein.

Vorsichtig blickt sich der Alte um. Da er sich unbeobachtet fühlt, tritt er an mein Bett heran und hebt – ich kann es kaum fassen – tatsächlich die Bettdecke an. Er betrachtet ungeniert meinen gesamten Oberkörper. Meine Beunruhigung verwandelt sich in Angst und Entsetzen, dennoch registriere ich, dass seine Hände ungepflegt und rissig sind. Die Hände eines Penners vielleicht? Werden sie mich gleich berühren? Meine Gedanken versuchen, sich in einem grauen Stahlschrank zu verstecken, ein Trick, den ich in meiner frühen Wachkoma-Phase immer wieder anwenden musste. Selbstschutz. Jetzt aber doch nicht erforderlich, denn die Bettdecke fällt zurück. Endlos lange zehn Sekunden steht der Alte am Kopfende meines Bettes, dann öffnet er den Mund.

»Na, Schneewittchen? Liegst hier herum, so ganz ohne Glassarg. Fast nackt unterm Plumeau und kein Zwerg in Reichweite, der auf dich aufpasst«, sagt er aus Lippen, die wie schlecht geschälte Orangenstücke aussehen. Ich weiß nicht, was mich mehr wundert: Dass er ein Wort wie »Plumeau« verwendet oder dass er überhaupt sprechen kann. Noch dazu mit der sonoren Stimme eines bekannten Schauspielers. »Ich bin übrigens Friedrich, falls du das vergessen haben solltest. Ich besuche dich ab und zu«, sagt Ben Becker, und ich wundere mich über die Perfektion von Kostüm und Maske. Er erzählt mir von einer Studie mit 500 Testpersonen – zuerst verstehe ich doch tatsächlich Pestpersonen. Die habe gezeigt: Wenn der Winter kommt, soll man sich impfen lassen. Gegen Grippe und so. Vielleicht auch gegen Angora pectoris? Ob da vielleicht auch Bransfrantwein oder eine Trablette reiche? Es sei zum

Weinen, aber niemand, wirklich niemand schenke einem heutzutage noch reinen Tisch ein.

Mit dem letzten Satz setzt sich Friedrich in Bewegung, schlurft Richtung Zimmertür. Mir fällt es fast immer schwer, mich zu konzentrieren. Umso mehr, wenn ich mit Neuigkeiten konfrontiert werde, die mein Glück stören, mich empören, mich verängstigten. Aber mit jedem von Friedrichs Schritten weicht die Panik in mir. Als die Tür hinter ihm zufällt, frage ich mich, ob ich womöglich Halluzinationen habe. Was nicht ausgeschlossen ist, angesichts der Tatsache, dass ich seit Jahren ausschließlich mit mir selbst kommuniziere. Was mich zu dem alten Problem führt, dass Verrückte sich meist für absolut normal halten. Was also, wenn ich mir Friedrichs Auftritt eingebildet habe? Habe ich womöglich noch mehr Wahnvorstellungen, die ich für real halte?

Im Radio läuft »Der Frühling« aus Antonio Vivaldis »Vier Jahreszeiten«, während sich draußen der Herbst als Spätsommer anzieht, wenige Tage später aber einen warmen Mantel braucht. Das Motorrad des Chefarztes weint im erzwungenen Winterschlaf ölige Tränen. Tote Fliegen auf dem Helm gibt es auch immer weniger: Laut Umweltschützern grassiert unter den Insekten ein massives Artensterben. Apropos: Was macht eigentlich die SPD? Immer noch rote Depression nach dem Schröder-Abgang, da tut sich nix, gar nix... Aber was soll's, wenn die SPD untergeht: Die Sonne macht das jeden Abend.

Wieder durchzuckt ein Blitz die Gedankenwelt der liegenden Frau. Da ist etwas gewesen. Etwas Wichtiges. Wie ein Gongschlag. Sie weiß ganz genau, dass dieser Gedanke schon einmal da war, sie ihn aber nicht festhalten konnte und er verschwand. Wie Wasser aus einem Nudelsieb. Und der Berg Ravioli. Was ist mit den Ravioli? Die mag sie gerne. Klar! Jeder mag die, wirklich jeder, aber ganz besonders...

Dann läuft in ihrem Kopf etwas rückwärts. Die Türen, der Vivaldi, das Wasser, die Ravioli, das Sieb, die Glocke, ihr Sohn. Sohn, Sohn, Sohn. Soooooooohn. Das ist es. Sie hat einen Sohn. Er hat kurze dunkelblonde Haare, lacht viel, ist ein bisschen zu dünn und er isst unheimlich gerne Nudeln. Ganz besonders gerne isst er Ravioli. Er heißt Raoul und sie sieht ihn plötzlich ganz deutlich vor sich: ihr Kind. Ein kleiner Junge über einen Teller gebeugt. Ravioli und rote Soße. Auf dem Teller, auf dem Tisch, an den Händen des Jungen und in seinem Gesicht. Wie seine Augen den puren, begeisterten Genuss überstrahlen. Sein Name ist Raoul und er ist ihr Sohn. Ihr Kind, das sie über alles liebt. Mehr als alles auf dieser Welt. Mehr als alle anderen Menschen, mehr als ihr eigenes Leben. Wie hat sie nur so lange nicht an ihn denken können? Wäre sie dazu in der Lage wesen, sie wäre sicher errötet, so sehr schämt sie sich für ihre fehlende Aufmerksamkeit. Oder ist es fehlende Liebe? Warum ist ihr nicht als allererstes Raoul in den Sinn gekommen?

Stattdessen fällt ihr ein, dass sie viel lieber vor einer Tasskaffee sitzen und die ganze Zeit dummes Zeug denken will. Sie beschließt, ab morgen alles ernst zu meinen. Auch ihre Witze und die anderer. Sogar Eriks Witze. Auch dann, wenn sie über Zukunftsaussichten in bitteres Lachen ausbrechen sollte. Wer ist eigentlich Erik? Ohne Zögern begibt sie sich in eine Zelle und in Ernsthaft. Nicht nur Lügen haben kurze Beine, sondern auch kleine Männer. Auch Erik, wie sich zeigte. Sie beschließt, nie mehr ungeschriebenen Sätzen nachzutrauern. Schon gar nicht, wenn der Herbst Mittelstürmer spielt, aber trotz vieler Chancen kein Tor erzielt. Ohne Zögern beugt sie sich dem Friedhofzeremoniell. Eine Weißperücke scheint auf ihrem Bett zu sitzen, und sie weiß, was sich gehört. Bis ein Verrückter Schlingen als Krawatten um Hälse legt. Sie würde jetzt gerne vor einer Tasskaffee sitzen und dummes Zeug denken. Leiderodergottlob ohne Zigarette. Draußen scheint tatsächlich keine Sonne. Stattdessen Weißröckchen. Der graue Himmel zergeht ihr auf der Zunge. Die Kälte nimmt sie entgegen wie ein Geschenk. Menschen müssen heute nicht arbeiten. Sie müssen nicht reisen, aber einige wollen vielleicht nach Hause zurückkommen. Erst weihnachtsbald wird es wieder viel zu viele Gedanken geben, die verboten sind. Sie werden verschwiegen, weil sie wie sündhaft teure Luxus-Oldtimer behandelt werden müssen, die nur in der Garage oder gleich in einem Museum stehen. Am Ende weiß keiner, ob sie – trotz bester Pflege – überhaupt anspringen würden, wenn man denn versuchen wollte, sie zu starten. Warten auf morgen. Dann Ostergefühle herbeisehnen. Sie prickeln vielleicht erregend auf ihrer Haut. Vor Freude. Vorfreude. Sie vermisst dieses Streicheln über Gänsehaut. Aber selbst das machen die Menschen heute »to go«. Wie alles andere auch: essen, trinken, lieben. Sie würde ihre Tasskaffee aber »to sit« wollen und denkt die ganze Zeit dummes Zeug. Sie passt nicht in diese Zeit. Wenn sie ginge, dann ginge sie nur, machte nichts anderes. Nicht das Allergeringste. Ganz im Gegenteil. Schon früher ging sie manchmal spazieren und stellte erst unterwegs fest, dass ihr Kopf zu Hause geblieben war. Er war einfach sitzen geblieben. Vermutlich hinter einem Buch. Vielleicht las er einfach weiter »Das Bildnis des Dorian Gray«.

Ihr Herz sieht sacht fallenden Weißflocken zu. Bewundernd. Die liegende Frau schaut auf die Elbe, wenn auch nur in Gedanken und Fantasie. Lässt allen Kummer zusammenstürzen und das Schiff elbabwärts tuten. Die Welt ist verrückt geworden und die Falschen profitieren davon. Auf den Scherben ihrer Seele liegen die Steine, mit denen andere auf das Glas zielen, das sie selbst nicht zerstören kann, weil sie niemals den Mut dazu hat. Schau auf die Elbe, nur in Gedanken oder in Träumen. Tutet es weh? Brechen dir Träume die Knochen, sorgen sie für Weisheitszahnschmerz? Schüttle dem Lotsen die Hand und du kannst ohne Grund leben. Grund glücklich zu sein, gibt es genug. So viel, dass er weggebaggert wird. Vielleicht sollte sie versuchen, ihn zu suchen. Schau auf die Elbe! Haie treiben tot stromauf.

Sie träumt sich auf eine marode Holzbank unweit einer archäologischen Wundertüte. Nur wenige Kilometer von ihrem Wohnzimmersofa entfernt wurde einst Geschichte geschrieben. Oder in Stein gemeißelt. Jetzt liegt die Historie gewordene Welt in Trümmern im Dreck, es schneit und Stille brüllt über Gefriergrashalme. In ihrer Fantasie sitzen in den Hecken drei gut manikürte Immobilienmakler und tuscheln über Einheitswerte und Renditen, können aber nicht mit dem Beginnen aufhören. Nicht die Frostluft ist der Feind, sondern die Kälte in den Menschen. Und die Sinnlosigkeit. Und die Atemlosigkeit der Alltagslangeweile, in der jeder Tag ein neuer Stresstest ist und man weiß, dass man nicht beständig bestehen kann. Gary Cooper reitet auf einem Schimmel vorbei. Ohne dass ein Schuss fällt, stürzt er aus dem Sattel. Das Pferd flieht. Er steht mit einem Seufzen auf, dreht sich um und geht breitbeinig nach Hause. So als hätte er das Duell in Hadleyville gewonnen. Keine Frage: Leben heißt Rosinante reiten. Hat denn noch keiner die großen Mühlenflügel an ihren Firmenzentralen entdeckt? Hat keiner den Kopf gehoben, weil er das Knarren gehört hat? Das Knarren der Flügel, die genau in dem Moment beginnen, sich zu drehen. Glaub nicht, dass du kneifen kannst. Anmut, Schönheit, Grazie helfen in diesem Fall nur wenig. Die liegende Frau will Dulcinea sein, nicht Donna Quijote oder Donna Panza. Sie will nicht reiten, nicht kämpfen, will lieber zu Hause liegen und auf den Helden warten. Sie will lieber vor einer Tasskaffee sitzen und dummes Zeug denken. Soldaten tragen heute Waffen aus Edelmetall. Aus purem Wahnzinn, hätte dieser Friedrich gesagt. Deutsche Panzer rollen gegen die Menschlichkeit. Gesteuert von Türken, gesteuert gegen Kurden. Die Deutschen sind Pazifisten, doch exportieren sie in großem Stil Waffen an Uniformierte. Soldaten geben sie Gewehre, kleine oder große. Nicht nur Räder müssen rollen für den Sieg, auch Ketten. Egal ob in Syrien oder Katar, in Chile oder Griechenland. Die Menschheit guckt tatenlos, hilflos, mutlos zu, wie ganze Länder in Schutt und Asche geschossen werden, wie Männer, Frauen, Kinder ums Leben kommen. »Wenn Menschen uniformulieren, dann muss man aufpassen, die dürfen nicht ewig auf der Lauer lügen«, sagt Friedrich. Sowieso wichtiger ist Fußball. Auch die Olympischen Winterspiele nächstes Jahr sind wichtiger. Und die Medaillentabelle. Ob man für eine Goldmedaille einen Leopard 2 kaufen kann? Für den Kauf des teuersten Fußballers der Welt bekäme man bestimmt zehn der jeweils 60 Tonnen schweren Panzer. Die schießen auch, aber natürlich keine Tore.

Sie träumt von einer Tasskaffee, und Gott ist nicht rund. Er hat das Format eines modernen Flachbildschirms. Nicht so toll. Nur ein Rechteck. Keine Chance, noch einmal zu einem Quadrat zu werden. So wie früher. Die Frau denkt, sie sollte sich häufiger Nebel aufs Frühstücksbrot schmieren. Dann denkt sie an Putin und Bush, also an alles und nichts, aber das dürfen die beiden natürlich nicht wissen. Die Nacht verabschiedet sich mit dem Knarren der Jalousien. Ihre Sehnsucht lauert wie ein getarntes Chamäleon, die Zunge im Anschlag. Wie oft stellt sie sich ständige Dinge vor, unan- und anständige? Wie gut, dass es längst Mails gibt, die keinen briefträgen Briefträger mehr brauchen. So kann man mit Schwung das menschenlose Netz auswerfen und abwarten, was man fängt. In der Vergangenheit ging es um nichts. Die Vergangenheit ist nichts. Die liegende Frau blickt in eine Tasskaffee und denkt die Ganzzeit Dummzeug. Was hilft ihr der ganze Sonnenaufgang, wenn sie sich weigert aufzustehen! Toller Satz! Aber stammt er von Lichtenberg oder doch nur von Friedrich? Der schon lange tote Arno Schmidt hat einen Account bei Twitter. Ob Goethe und Lichtenberg bei Facebook angemeldet wären, wenn sie heute lebten? Würde Goethe über fickende Hunde am Wegesrand schreiben und Wittgenstein vor dem Essen sein Schnitzel fotografieren und posten? Was hätte Thomas Mann gemacht? Wäre er an Aids erkrankt? Würde er Basecap und Hoodie getragen? Oder zumindest Jeans? Würden seine Bücher druckfrisch vom Literarischen Quartett besprochen werden? Würde er als Gast in Talkshows sitzen? Sie hält inne. Sie ermahnt sich: »Du musst aufhören, über solche Sachen nachzudenken.« Das sind nur Winterspaziergänge mit bloßen Füßen. Dafür ist es auch bei Temperaturen über Null noch zu kalt. Warum sieht man von hier eigentlich keine Wolkenkratzer? Warum sieht sie nicht einmal eine dieser allgegenwärtigen Ansammlungen aneinandergefügter Hausscheiben? Warum sieht sie immer wieder Menschen, die niemals richtig glücklich sind? Warum kann sie sich nicht aufraffen und Menschen trösten, die ihr wichtig sind? Die Antwort ist einfach: Ihr fehlen die Worte, die richtigen Worte. Sie wären ihr eingefallen, aber sie sind einfach nicht mehr da. Vielleicht abgeschafft? Das gibt es tatsächlich!

Die liegende Frau stellt sich das Großhirn so unbewohnt vor wie ein vor Jahren verlassenes Haus. Zu viel Staub, zu wenige Menschen. Durch die Lücken im windschiefen Dach ihrer Fantasie pfeift der kalte Ostwind. Kein Zweifel: Sie ist ein ziemlicher Hoffnungslosfall. Der Wind flüstert von den Niagarafällen und von harter Margarine. Die Sonne scheint...

Die Sonne scheint ... darüber zu lachen.

Immer mehr Schnee flockt samtig und sanft. Auffällig, wie dumm Politiker mit Doktortitel manchmal sind. Friedrich spottet, viele hätten vermutlich summa cum plauze promoviert. Am liebsten würde er ihnen zurufen: »Schlaft erst mal eure Geräusche aus!« Würden sie nur Kronen aus

Schaum tragen, regierten sie vielleicht um die Ohren geschlagene Nächte. Er könne Politiker nicht verstehen. Die sollten lieber alle in der Küche stehen und die Kresse halten. Aber lieber spielten sie den ganzen Tag Chiffre versenken, während der Kaltkaffee wird. Alle Abfalleimer im Haus würden in die abzufahrende Mülltonne umgefüllt. »Eigenhändige Menschen mit Talent zum Leerer erteilten eine Abfuhr«, meint Friedrich und ergänzt, das sei ziemlich abgefahren. Wie ist er eigentlich von Politik auf Müll gekommen?

Schon als Kind hatte die liegende Frau lernen sollen, Verantwortung zu übernehmen. Daher bekam sie kleinere Arbeiten übertragen. Zum Beispiel den Müll rauszubringen. Ihre Aufgabe war es, alle im Haus vorhandenen Mülleimer rechtzeitig zu leeren. Aber auch die neueren Ideen des Recyclings erforderten ihre Aufmerksamkeit. Flaschen und Papier waren wegzubringen, als Wertstoffe in nach ihnen benannte Höfe. Mitunter auch Styropor oder Joghurtbecher. Meist landeten die aber im Gelben Sack. Als Kind hatte die liegende Frau diese Aufgaben gerne übernommen. Sie mochte den Gedanken, Ordnung zu schaffen. Noch mehr aber liebte sie es, ihren Eltern helfen zu können. Besonders ihrer Mutter.

Ja richtig, ihre Mutter Magda. Diese gutherzige, gluckende Blondine, die Anfang des Kriegsjahres 42 geboren wurde, nachdem sie bei einem Heimaturlaub ihres Soldatengroßvaters gezeugt worden war. Das Unternehmen Barbarossa sorgte dafür, dass Magda in ihrem niedersächsischen Dorf als Halbwaise zur Welt kam. Nach Goebbels Gemahlin benannt, wurde sie dem strengen Regiment des neuen Familienoberhauptes unterstellt. Oma Kathi regierte mit harter Hand, brachte so aber neben Magda auch die beiden älteren Söhne durch Hunger und Kälte der Nachkriegszeit. Magda entfloh der Tyrannei so früh wie möglich, aber dennoch als letztes der drei Kinder. Mit gerade 20, damals also noch nicht volljährig, heiratete sie Johann Stegner und flüchtete nach Hamburg. In der Großsiedlung Veddel kroch das junge Paar unter, ärmlich, aber glücklich, zumindest für eine kleine Weile. Während das Wirtschaftswunder materielle Mirakel vollbrachte, blieb der Kinderwunsch des Paares lange unerfüllt. Noch schlimmer: Magda hatte einen Tyrannen gegen den nächsten getauscht. Ihr Hänschen entpuppte sich nämlich als herrschsüchtiger Pascha mit unguten Allüren. Ganz Patriarch, verbot er Magda jede berufliche Tätigkeit, verbannte sie stattdessen ins Heim und an den Herd der gemeinsamen Drei-Zimmer-Wohnung. Hans dagegen schnupperte als Mitarbeiter bei Reemtsma den Duft der großen weiten Welt. Und da er »Peter Stuyvesant« rauchte, nannten ihn sowohl die beiden älteren Schwager als auch deren Frauen und Kinder bald nur noch Onkel Stuyvesant. Magdas Aufgabe war, ihren Gatten glücklich zu machen, mit dem wöchentlich ausbezahlten Haushaltsgeld zurechtzukommen und bitteschön »endlich« oder »gefälligst« schwanger zu werden. Der Freude zweier Erfolgsmeldungen folgte der Gefühlsabsturz ebenso vieler Fehlgeburten. Erst als sich das fünfte Ehejahr dem Ende zuneigte, glückte die dritte Zeugung und neun Monate später kam ein blondgelocktes, ständig schreiendes Mädchen zur Welt. Auf Barbaras Lebensglück wurde – natürlich nur in der Männerwelt – mancher Köm, Steinhäger oder Malteser getrunken.

Johanns später heiß geliebten Remy konnte man sich seinerzeit ja noch nicht leisten und »ihrem« Stonsdorfer vertraute Magda erst viel, viel später. Neben Hochprozentigem griffen Väter bei freudigen Ereignissen auch gerne zur »Tiparillo«, einer der wenigen von Reemtsma produzierten Zigarren, kaum länger als eine Zigarette, dafür einen Zentimeter dick und mit (angeblich elegantem) Plastik-Mundstück.

Die Taufe fand in der Immanuelkirche statt und wurde zu Hause gefeiert. Die Kaffeetafel für die überschaubare Verwandtschaft und mit Schwarzwälder Kirschtorte stand im freigeräumten Wohnzimmer. Am Kindertisch gab es Nesquick mit Franzbrötchen und Streuselkuchen. Was mit Sonnenschein und geborgtem Porzellan begann, endete mit Donnerwetter und einem Polternachmittag. Johann und Schwager Paul hatten – beide ziemlich angeschickert – Lieder gesungen. Zu zweit, aber nicht im Duett. Dennoch friedlich, zumindest bis Magdas Hänschen »Brüder, zur Sonne« anstimmte. Da verstummte Pauls Gesang und wenig später fiel das unschöne Wort von der »Russenhymne«. Erst gab ein Wort, dann ein Schubsen das andere. Schließlich warfen die Männer die Tische um und die Frauen sich schützend vor die Kinder. Fäuste, Porzellan und Kirschtorte flogen. Endergebnis: Es gab Scherben, eine blutige Nase hier, ein Veilchen da. Hans und Paul sprachen jahrelang nicht mehr miteinander, dafür erzählten die Kinder noch Jahrzehnte später von den unzähligen Franzbrötchen und Kuchenstücken, die vom Boden gegessen werden durften. Überflüssig zu erwähnen, dass im allgemeinen Tohuwabohu die Kinder auch an der Schwarzwälder naschten, mit Sahnefingern und verschmiertem Mund. Der Täufling verschlief das einmalige Abenteuer. Da dieses aber immer wieder erzählt und dabei stets ein wenig mehr ausgeschmückt wurde, entging dem Baby letztlich nichts, ganz im Gegenteil. Wenn kein Märchen und keine andere Gutenachtgeschichte Klein Barbara zum Einschlafen bringen konnte, Papas heldenhafter Kampf gegen den bösen Onkel Paul verfehlte dieses Ziel nie. Anfangs, weil das Mädchen die Geschichte so gerne hörte, später dann, weil sie sich damit herrlich in den Schlaf langweilen konnte.

Verwundert fragt sich die liegende Frau, warum sie jetzt so intensiv an diese Geschichte denken muss. Was ist nur los mit ihr? Gibt es nichts Wichtigeres als Erinnerungen aus ihrer Kindheit?

Da erst fällt der liegenden Frau auf, was geschehen ist: Dass sie sich wieder an ihre Kindheit erinnern kann, dass ihr Gedächtnis den Namen ihrer Eltern freigegeben hat und dass die Taufe dieses Mädchens ganz besonders wichtig für sie ist.

Diese Taufe ist so wichtig, weil es ihre Taufe war. Die liegende Frau weiß wieder, dass das Baby mit den Locken niemand anderes ist als sie selbst. Was bedeutet, dass sie Barbara heißt, Barbara Stegner.

Aber dennoch versetzt ihr dieser Name einen seltsamen Stich. Irgendetwas stimmt nicht! Barbara Stegner ist ihr Name, ohne Zweifel. Aber er ist es auch wieder nicht!

Während sie sich fragt, was all dies bedeuten könnte, geschieht etwas Außergewöhnliches: Sie hört Schritte. Die

Schritte zweier Menschen. Schritte, die sich ihrem Bett nähern und genau davor enden. Die liegende Frau erschrickt, weil sie deutlich spüren kann, dass neben ihr zwei Menschen stehen.

KAPITEL 4

(im Jahr 2006)

Ich kehre zurück in mein Leben als liegende Frau, weil mich zwei Männerstimmen wecken. Die eine ist die meines Mannes Erik, die andere die eines Fremden, der sich später als Arzt herausstellt. Unmittelbar nach meiner Wiedergeburt setzt sich in meinem Kopf mit einem ersten Stampfen eine Dampflok in Bewegung. Ein zweiter Schlag folgt, ein dritter, ein vierter. Das Hämmern wird rhythmisch und schneller. Jedes Klopfen versetzt meinen Kopf in eine schmerzhafte Schwingung. In meinen Schultern fühle ich ein ungutes Brennen, ein dumpfer Dauerschmerz frisst am unteren Rücken. Obwohl ich mich fühle, als sitze ein Elefant auf mir, versuche ich, ein Stöhnen zu unterdrücken und mich schlafend zu stellen. So gerne ich mich von Erik hätte trösten lassen, so sehr fühle ich mich außerstande, einen Fremden an meinem Bett zu ertragen.

Plötzlich bin ich völlig sicher, dass ich all das nur träume, denn seit meinem Unfall kann ich weder hören noch sehen. Ich rede mir ein, dass ich schon viel früher kurze oder auch längere Wachphasen gehabt haben muss, die ich wieder vergessen habe. Hatte ich mein Hör- und Sehvermögen schon einmal zurückerhalten und es danach wieder verloren? In bin überzeugt, dass mein aktuelles Erwachen nicht mein erstes ist, sondern vielmehr die erste Rückkehr, an die ich mich erinnern kann. Womöglich habe ich meine früheren Ausflüge in die Realität einfach verdrängt. Vielleicht weil meine Sinne nicht funktionieren? Weil ich die Einsamkeit im Gefängnis meiner Gedanken nicht ertrage? Oder es war so, dass sich mein Körper zu Mitteln und Wegen gezwungen sah, um das bisschen Verstand, das mir geblieben war, vor dem Hinüberdriften in den Wahnsinn zu schützen?

»Leider muss ich Ihnen sagen, dass sich an meiner bisherigen Einschätzung nichts geändert hat. Ich bin schon geraume Zeit mit meinem medizinischen Latein am Ende. Ihre Frau ist austherapiert. Stabil, aber austherapiert. In ihr ist kein Bewusstsein mehr. Nach so vielen Jahren im Wachkoma wird sie nie wieder ins Leben zurückkehren. Sie müssen sich damit abfinden, dass es einem kleinen Wunder gleichkommt, dass sie überhaupt noch lebt«, höre ich eine fremde Stimme sagen.

Das klingt gar nicht gut, denke ich. Irgendjemand scheint in ernsten gesundheitlichen Schwierigkeiten zu stecken. Im Rückblick klingt das unfassbar naiv, um nicht zu sagen lächerlich. Aber seit dem Moment meines Erwachens sitzt auf mir ein Elefant und ich verstehe nicht, was um mich herum passiert. Und noch weniger weiß ich, was mit mir passiert ist. Wobei ich damit nicht den Unfall meine, der mich aus der Bahn meines Alltags gerissen hat. Oder genauer gesagt: nicht nur den Unfall. Mein gesamtes bisheriges Leben ist weg, aus meinem Gedächtnis getilgt, als habe ich nie existiert.

Durch das Gespräch an meinem Bett wird irgendwann klar, dass die Männer von mir reden. Ab diesem Moment verrät mir der Dialog wichtige Details meines Lebens: Ein schlimmer Unfall, Transport im Helikopter, lebensgefährliche Operationen, die lange Zeit auf der Intensivstation. Auch dass ich schon seit Jahren in einer Pflegeeinrichtung liege, ist mir völlig neu. Meine »Zwischenwelt«, in der ich angeblich lebe, ist das Ergebnis eines Wachkomas oder »apallischen Durchgangssyndroms«. Offenbar liege ich mit geschlossenen Augen wie tot in einem Klinikbett. Für meine Umwelt bin ich weniger als ein neugeborenes Baby: Ich bin zwar auf der Welt, aber nicht in der Lage, sinnvolle Reaktionen zu zeigen. Woher sollen sie denn auch wissen, dass ich durch eine Art Hyperraum fliege, meine Umgebung bruchstückhaft wahrnehme, aber nicht einordnen kann, was um mich herum geschieht. Sie ahnen nicht, dass über allem eine Art Nebel liegt, der mich vergessen lässt, wie ich mein Leben, diese zahllosen Tage des Dämmerns, zubringe. Entsetzt begreife ich, dass bis zum heutigen Tag, an dem ein erstes leises Verstehen mein Dasein erschüttert, fünf oder sechs Jahre vergangen sind. Es ist wie der Einsturz eines Gebäudes. Alles geschieht, ohne dass ich weiß, was den Zusammenbruch ausgelöst hat. Ein Erdbeben? Eine Sprengung? Das Alter der Steine?

Ich weiß nicht genau, ob ich mir den Gedanken nur einbilde, aber ich glaube, ich habe lange und intensiv gekämpft. Gegen diesen weißen Nebel, gegen das Vergessen, gegen die Müdigkeit. Anfangs schaffte mein Gehirn nur Sekunden, vielleicht auch nur Bruchteile davon. Ergebnisse mühsamer Verstandesarbeit, die eher Blitzen als Gedanken glichen. Die Spanne meiner Aktivitäten wuchs in Superzeitlupe. Nach über einem Jahr schaffte ich es, Minuten wach zu bleiben, brauchte weitere Monate, um zwischen meinem bewusstlosen Dahindämmern eine Stunde wach zu bleiben. Noch schlimmer. Das Vergessen war mein ständiger Begleiter. Ich vergaß von Mal zu Mal alles, was ich mir vorher mühsam erkämpft hatte. Es ist also durchaus möglich, dass viele meiner Erinnerungen in Wahrheit nur meiner schwirrenden Fantasie entsprungen sind und ich in Wahrheit das Licht der Welt erst wieder durch die Stimmen meines Mannes und meines Arztes erblickte. Oder durch eine Illusion dessen, zugegeben.

Der Versuch, mich schlafend zu stellen, funktioniert offenbar so gut, dass ich tatsächlich wegdämmere. Zumindest ist der Arzt verschwunden, als ich dem Nebelmeer erneut entsteige. Statt des Elefanten sitzt ein Nashorn auf mir. Meine Ohren hören die flüsternden Stimmen von Erik und einer Frau. Es dauert, ehe ich verstehen kann, worum es geht. Die Frauenstimme erklärt Erik etwas, das Trachialkanüle heißt. Außerdem ist von einem Blasenkatheter und der PEG-Sonde die Rede, von Körperhygiene, Umbettungen, Aufsetzen und Rollstuhleinsatz. Die Frau macht deutlich, dass auf Erik eine gigantische Aufgabe zukommt, ein Einsatz rund um die Uhr, vor dem sie nur warnen könne. Sie verstehe, warum er dieses Opfer bringen wolle, versichert die Frau, sie rate ihm aber dringend ab. Die Versorgung zu Hause sei eine extreme Herausforderung. Und die Hoffnung, einen Koma-Patienten zurückholen zu können, sei nichts anderes als eine Illusion. Verständlich zwar, aber letztlich doch nur eine Selbsttäuschung, ja nichts anderes als ein Hirngespinst.

Was redet diese Frau da eigentlich für ein Zeug?

Ich versuche, mich zu Wort zu melden. Ich habe nicht das Gefühl, es ginge um mich. Aber ich will der betroffenen Person helfen, weil da etwas nicht so läuft, wie es laufen sollte. Ich versuche zu schreien, aber es gelingt mir nicht. Ich will aufspringen, doch mein Körper bleibt unter dem Nashorn einfach liegen. Auch der Versuch, nach Erik zu greifen, scheitert, weil sich mein Arm weigert, sich zu bewegen. »Halt!« Ich schreie, so laut ich kann, doch Erik und die Frau ignorieren mich. Erst geraume Zeit später verstehe ich, dass der Schrei nur in meiner Fantasie stattgefunden hat. In Wahrheit habe ich mich überhaupt nicht bewegt, keinen Millimeter, weil mein gesamter Körper gelähmt ist. Alles, was ich glaube, getan zu haben, ist pure Einbildung. Ein herbeigesehntes Trugbild. Keine Realität. Mein letzter verzweifelter Versuch, die Aufmerksamkeit der Menschen an meinem Bett zu finden, besteht darin, wie wild mit den Augen zu zwinkern.

Erfolglos.

Nichts an meinem Körper bewegt sich. Keine einzige Wimper zuckt. Nur mein Geist rast unsichtbar in meinem Kopf. So bleibt für mich kein Zweifel: Dies ist kein furchtbarer Albtraum, aus dem ich nur erwachen muss. Irgendein schrecklicher Schicksalsschlag hat meinen gesamten Körper gelähmt, außer Funktion gesetzt, abgetötet.

Allerdings hat mein Todesengel seine Arbeit offenbar schlampig gemacht und mein Gehirn vergessen. Die Angst, die sich in mir breit macht, ist allumfassend, welterschütternd, grenzenlos. »Lähmendes Entsetzen« drängt sich in mein Bewusstsein. Diese angesichts meiner körperlichen Verfassung brutale und bittere Ironie des Schicksals nimmt mir den letzten Schimmer an Hoffnung. Ich will nur noch sterben. Am besten jetzt und sofort. So konzentriere ich all mein Denken auf ein Ziel, nämlich meinem Gehirn zu befehlen, mein Leben zu beenden. Doch offenbar gibt es keine Möglichkeit, vom Kopf her zu sterben. Zumindest nicht für mich. Entsetzt erkenne ich, wie lächerlich mein Suizidversuch ist. Statt zu sterben, falle ich zurück in den Nebel der komatösen Ohnmacht.

Die liegende Frau verpasst, dass der Moment ihrer größten Verzweiflung, dass die Sekunde, als Selbstmitleid ihre ganze Welt wie einst Atlantis hat untergehen lassen, ihre Rettung wird. In dem Moment, als sie alle Hoffnung verliert, entweicht ihrem beschlauchten Mund ein Seufzer. Vermutlich ist es eher ein lautes Atmen, allenfalls ein Röcheln, aber egal! Was zählt, ist nur, was Erik hört oder zu hören glaubt: ein Seufzen, den leisen Schluchzer der Frau, die immer noch seine ist. Deswegen bricht er die Diskussion um das Abschalten aller Apparate, die die liegende Frau am Leben halten, mit einer brüsken Armbewegung ab. Erik untersagt nicht nur ausdrücklich, die angeblich »austherapierte« Patientin aufzugeben, er verlangt, zwingend alle Maßnahmen zu ergreifen, die die Situation der liegenden Frau eventuell verbessern können. Seine kategorische Forderung lautet, sie zumindest so weit wie möglich zu stabilisieren. Die liegende Frau soll von der künstlichen Beatmung entwöhnt, von nicht zwingend erforderlichen Medikamenten befreit werden. Und er will seine Frau so schnell wie irgend möglich aus dem Pflegeheim nach Hause holen. Die liegende Frau ist an einem Wendepunkt ihres Leidensweges angelangt. Ein winziger Seufzer scheint schicksalhaft eine Weiche gestellt zu haben.

Bei meinem erneuten Erwachen versuche ich tagelang, irgendeinen Teil meines Körpers zu bewegen. Systematisch beschäftige ich mich mit Armen und Beinen, Zehen oder Fingern. Natürlich habe ich zunächst keinen Erfolg, doch damit habe ich gerechnet. Aufgeben kommt nicht infrage. Ich stelle mich darauf ein, dass Fortschritte viel Zeit brauchen werden. Tatsächlich geschieht auch lange nichts, niemand nimmt Notiz von mir. Schließlich gelingt es mir, mich noch intensiver zu fokussieren. Ich weiß nicht mehr, warum oder wie ich all meine Bemühungen auf den Zeigefinger meiner rechten Hand konzentriere, aber offenbar scheint mir die Idee überzeugend. Und da ich so überzeugt bin, habe ich kein Problem damit, sechs Monate lang jede meiner mehr als 250 000 freien Minuten damit zuzubringen, entweder vor mich hinzudämmern oder meinen Zeigefinger anheben zu wollen.

Was für ein unglaubliches Gefühl, als es endlich gelingt! Ich erinnere mich an nichts Vergleichbares. Mich durchströmt ein unbekanntes Gefühl. Mehr als Glück, mehr als Triumph, mehr als Seligkeit. Alles, was konventionell lebende Menschen empfinden können, sind nur graue Schatten im Vergleich zu meiner gleißend hellen Ekstase. Ich schwebe. Das erste Zucken meines Fingers nach Jahren der Erstarrung versetzt mich in einen Rausch.

Vor meinem Systemabsturz habe ich im Fernsehen eine Dokumentation über den menschlichen Körper gesehen. Dort hörte ich zum ersten Mal, dass 27 Einzelknochen eine

Hand bilden. Staunend erfuhr ich, dass sich damit ein Viertel der Knochen eines Menschen in seinen Händen befindet. Und sie sind zu so viel mehr zu gebrauchen als zum Karten spielen oder Wäsche waschen. Kraftvoll oder filigran, jede Hand kann ganz nach Bedarf eingesetzt werden: zupackend oder zärtlich. Wir können damit Eisen schmieden oder Morde begehen, aber auch Liebesbriefe schreiben. Beinahe jeder Mensch kann Männer, Frauen, sogar sich selbst zum Orgasmus streicheln. Nur ich kann bis zu jenem unvergesslichen Glücksmoment nichts davon. Weil meine Beweglichkeit völlig erstarrt ist. Damit nicht genug: Ich kann noch nicht einmal fühlen, wenn ich berührt werde. In meiner Handinnenfläche sitzen zwar angeblich 17 000 Fühlkörperchen und freie Nervenenden, doch die weigern sich hartnäckig, auf Druck, Hitze, Streicheln oder Vibrationen zu reagieren. Seit dem Unfall sind meine Hände tot, dürre Äste eines abgestorbenen Baumes. Bis jetzt. Bis zu jener Sekunde, als mein Zeigefinger mit einem Zucken ins Leben zurück will. Ich versuche natürlich sofort, die Bewegung zu wiederholen. Der erneute Triumph bleibt aus. Nichts vermag, meinen Finger zu einer Wiederholung zu zwingen. Es dauert den ganzen Tag, bis ich mir mein Scheitern eingestehe. Offenbar habe ich mir meinen schicksalhaften Fingerzeig so sehr herbeigewünscht, dass ich ihn mir nur eingebildet habe.

Noch heute geht mir die Erinnerung an die Nieren, quält mich wie ein schmerzliches Erlebnis meiner Kindheit: Marion. Meine Freundin aus dem Kindergarten. Mit ihr tauschte ich mitgebrachte Brote, sie trank aus meiner Teeflasche, ich schenkte ihr meine geliebte rotgoldene Haarspange, auf die ich so stolz war. Ich dachte, sie würde sich freuen über das Schmuckstück, denn ihre Kleidung war schäbig. Ihre Strumpfhosen hatten manchmal Löcher, ihre Schuhe, stets abgetragen von zwei älteren Schwestern, waren abgenutzt wie das Jahr im Dezember. Jeans waren geflickt, T-Shirts hatten Löcher, Pullis strickte ihre Mutter aus gebrauchter Wolle. Ihren Anorak trug sie in mindestens drei Jahreszeiten: Herbst, Winter und Frühling. Den Sommer nutzte sie dann, um herauszuwachsen. Ich lernte Marion an meinem dritten oder vierten Tag im Kindergarten kennen. Allein in einer Ecke spielte sie mit dem Teufel aus dem Kaspertheater. Die Handpuppe war viel zu groß für ihre kleinen Finger, doch das schien sie nicht zu stören. Flüsternd unterhielt sie sich mit dem rotgesichtigen Dämon, schien versunken in einen wichtigen Wortwechsel. Erst viel später erfuhr ich, dass viele andere Kinder Marion nicht mochten, auf sie herabschauten oder sich sogar vor ihr fürchteten, sodass sie meist allein spielte. Ich trat hinzu, hob die Prinzessinnenpuppe vom Boden auf, schlüpfte mit meiner rechten Hand hinein. Wir spielten den ganzen Vormittag miteinander und waren seither Freundinnen. Für beinahe anderthalb Jahre. Bis ich unsere Freundschaft an einem der Widderpunkte meines Lebens zerstörte, indem ich sie versehentlich auf eine zu harte Probe stellte. Auslöser war meine neue Puppe Rosalie. Sie hatte Schlafaugen, konnte sprechen, und ich liebte ihr tolles blondes Haar. Ich konnte mich morgens nicht trennen und nahm sie mit zum Kindergarten. Da es verboten war, irgendwelches Spielzeug mitzubringen, verließ mich kurz vor der Tür der Mut. Ich versteckte meine Puppe in einem dichten Gebüsch. Als ich abends zurückkam, war der Platz hinter dem Strauch natürlich leer, meine geliebte Rosalie gestohlen. Da ich nur Marion von meinem Versteck erzählt hatte, stellte ich sie am nächsten Tag zur Rede. Wutentbrannt und voller Zorn sah sie mich an. »Du denkst, ich habe dich bestohlen!«, stellte sie entsetzt fest. »Du bist genauso mies wie alle anderen!«. Dann boxte sie mir ihre Faust ins Gesicht, schubste mich drei Treppenstufen hinab und redete nie wieder ein Wort mit mir.

Das Schlimmste an meinem herbeifantasierten Zucken ist, dass ich zugeben muss, dass es sich um keinen Einzelfall handelt. Eingebildete Erfolge begleiteten mich durch mein ganzes Leben. Ich war gerade sechs Jahre alt, als ich in der ersten Klasse Mitschüler und Lehrerin damit verblüffte, fließend von der Tafel abzulesen. Allerdings nur in meiner Fantasie, denn in der Realität war ich alles andere als ein Wunderkind. Obwohl ich mir nichts sehnlicher wünschte, als meine Lehrerin zu beeindrucken, musste ich mir die Fähigkeit, Buchstaben und Worte erkennen zu können, ebenso mühsam erarbeiten wie viele andere Kinder meines Alters auch. Kopfrechnen fiel mir ohnehin schwer, musikalisches Talent fehlte mir völlig, mein Gedächtnis glich dem Sternenhimmel: zwischen dem Gefunkel war viel, viel Schwärze. Als Wunderkind galt ich lediglich beim Zusammensetzen von Puzzlespielen, zumindest vorübergehend. Dies hatte ich weniger tatsächlichen Fertigkeiten zu verdanken als vielmehr einem raffiniert ausgeklügelten Bluff. Bekam ich ein neues Puzzle geschenkt, setzte ich es in vielen unbeobachteten Momenten auf einem Pappkarton zusammen. Mein heimliches Tun dauerte manchmal lange, doch das war mir egal, solange ich nicht dabei entdeckt wurde. Sobald ich mein Werk vollendet hatte, versteckte ich es unter dem Bett. Danach füllte ich die Teile eines ähnlichen Puzzles in die Schachtel des neuen, begann unter lautem und publikumswirksamen Getöse mit dem Zusammensetzen und vollendete das Bild in rekordverdächtiger Zeit, indem ich die falschen Teile verschwinden ließ und in einem passenden Moment das längst vollendete Werk klammheimlich unterm Bett hervorzog. Mein Ruhm hielt nur deshalb nicht lange, weil ich der Versuchung nicht widerstehen konnte, ein 500-Teile-Puzzle in kaum drei Minuten zusammenzusetzen. Im anschließenden Verhör unterlag ich meiner Mutter nach kurzer Zeit und gestand ihr unter Tränen meinen Trick. Noch schneller flog ich auf, als ich glaubte, ich sei zu einem Rechengenie mutiert. In einem Rechentest der vierten Klasse war ich felsenfest davon überzeugt, die richtigen Lösungen sofort erkennen zu können. Für 20 Aufgaben lieferte ich in kaum fünf Minuten 20 Ergebnisse, die ich der Lehrerin postwendend und voller Stolz ablieferte. Die Freude über das neue Wunderkind verflog schnell, weil Raum und Zeit manchmal einfach verloren gehen können. Mit düsterer Miene blickte Frau Gleimann auf das Blatt in ihrer Hand, schüttelte den Kopf und fragte, ob ich meine Ergebnisse nicht noch einmal überprüfen wolle, es wäre ja noch genügend Zeit. Doch ich glaubte fest an mein Genie. Auf keinen Fall wollte ich auf Nummer sicher gehen und mich lächerlich machen. Ich verneinte lächelnd: Es habe alles seine Richtigkeit, da sei ich völlig sicher. So bekam ich zum ersten Mal in meinem Schülerleben eine Sechs, weil nicht ein einziges Ergebnis richtig war.

Gleichzeitig erteilte mir das Leben eine wichtige Lehre: Der Glaube versetzt in Wahrheit keine Berge. Auch nicht, wenn man ein paar Jahre älter geworden ist. Kurz nach meiner ersten Periode wurde mir urplötzlich klar, dass Kevin in mich verliebt war. Der stille Fußballfan, der in diesem Schuljahr in beachtlichen schulischen Nöten steckte, saß links hinter mir, drei Bänke weiter. Angesprochen hatte Kevin mich bislang nicht, was aber auch kein Wunder war, bei einer Klassenschönheit, für die ich mich hielt. Die Liebe brauchte Ermunterung, also schrieb ich ihm, dass ich ihn liebe und seine Freundin werden wolle. Mein ganzes Werk umfasste kaum vier Zeilen, geschrieben auf kariertem Papier, das ich aus einem Schulheft schnitt und mit dem Chanel-Parfüm meiner Mutter köstlich beduftete. Ich überreichte meine Gefühle in einem rosa Briefumschlag. Mit erschütterndem Ergebnis! So sicher ich mir Kevins Liebe gewesen war, so sicher lag ich daneben. Unter Hohngelächter lief er auf dem Schulhof mit meinen Liebeszeilen von einem Jungen zum nächsten. Am Ende las er sie laut vor, damit auch wirklich alle etwas davon hatten. Selbst ich: Ich nämlich gewann die bittere Entschlossenheit, dass mich nie wieder ein Kerl dermaßen erniedrigen sollte.

Was ist nur los mit meinen Erinnerungen? Warum sind sie nicht erfreulicher? Glücklicher? Die an Erik zum Beispiel! Sein Werben um mich, das Kennenlernen während des Jurastudiums, das wir beide abbrachen. Ich wechselte zu einem Lehramtsstudium, Erik wurde Journalist, machte rasch Karriere, verdiente gut. Kann man sagen, wir wurden reich? Ich habe es so empfunden, Geldsorgen hatten wir nie. Mit dem Jobben nebenbei hörte ich bald auf. Aber warum lernte ich nie Eriks Eltern kennen? Oder kenne ich sie, habe es aber womöglich völlig vergessen? War Erik schon immer stramm rechts oder ist er es im Lauf der Jahre erst geworden? Wann begann er damit zu prahlen, es gebe keine Geschichte, die er nicht noch »hinbiegen« könne? Wann fing das an mit der Meinungsmache gegen Verbrecher, Sozialschmarotzer, Ausländer? Ich habe ihn aus der Zeit, als wir uns kennenlernten, so ganz anders in Erinnerung. Je dicker sein Adressbuch mit »den wichtigen Leuten« wurde, umso verschlossener, mürrischer, kälter wurde er. Je mehr Konkurrenten Erik »plattmachte«, desto unglücklicher wirkte er. Dann begannen die unangenehmen »Geschichten« mit den Praktikantinnen und Sekretärinnen. Die ich erst nicht sah, dann übersah, dann nicht mehr sehen wollte. Wann begann der Streit?

Meine Erinnerungen sind in so vielen Punkten voller Lücken. Ein Puzzle, das sich weigert, ein Bild zu ergeben, weil so viele Teile fehlen. Aber in mir spuken düstere Wolken herum, die Leid enthalten, viel Geschrei, den immer wieder weinenden Raoul, zerstörte und gefeuerte Mitarbeiter, Reisen nach Holland mit anschließend nicht mehr schwangeren Kolleginnen, an Erpressung grenzende Arbeitsmethoden und auch irgendeinen riesigen dunklen Punkt. Letzterer betrifft mich, ich weiß es. Endlose Stunden, Tage, Monate grüble ich darüber, ohne auch nur einen Millimeter voranzukommen. Ob er der Grund dafür ist, dass ich mit Raoul jenen unglückseligen Zug nach Hamburg bestiegen habe? Was für einen Zug? Auch das weiß ich nicht, wie so vieles. War der Zug überhaupt nach

Hamburg unterwegs? Unwahrscheinlich, denn das hieße, ich wäre verreist. Ich kann mir aber nicht einmal ansatzweise vorstellen, wieso ich Hamburg mit Raoul, aber ohne Erik hätte verlassen sollen.

Ich weiß nicht, wann und wie lange mein Bewusstsein aussetzt. Kann es nicht kontrollieren. Seit meinem ersten Erwachen geht es, wann ihm danach ist. Immer wieder. Anfangs fast ständig, im Lauf der Jahre wird es langsam weniger, passiert schließlich kaum noch. Dennoch geschehen mitunter Dinge, die mein Denken und Wahrnehmen einfach ausknipsen. Vielleicht könnte man es mit einer Ohnmacht vergleichen oder einem tiefen, traumlosen Schlaf. Lange Zeit habe ich versucht, die Gründe für diese Aussetzer zu erkennen, es ist mir nicht gelungen. Aufregung ist einer dieser Gründe, es gibt aber auch andere.

Zum Beispiel die Besuche dieses Kauzes Friedrich. Immer wieder steht er aus dem Nichts an meinem Bett. Jetzt schon wieder. Er steht zu meinen Füßen und glotzt mich an. Neugierig, aber ruhig. Dennoch verbreitet er Unruhe in mir, ohne dass ich mir darüber klar werden kann, warum. Das Fußteil meines Bettes überragt seinen Bauchnabel. Von meiner Bettdecke oder gar von meinem Körper hält er sich fern. Was kann er wollen? Seine groben Hände legen sich auf die Chromstange des Fußteils wie auf das Geländer einer Aussichtsplattform. Die Finger wandern nach links und rechts, kommen nicht zur Ruhe. Ebenso dieser merkwürdige Kopf, dessen Genicke und Gewackel etwas Beunruhigendes hat. Ich ertappe mich dabei, dass ich darauf warte, dass mir sein Kopf zwischen die Beine fällt.

Wäre es angesichts meiner künstlichen Beatmung nicht ein völlig absurder Gedanke, würde ich den Atem anhalten? Das Verrückteste aber ist, dass ich permanent das Gefühl habe, Friedrich könne genau erkennen, was in mir vorgeht. Wieder öffnet sich sein Mund für Ben Beckers Stimme:

»Du solltest keine Angst vor mir haben, Schneewittchen. Ich bin natürlich kein Prinz, aber die böse Stiefmutter oder der Jäger bin ich auch nicht!«

Die folgende Pause füllt unbarmherzig den Raum. Wie ein Brotteig, der beim Gehen langsam, aber unaufhaltsam aus seiner Kastenform quillt. Dann sagt er: »Ich bin allenfalls der Spiegel.«

Der Brotteig arbeitet in erneuter Stille weiter an sich. Schließlich wird sie ein letztes Mal gebrochen: »Du solltest darüber nachdenken, ob die böse Stiefmutter in deinem Fall nicht ein Mann ist. Oder ein Wolf, der einen Schafspelz übergeworfen hat. Ich konnte ihn beim letzten Besuch belauschen. Du bist in Gefahr und musst auf dich aufpassen!«

Der Mund des Kopfwacklers schließt sich, verwehrt Ben Becker jeden weiteren Ausgang. Seine Augen wirken wie zwei schwarze Eisvogeleier: Kugelrund, aber durch eine Laune der Natur ins Negativ verkehrt. Viel zu klein geratene Billardkugeln, nein: miniaturisierte schwarze Löcher mit so starker Gravitation, dass aus ihnen einmal Gesehenes nicht wieder entkommen kann. Meine Augen sind ihr Gegenentwurf. Ihnen gelingt es nicht, irgendetwas festzuhalten. Sie sind zwar braun, aber doch nur wie Weiße Zwerge, Sterne am Ende ihrer Kraft, deren nuklearer Energievorrat versiegt ist, austherapiert, mit letzter Ölung versehen.

Friedrich scheint mit Lichtgeschwindigkeit verschwunden zu sein. Während meine Gedanken um seinen unglaublichen Vorwurf rotieren, ist er offenbar gegangen. Der Platz vor meinem Bett ist verwaist, ich bin mit meinem neuen Entsetzen allein.

Was soll das heißen, ich sei in Gefahr? Wer ist der geheimnisvolle Mann, den er belauscht haben will? Wer könnte mich, eine Frau mehr tot als lebendig, bedrohen wollen? Und warum nur? Da Erik es nicht sein kann, bleiben nur wenige potenzielle Kandidaten: Mein Arzt Dr. Wilhelm? Einer der anderen Mediziner? Irgendjemand, den ich womöglich gar nicht kenne? Einer der Pfleger? Ein anderer Patient der Klinik? Am Ende gar dieser Friedrich selbst?

An einem Sonnentag – wie lang ist das eigentlich her? – brachte man mich ans Fenster. Mitsamt meinem Bett natürlich, das ein Wunder des technischen Fortschritts ist. Es simuliert Schweben, ist aber nicht nur höhenverstellbar, sondern verfügt über eine Vielzahl individueller Einstellmöglichkeiten. Beispielsweise kann jede Komponente der vierteiligen Liegefläche elektrisch verstellt werden. Die Rückenlehne etwa ist bis circa 70 Grad neigbar. So saß ich beinahe aufrecht hinter Glas und besah mir Sonne, Blau, Grün und vorbeilaufende Menschen. Es dauerte kaum zehn Minuten, dann stand mein Bett bei Dunkelheit am alten Platz. Mein Bewusstsein hat das Idyll offenbar nicht ausgehalten und ist wieder einmal desertiert. Für mehrere Stunden. Die Ironie dabei: Niemand bemerkt mein Verschwinden und die Fruchtlosigkeit der gut gemeinten Bemühung. Schließlich liege ich, nein: liegt mein Körper reaktionslos herum. Ob ich in Wahrheit alles beobachte oder nicht – für Personal, Ärzte, andere Menschen ändert dies absolut nichts. Daher gibt es nur zwei mögliche Auswirkungen: Der eine Teil meiner Mitmenschen hat mich aufgegeben und reduziert im Umgang mit mir gezielt den Aufwand, der andere Teil will sich mit meinem Zustand nicht abfinden und wiederholt auch vermeintlich sinnloses Bemühen wieder und wieder. So, wie die Sache mit dem Fenster, an dem mein Bett und ich sicher schon bald wieder stehen werden. Mit sicher ähnlichem Ergebnis: Völlige Ereignislosigkeit in der Draußenwelt halte ich länger aus als ein paar Minuten. Ganz anders, wenn mein Bett an seinem Platz steht: Erhasche ich mit gekipptem oder gedrehtem Kopf das Geschehen vor dem Fenster, ist dies für mich wie fernsehen: Ich kann stundenlang durchhalten, ohne die geringsten Ausfälle. Es würde mich wirklich sehr interessieren, was Mediziner zu diesem kuriosen Phänomen sagen würden.

Oder Schwester Anja, eine etwa 40-jährige Pflegerin, die mich offenbar besonders in ihr Herz geschlossen hat und sich hartnäckig weigert, meinen Verstand, meinen Körper oder meine Seele aufzugeben. Sie sorgt für alle möglichen Abwechslungen. Radio- und Fernsehgeräte organisiert sie ebenso wie Fensterblicke, Hörbücher oder Haustiere. Selbst schicke Frisuren, Gesichtspflege, Fußmassagen oder Streicheleinheiten wurden schon gewährt. Unvergessen auch die gelegentlichen Ausfahrten meines Bettes hinaus in die Welt jenseits des Fensters, den Garten. Womöglich in der Hoffnung, die Gerüche der Blumen und des frisch gemähten Rasens, die Wärme der Sonne oder das Zwitschern der Vögel könnten ein Wunder bewirken. Man will mir Gutes tun, doch die Wahrheit ist, dass ich unter der Hitze und den herumfliegenden Insekten leide. Das Surren der einen ist mir unangenehm, die Lautlosigkeit der anderen macht mir eine Heidenangst. Schmetterlinge zum Beispiel versetzen mich geradezu in Panik, obwohl mein Verstand um ihre absolute Harmlosigkeit weiß. Ob es in meiner Vergangenheit ein traumatisches Erlebnis gab? Ganz ehrlich: Ich habe keine Ahnung und es interessiert mich auch nicht besonders. Das Herumpsychologisieren habe ich aufgegeben. Spätestens seit meiner überaus peinlichen Lebensphase als Mann.

KAPITEL 5

(im Jahr 2010)

Es beginnt irgendwann nach meinem Wiedererwachen. Als es mir endlich gelingt, erste Erinnerungsfetzen von einer Wachperiode zur nächsten zu retten, empfinde ich mich zunächst einfach nur als verängstigten Menschen. Vages Erinnern an ein anderes, früheres Leben und eine alles verschlingende Angst beherrschen mein Denken. In meinem Gehirn dreht sich alles um die Befürchtung, tot zu sein. Als heimatlose Seele in meinem toten Körper steckengeblieben. Beklemmung wechselt sich ab mit Furcht, Sorge oder Panik. Die Frage meines Geschlechts taucht überhaupt nicht auf. Selbst als ich erkenne, dass ich noch lebe, wundere ich mich nicht über die Lähmung meines Körpers, interpretiere diese als ein Erstarren in einem buchstäblichen lähmenden Entsetzen. Das vergebliche Bemühen mit meinem Finger – was für eine Bankrotterklärung.

Meine Umwelt sieht mich als eine leere Körperhülle. Keine Empfindungen, kein Denken, kein Bewusstsein. Ich dagegen erkenne mein Gefängnis, in mir wummert ein Bass. Ich will leben, ich will leben, ich will leben, ich will leben. Menschen an meinem Bett schicken mir Wortfetzen wie Koma, Wachkoma, kein Bewusstsein, keine Reaktionen, keine Hoffnung. Aber ich schreie sie an: »Ich bin noch da! Ich bin noch da! Ich bin noch da!« Wie so oft klammere ich mich an die Hoffnung, all dies sei nur ein Albtraum, aus dem ich erwachen müsse. Doch es gibt kein Erwachen. In keiner Hinsicht. Aber falls ich lebe, kann ich zumindest kämpfen.

Ich beginne mein langes, langes Bemühen, der Außenwelt Signale zu senden. Erst Ärzten und Pflegern, irgendwann nur noch Personen ohne Medizinerkittel, weil ich hoffe, jene Besucher könnten Menschen sein, die mich lieben. Auf Basis dieser Emotion müssten sie in mir doch den Menschen erkennen, müssten sie nicht ahnen, was in meinem Körper vorgeht. Es kann nicht sein, dass kein Einziger meine lebensgefährliche Situation begreift. Aber genau so ist es: Alle glauben irgendwann eher den Ärzten als ihren Gefühlen. Menschen, die mir anfangs die Hand gedrückt, den Kopf gestreichelt haben, stehen binnen kurzem stumm an meinem Bett. Traurig, entsetzt oder gleichgültig. Bald danach kommen sie gar nicht mehr.

Neben Erinnerungen fehlt mir auch jegliches Zeitgefühl: Was mir wie ein Verlassenwerden innerhalb weniger Tage scheint, ist in Wahrheit ein Prozess über mehr als ein Jahr. So kann ich im Nachhinein auch nicht einschätzen, wie lange mein erfolgloses Bemühen dauerte, mich bemerkbar zu machen. Sind es Monate oder sogar Jahre, die ich in panischer Todesangst lebe? Kann nicht jeder Tag mein letzter sein? Kann nicht bereits gestern entschieden worden sein, heute »die Apparate« abzuschalten und mein Leben zu beenden? Wer würde morgen ein Plädoyer dafür halten, die »sinnlose« Verlängerung meines Lebens zu beenden? Zum Wohle des Patienten, der Angehörigen und – angesichts enormer Pflegekosten – auch der Gesellschaft.

Mitten in meinen Überlebenskampf platzt die Frage meines Geschlechts. Ohne darüber bewusst nachgedacht zu haben, fühlt sich mein namen-, alters- und erinnerungsloses Ich beinahe selbstverständlich als Mann. Ich liege da, gefangen in einem bewegungslosen Körper, von dem ich absolut nichts spüre. Keiner meiner Sinne funktioniert. Die Absurdität dieser Situation erschüttert mich immer wieder. Sie entsetzt mich mehr als die zahllosen Panikattacken, die alltägliche Todesangst und mein frustrierend erfolgloser Kampf, auf mich aufmerksam zu machen. Wie kann ein Mensch derart elementare Fakten seines Seins einfach vergessen? Ist es möglich, sich als Mann zu fühlen, ohne einer zu sein?

Alle anderen Fragen müssen warten. Ich stürze mich mit ganzer Kraft auf meine Selbstzweifel, suche nach Indizien, Merkmalen und Anhaltspunkten. Im Grunde weiß ich, wie vergeblich mein Versuch der Selbstfindung ist, denn mir fehlen nicht nur meine Sinne, sondern auch Erinnerungen und damit auch jene an die Sozialisation meiner Geschlechterrolle. Noch schlimmer ist, dass mein Suchen für mich und mein Leben in weiten Teilen völlig irrelevant ist. Gibt es überhaupt ein typisch männliches oder typisch weibliches Verhalten? Und wie sieht es im Falle eines Menschen aus, der reduziert ist auf ein denkendes Gehirn? Selbst wenn die Fragestellung nicht generell unsinnig sein sollte, welche Relevanz hätte sie für mich, da niemand mein Verhalten wahrnehmen und bewerten kann?

Da liege ich also, klammere mich an mein Credo »Ich denke, also bin ich« und grüble in meiner Einsamkeit. Am Ende entscheide ich, ich sei ein Mann, und glaube geraume Zeit fest daran.

Bis der Tag kommt, da mir ein weiteres Wunder widerfährt: Mein Gehör meldet sich zurück. Plötzlich, unerwartet, ohne mein Zutun. Obwohl »nur« einer der passivsten unserer fünf Sinne, ist anderen Menschen kaum vorstellbar, welch wichtigen Moment die Wiedereröffnung meiner Ohren für mich darstellt. Ich bin überzeugt, nicht einmal die von Jesus geheilten tauben Menschen können meine Emotionen dieses Moments nachempfinden, verfügen sie doch meist über vier andere Sinne. Ich dagegen stecke in mir selbst. In einem undurchdringlichen Kokon, der plötzlich aufbricht und mich nach Jahren der Isolation ins Leben zurückbringt, zumindest ein großes Stück weit. Plötzlich sind mir vielfältige Informationen zugänglich. Egal, ob jemand mit mir spricht oder das Radio läuft, ich kann endlich damit beginnen, meine riesigen Wissenslücken zu schließen. Ich erobere mir die Welt der Töne zurück, die mir nicht nur die Sprache zurückbringen, sondern einen weiteren immensen Schatz: die Musik. Und natürlich glaube ich fest daran, dass die errungene Funktion meines Trommelfells der erste Schritt der Heilung und zurück in die Wirklichkeit ist. Das Hören ist der Beginn meiner völligen Genesung. Wenn ein Sinn zurückkommt, warum dann nicht alle? Und wenn die Sinne wieder funktionieren, warum dann nicht auch der restliche Körper?

Meine Euphorie fällt in sich zusammen, als mein Gehör seinen Dienst sofort wieder einstellt. Erst als seine Funktion wenig später erneut zurückkehrt, fliege ich unerschütterlich gut gelaunt durch den höchsten Himmel meiner Gefühle. Ich will hören, hören, hören, alle Informationen aufsaugen. Wie trockener Waldboden die ersten Regentropfen nach wochenlanger Dürre. Doch wie sieht die Wirklichkeit aus? In Wahrheit kann ich mit meinem neuen Sinn gar nicht umgehen.

Ein Arzt tritt mit Erik an mein Bett. Ihr Gespräch, das ein Landregen hätte sein sollen, gerät zur Überschwemmung, die mich fortzuspülen droht. Der erste Mensch, der in meiner Nähe seine Stimme erhebt, schockiert mich mit seinen zwei ersten Worten. »Ihrer Frau...«, sagt er, mehr höre ich nicht mehr. Muss ich auch nicht, um zu wissen, dass ich mein Geschlecht revidieren muss.

Um nicht falsch verstanden zu werden: Ich hatte und habe absolut nichts dagegen, eine Frau zu sein. Es ist nicht mein Geschlecht, das mich so sehr erschreckt, als ob direkt neben mir eine Schrotflinte abgefeuert wird. Es ist die Dimension meines Irrtums. Verbunden mit der Tatsache, dass ich, außer nachzudenken, mehrere Jahre nichts getan habe. Und dass ich mit meinen Gedanken absolut nichts zustande gebracht habe. Eine meiner zentralen Erkenntnisse, die ich meinte, gewonnen zu haben, ist nichts anderes als ein knallend platzender Traumballon, ein gigantischer Irrtum.

Ich glaube, es sind Frustrationen wie diese, die mich im Lauf der Jahre mehr und mehr von meinem Wunsch zu genesen abbringen. Irgendwann will ich nicht mehr zurück in die Realität. Sie scheint mir anstrengend, fordernd, strapaziös, mithin wenig erstrebenswert. Es klingt verrückt, aber je mehr sich mein Gesundheitszustand bessert, desto weniger attraktiv wirkt meine Rückkehr in mein früheres, durchaus anstrengendes Leben. Mehr und mehr erscheint mir meine Unbeweglichkeit nicht mehr als Qual und Behinderung, sondern wie ein schützender Kokon. Er bewahrt mich vor allen Schrecken der Realität. Hunger oder Durst, Geldsorgen oder Leistungsdruck, Stress oder Ärger mit meinen Mitmenschen spielen für mich keine oder kaum eine Rolle. Negative Reaktionen der Welt da draußen gibt es nicht. Wollen die Menschen nicht vor allem lange und glücklich leben? Kann ich das nicht auch so wie die letzten Jahre? Ist es vielleicht sogar das Beste für mich, einfach liegen zu bleiben?

Ich erinnere mich an mehr Glücksmomente im Liegen als vor meinem Unfall. Das Wiederentdecken des Hörens ist nur einer von vielen. Der wohl großartigste: Der Moment, an dem ich eines Tages meine Augen wieder aufschlage. Es geschieht instinktiv, einfach so, mit der Vehemenz eines Gewitterdonners bei heiterem Himmel. Wieder einmal weiß ich nicht, wie mir geschieht. Obwohl mein Zimmer, wie an den meisten Vormittagen, bei meiner Erleuchtung in dämmrigem Halbdunkel liegt, quält mich ein schmerzvolles Geblendetsein, das tagelang anzuhalten scheint. Danach erst kann ich die Freuden meines weiteren geschenkten Sinns genießen. Welche Wonne, allen Tönen nun Bilder zuordnen zu können. Welche Freude, wieder Farben und Strukturen erkennen, entdecken, vergleichen zu können. Ich versteige mich in Träumereien, bilde mir ein, Bilder zu malen. Freue mich, sie zumindest bald anschauen zu können. Welch begeisterndes Entzücken es doch ist, einer Stimme wieder das Aussehen eines Menschen zuzuordnen. Schwester Anja zum Beispiel, die mir bis heute liebste unter den Pflegerinnen, stellt sich als eher vierschrötige Frau heraus. Langes braunes Haar fällt ihr glatt vom Mittelscheitel auf die Schultern herunter, verdeckt ihre Ohren, betont aber auf seltsame Weise ihre pausbäckige Fröhlichkeit. Sie ist dick, aber auf eine Art, die zu ihr passt. Dass dieser Gegenentwurf zu einem schlanken Model sein Leben genießt, hat seinen Niederschlag gefunden: einerseits in gut 20 verzichtbaren Kilogramm, andererseits in permanent guter Laune und immerwährendem Lächeln. Ihre Dienstkleidung, besonders ihr Schlupfkasack, ist meist etwas eng. Daher vermute ich, Schwester Anjas Gewichtszunahme könnte noch nicht abgeschlossen sein, was mich jedoch nicht im Geringsten stört. Diese Pflegerin macht mir Freude, ohne dass ich sagen kann, woran es liegt. Alleine für ihren Anblick lohnt es sich, die Augen zu öffnen.

Andere Pflegerinnen, Ärzte und Besucher: Plötzlich sind nicht mehr Fantasien in Kopf der liegenden Frau, sondern Abbilder der Wirklichkeit. Barbara sieht Erik wieder, nach Jahren der Dunkelheit, endlich. Seine dunkelblonden Haare sind nicht mehr ganz so kurz wie früher. Er trägt eine Brille vor den grauen Augen und einen akkurat gestutzten Bart. Auch einige zusätzliche Kilos machen hinzugekommene Jahre erkennbar. Der Frau fällt auch ihr Nachname wieder ein. Sie weiß, dass sie durch die Heirat mit Erik nicht mehr Stegner heißt, sondern Dahlmann.

Wärme erfüllt sie: Erik ist ihr heißes Bad an nasskalten Novembertagen. Ihr Licht im dunklen Keller, ihr Robin Hood, ihr Luke Skywalker, ihr Pan Tau. Was für ein wunderbares Glücksgefühl, freut sich die liegende Frau. Wie gut, dass sie sich daran wieder erinnern kann.

Doch während Hirn und Herz ihren Körper mit Seligkeit fluten, öffnet sich parallel in ihrem Bauch ein winziges weltallschwarzes Pop-up-Fenster. Irgendetwas stimmt nicht, denkt die Frau. Erik! Es liegt an Erik. Irgendetwas stimmte nicht mit Erik. Er hat ihr etwas angetan. Das schwarze All in ihrem Bauch beginnt sich zu entfalten. Origami aus quadratischem Nichts. Hier wächst kein Kranich heran, sondern eine Vier. In Japan eine gefürchtete Unglückszahl, weiß die Frau. Ein drohender Schatten, der sich über sie legt.

Sie weiß, da ist etwas Wichtiges, etwas Gefährliches, etwas Schlimmes, das sie nicht hätte vergessen dürfen.

Aber was ist es? Und was hat Erik damit zu tun?

KAPITEL 6

(im Jahr 2016)

Ein Grund, der Wirklichkeit den Rücken zu kehren, ist die Angst, gelähmt zu sein. Was wäre, wenn? Dieser Gedanke fällt sie an wie ein wilder Hund. Woher soll sie wissen, ob ihr Körper überhaupt noch in der Lage ist, sich zu bewegen. Will sie in einem Körper aufwachen, der wegen des Unfalls gelähmt ist? Ein Bruch der Wirbelsäule vielleicht? Womöglich als Ursache ihres Komas? Je länger sie darüber nachdenkt, desto überzeugter ist sie, in eine Katastrophe geraten zu sein. Mit gravierenderen Folgen als sie sich bisher eingestanden hat.

Oder ist das alles Unsinn? Führt sie sich selbst in bizarrer Weise aufs Glatteis? Ist in ihr wieder eine Überzeugung von absurder Qualität herangewachsen? Wiederholt sie gerade den Fehler ihrer Kindheit? Sich etwas einzubilden und sich daran festzuklammern, darin war sie von klein auf gut. Sind ihr nicht immer wieder geradezu groteske Irrtümer unterlaufen? Zuletzt die in der Rückschau unfassbare und aberwitzige Annahme, sie sei ein Mann. Doch bei allem Bemühen, kühlen Kopf zu bewahren, dauert es nicht lange und sie »weiß«, dass sie unheilbar gelähmt ist. Allein aus diesem Grund fasst sie den Beschluss, die Suche nach einem Rückweg in die reale Welt für immer aufzugeben. Und je länger sie an dieser unglückseligen Fehlentscheidung festhält, desto mehr erlahmt ihr Kampfgeist. Sie ahnt, am Ende wird das Nichtzurückwollen abgelöst von einem Nichtmehrzurückkönnen. Und obwohl sie diese Aussicht erkennt und bedauert, findet sie nicht mehr die Kraft, daran etwas zu ändern. Sie hat es sich in ihrem Leben, in ihrem Kokon der Sorglosigkeit bequem gemacht. Kein Zweifel: Sie will weder in ihr altes Leben zurück, noch in ihren Körper, auch nicht in einen gesunden.

Später. Viel später. Das Fernsehprogramm zeigt ihr die bittere Smartphone-Realität dort draußen: Würde der Struwwelpeter zeitgemäß aktualisiert, müsste die Geschichte vom Hanns Guck-in-die-Luft umgeschrieben werden. Niemand guckt heute mehr nach Vögeln am Himmel, denn alle starren auf kleine Bildschirme. Traurig, aber wahr. Sie selbst ist Jahrzehnte nicht mehr Zug gefahren, aber angeblich lesen von zehn Fahrgästen heute höchstens zwei ein Buch, einer guckt aus dem Fenster, sieben starren auf ihre kleinen Bildschirme. Was alles untersucht wird heutzutage...

Das Radio und das Fernsehen beweisen ihr: Es gibt nichts, was es nicht gibt. Vieles davon ist so schrecklich, dass die liegende Frau besonders glücklich ist über ihr ruhiges, sicheres Leben. Und dass sie das aufgeregte Brausen der Welt im Grunde nichts angeht. Sie muss sich keine Sorgen machen über merkwürdige Dinge wie Finanzmarktkrisen, Flüchtlinge und den Brexit. Oder wenn die britische »Ermittlungsbehörde für schwere und organisierte Kriminalität« den Brexit-Unterstützer Arron Banks unter die Lupe nimmt. Vor dem Referendum zum britischen EU-Austritt im Jahr 2016 soll er gegen Regeln der Wahlkampffinanzierung verstoßen haben. Auch die Kampagne »Leave.EU« ist im Visier der Ermittler. Die Brexit-Macher haben den Linksfahrern also nicht nur Traumsand in die Augen gestreut, sie füllen sich auch noch illegal die Kriegskasse. Aber was soll's? Dafür will sich die liegende Frau nicht die Nacht um die Ohren schlagen...

Am Sonntag findet in Hamburg etwas statt, das sich erster digitaler Gottesdienst nennt. Klingt alles ein wenig merkwürdig, obwohl die liegende Frau nicht genau verstehen kann, worum es im Detail geht. Egal. In jedem Fall spricht in der Kirche St. Nicolai der Roboter »BlessU-2« den Segen. Der Gottesdienst kann außerdem weltweit im »Netz« verfolgt werden. Das soll ein Mittel gegen den Rückgang der Besucherzahlen altmodisch analoger Gottesdienste sein.

Eines dieser merkwürdigen sozialen Netzwerke trägt tatsächlich den infantilen Namen Twitter. Jetzt muss dieses Unternehmen mehr als 10 000 gefälschte Konten schließen, die zum Wahl-Boykott in den USA aufgerufen haben. Die Angemeldeten haben den Anschein erweckt, zur Partei der Demokraten zu gehören. Wer tatsächlich hinter den Konten steckt, ist völlig unklar. Selbst der russische Geheimdienst wird als Drahtzieher nicht ausgeschlossen. Was Nordkorea oder China treiben, weiß ohnehin niemand. Gar nicht weiter drüber nachdenken. Nicht,

nicht, denkt die liegende Frau und versucht, sich schönere Gedanken zu machen.

Etwas, das zu Ende gegangen ist, hört und hört nicht auf. Was für ein Herbst... Sagenhafte Farbenpracht, das Fenster beweist es täglich. Als hätte der Jahrhundertsommer Deutschlands Norden nicht schon genug verwöhnt. Wer möchte, kann bei fast 20 Grad spazierengehen oder im Wald Beeren oder Pilze fangen. Etwas, das zu Ende gegangen ist, hört nicht auf. Selten wuchsen den Norddeutschen mehr Apfelstrudel, gab's mehr Gelegenheit, in nichtsaure Äpfel zu beißen. Oder Birnenkuchen, Quittenlikör und Himbeermarmelade zu genießen. Dadurch alte Fehler vergessen. Oder Dinge, die es gar nicht gibt, Wirklichkeit werden lassen.

Die liegende Frau ist gespannt, wie die Republikaner bei den US-Halbzeitwahlen abschneiden. Werden sie, wie bei uns die Regierungsparteien so oft, verlieren? Was wird geschehen nach Obama? Undenkbar, dass Hillary Clinton verlieren könnte. Eine Niederlage? Wo doch alle wissen können, was Trump für einer ist? Doch warum sehen Millionen US-Amerikaner Donald Trump nicht so wie sie? Als ungebildeten, narzisstischen, alten Angeber, der andere Menschen zwanghaft belügt und bestiehlt. Das Traurige daran: Es sagt mehr über Amerika aus als über Trump, wenn fast die Hälfte aller Wähler für einen solchen Menschen stimmen will. Dieses Drama, das nie hätte anfangen dürfen und längst zu Ende gegangen sein müsste, beginnt erst.

Draußen hasten Menschen vorbei. Sie haben es eilig. Ganz im Gegensatz zur Menge der Tagsüber-Menschen. Die arbeiten nämlich nicht. Viele sind alt, aber besitzen junge Autos. Autos, die sie vor allem aus dem Fernsehen kennt. Geländewagen nannte man solche Fahrzeuge früher, kaum jemand fuhr sie. Heute sind sie beliebt, in Mode, allgegenwärtig und heißen SUV. Moderne Ritterrüstungen aus blinkend lackiertem Blech, beinahe so schwer wie gepanzerte Limousinen, dieselgetrieben wie Lastkraftwagen und mit überdurchschnittlich hohem, aber niedrig geschummeltem Benzinverbrauch. Hörte sie im Radio nicht irgendetwas von einer Schummelsoftware in den Bordcomputern? Die Geräusche der Anlasser aller Autos bilden einen Chor, Hohngelächter für alle Klimagipfel dieser Welt. Aber die Autopanzer haben auch Vorteile. Für die Fahrer. Verwechseln sie beispielsweise Brems- und Gaspedal, dann schaden ihre Autos nur den Gartenzäunen, den Schaufenstern, den anderen Autos, den unvorsichtigen Kindern. Aber sie schützen die bequem sitzenden Senioren-Piloten. Wer sich einen coolen »Kuhfänger« vor die (natürlich in Wagenfarbe lackierte) Stoßstange hat montieren lassen, hat das richtige Werkzeug für den Stadtverkehr gefunden, um menschliche Knochen zu brechen, als wären sie von Pappe.

Gerade hatte die liegende Frau noch den schönen Herbst vor Augen, doch nun sieht es so aus, als könne es jederzeit zu schneien beginnen. Man möchte an einem prasselnden Kaminfeuer ein Buch von Simone de Beauvoir lesen. Oder besser nicht. Deren Bücher sind vermutlich völlig aus der Zeit gefallen. Dabei waren die mal Kult. Vor vier Jahrzehnten musste sie jede Studentin und sich emanzipierende Frau unbedingt lesen. Die liegende Frau kann sich gut erinnern, wie sie sich durch »Das andere Geschlecht« gequält hat. Bis zum bitteren Ende. Abbrechen kam nicht infrage, es hätte sich angefühlt wie eine Niederlage. Außerdem hat sie de Beauvoirs alternativer Lebensstil fasziniert und neugierig gemacht. Dennoch: Beim Lesen hat sie sich entsetzlich gelangweilt, es aber nie zugegeben.

Nie zugeben würde die liegende Frau auch ihr grundsätzliches und allumfassendes Backversagen. Ihr gelingt einfach kein Kuchen. Und ein Brotbackversuch endete in einem grandiosen Fiasko. Sie tröstet sich mit der Erkenntnis, dass es Dinge gibt, die man besser anderen überlässt. Sie selbst ist der ja beste Beweis dafür. Denn mittlerweile überlässt sie alle Dinge anderen.

Warum hätte sie auch in eine solch gottlose Welt zurückkehren sollen? Zu Menschen, die egoistisch, hirnverbrannt und verbrecherisch sind. Warum handeln Menschen so? Warum handeln Christen so? Ach ja, Christen. Bald ist wieder Weihnachten. Längst degradiert zu einer Art Familienfest – ohne überflüssiges religiöses Brimborium natürlich. Längst erwachsene Kinder besuchen dann ihre Eltern, gemeinsam erinnert man sich an frühere Feste, schwelgt in Vergangenem, frisst Vorräte auf, die bis März hätten reichen können, und alle gehen sich nach Kräften gegenseitig auf die Nerven. Alles wird Teil einer mehrtägigen Silvesterfeier. Eine Festivität, vor der sie zuletzt immer geflohen ist.

Nach Madeira zum Beispiel. Oder Mallorca. Oder Barcelona. Oder in das etwas südlicher gelegene Sitges, damals verschnarcht-beschaulich, heute ein Eldorado der Surfer, Schwulen und Lesben. Glitzerkleider glitzern mit Glitzerketten und Weihnachtsflitter um die Wette, auf dem Markt gibt es veganen Käse, die Flaneure unter Palmen auf der Strandpromenade sind interessant gestylt, die Villen der Americanos prächtig – und die liegende Frau freute sich, all dies im Fernsehen bestaunen zu können. Ihr fällt Rilkes Malte Laurids Brigge ein. Sie hatte den Roman als Schülerin vorgelesen bekommen. Eine Freundin hatte ihr vor langer Zeit eine Kassette mit der Aufnahme einer Lesung aus dem Radio geschenkt. An einem der gefürchteten letzten Schultage vor den Ferien, an denen Schüler alles dulden nur keinen Unterricht, füllte die liegende Frau für ihre dankbare Lehrerin eine Doppelstunde Deutsch, indem sie dieses selbst fabrizierte Hörbuch vorspielte. Einige Mitschüler reagierten verärgert, langweilten sich. Doch einer gestand ihr nach Schulschluss, dass er wegen der Aufnahme Rilkes »Malte« kaufen und lesen werde. Außerdem lud er sie zu seiner Party ein. Natürlich ging sie hin. Abgesehen von der Frau und einer Freundin waren alle Gäste männlich und schwul. Für die liegende Frau damals eine neue und interessante Erfahrung, die sie wochenlang beschäftigte und die noch heute lebendig und verunsichernd in ihr pocht. Heute mag sie schwule Männer, weil sie häufig sensibler, netter, geschmackvoller und gebildeter sind. Damals unterblieben ihr gegenüber alle sexuellen Avancen, was den Abend wohltuend unkompliziert und leicht machte. Sie genoss ihn sehr. Und sie erinnert sich gerne.

Zunächst fallen ihr graue Augen ein. Dann dichte Brauen unter einer mindestens 30 Jahre alten Furchenstirn und kurzen dunkelblonden Haaren. Er war zu dünn, daher wirkte das Gesicht, als habe der Mann Hunger. Die Nase schien irgendwie nicht richtig in der Mitte des Gesichts zu sitzen, aber das machte den Mann eher sympathischer. Um seine dünnen Lippen spielte der Versuch eines Lächelns. Das glatt rasierte, grübchenlose Kinn wollte vermutlich Entschlossenheit zeigen, es schien aber eher nach Hilfe zu rufen. Erik! Erik, Erik! Der Mann war Erik. Und in seinem Gesicht sieht sie Raoul. Ravioli, rote Soße und Raoul, den kleinen Jungen. Seine strahlenden Augen, die einen Wasserfall von Erinnerungen in ihr auslösen. Sie erkennt ihren Sohn, ihren Mann und sich selbst als Mutter und Ehefrau. Sie sieht ein Haus, einen Möbelmix aus Moderne und Antiquitäten, bodentiefe Fenster, die den Blick auf Rasen und Granit in beige-gelber Wärme freigeben. Die Platten mit ihren gesägten Kanten hat Erik nach einem Toskanaurlaub aus Italien kommen lassen, weil er sich in seinem Zuhause an Sonnenschein, blauen Himmel und weites Meer erinnern will. Und weil er es liebt, allen Besuchern von mediterranem Flair vorzuschwärmen, für das der extrem harte Granit sorgen soll. Die Steine, die von Eriks Herz gefallen sind, bilden auch einen Weg von der Terrasse hin zum rechteckigen Pool und um ihn herum. Alles hat seine pflegeleichte Ordnung. Damit nicht zu viele Blätter in den künstlichen Teich fallen, kann die Oberfläche auf Knopfdruck elektrisch verschlossen werden. Aber Vorsicht! Nicht betreten! Die Kunststofflamellen halten Blättern stand. Vögeln auch. Aber natürlich keinen Menschen. Nicht einmal Kindern. Nicht einmal Raoul, dem dünnen Jungen, der lange brauchte, bis er endlich schwimmen konnte. Von dem sie nur selten weiß, was er denkt. Mütterliche Telepathie ist ihr immer schon fremd gewesen.

War es Rolf Hochhuth, der einmal sagte oder schrieb, dass die Empfangsbereitschaft für Telepathie – neben den weißen Haaren – das Einzige sei, das mit den Jahren zunimmt; und fast die einzige Realität, die bis heute völlig unerforscht ist? Gedankenzufall? Oder kommen Gedanken zu Fall? Alle Credos, eben nur Placebos. Wer hat das gesagt? Egal! Genau in dieser Sekunde schickt sie Raoul telepathisch einen ganz tollen Weihnachtsliedgedanken und fragt sich, ob er ankommt. Lau, lauer, Kalauer. Warum werden Weihnachtslieder gesungen? Weil sie nicht der Rede wert sind!

Nicht der Rede wert, wie so vieles. Geld zum Beispiel. Als Studentin hat sie zuletzt welches verdient. Als Inventurhelferin in einem Baumarkt. Wer dort genau hinsah, konnte damals schon erkennen, wie verrückt die Überflussgesellschaft geworden war. Die liegende Frau musste ein Regal von rund 2,5 mal 8 Metern durchzählen, in dem ausschließlich Kerzen für Adventskränze standen. Unglaublich, wie viele verschiedene Glühlampen, Sicherungen, Stecker und Schalter die Menschen zu brauchen schienen. Oder wie mühsam es war, riesige Stapel von Schleifpapierbogen zu zählen. Es gab mannshohe Paletten mit Weihnachtsgesteckschwämmen und nur ein paar Mark Stundenlohn. Spaß machte die Arbeit nicht, vor allem weil sie sich als Mensch zweiter Klasse behandelt fühlte. Man betrog sie zum Beispiel um Arbeitszeit, verweigerte ihr Pausen, gab ihr die idiotischsten Aufgaben.

Nichts davon meinten die Mitarbeiter des Baumarkts böse. Sie schienen nicht einmal zu bemerken, dass sie ihre Aushilfen von oben herab behandelten. Im Nachhinein ist sich die Frau nicht einmal sicher, ob die anderen Billig-Aushilfen die gleichen negativen Schwingungen aufgenommen haben wie sie. Erik sagte, die Seelen der Menschen seien wie Pfützen: Klar, aber seicht über schlammigem Grund. Ein Wirbel genüge, um alles zu trüben. Die liegende Frau widersprach nicht, dachte aber: Verachte mir die Pfützen nicht! In ihrer Kindheit waren sie ihr liebster Tummelplatz. Noch heute faszinieren sie kleine Wasserlachen, die auf magische Weise ganze Städte, das Meer, den Himmel und die Sterne widerspiegeln, oft funkelnder als in Wirklichkeit.

Die Wirklichkeit ernährt die ganze Familie. Erik schildert sie in seinen zahllosen Artikeln, die er für Zeitungen schreibt. Zeitungen des Springer-Verlags wie die BILD, die die Frau in den Siebzigerjahren noch bekämpft hat. Erik sieht die Vergangenheit gelassen. Sie geht ihn nichts an. Obwohl: Er weiß, dass Verlagsgründer Axel Springer früher allen (!) seinen Mitarbeitern zum Weihnachtsfest persönlich gute Wünsche und praktische Lebenshilfe überbracht hat. Inklusive Nahrungsmittel und Kaffee. Seine Nachfolger und die Angestellten von heute bevorzugen Kohle aufs Konto und rauschende Weihnachtsfeiern für »Besinnlichkeit« und Gemüt. Wilde Feten in großen Arenen und mit kostümierten (ausdrücklich erwünscht!) Kollegen. Karneval reicht offenbar nicht... Lust auf Bombenstimmung ist immer. Ganz wie früher, als Zeitungen noch Gelddruckmaschinen waren. Die liegende Frau bremst ihren Zorn, weil sie weiß, dass sich die Geldströme verlagert haben. Alte Medien kämpfen ums Überleben, die Milliarden verdienen heute die neuen.

Die liegende Frau, die nicht weiß, ob sie über eine solche Realität lachen oder weinen soll, zieht sich tief zurück in ihr eigenes Selbst. Sie weiß, dass sie ihr Leben egoistisch genießt und die Wirklichkeit dort draußen im Stich lässt. Doch sie weiß auch, dass sie schon vor langer Zeit die Chance verpasst hat, sich in diese Welt hinein zu entwickeln. Vor vielen Jahren hätte sie es vielleicht noch gekonnt, aber damals hat sie sich geweigert. Aus Angst, aus Schwäche, aus Feigheit. Statt sich zu erheben, ist sie liegen geblieben. Bis heute.

Bereut hat Sie diesen Schritt »eigentlich« nie. Nur manchmal, in Momenten wie diesem, wenn sie ihr früheres Leben vor Augen hat, regt sich in ihr ein leises Bedauern. Aber »eigentlich« nur ganz leise. Und nur, weil »eigentlich« ein Fluch mit bitterem Nachgeschmack ist.

KAPITEL 7

(im Jahr 2018)

Die Erinnerung an ihr Erwachen und das neue Leben, in das sie unverdientermaßen geraten ist, erfüllt die liegende Frau noch heute mit großer Dankbarkeit. Ein Gefühl wohliger Geborgenheit, das sie liebt, in dem sie sich aufgehoben, beschützt und umsorgt fühlt wie an keinem Tag ihrer Kindheit. Sie erinnert sich mit Unwillen an das tyrannische Regime ihrer Mutter Magda, eines diktatorischen Familienoberhaupts. Sie diente Barbara für die Erziehung ihres eigenen Sohnes nur als Negativbeispiel. Magdas Methoden kamen für Barbara keinesfalls infrage. Sie wollte, nein musste es mit und für Raoul besser machen. Viel besser. Deshalb war in ihrem Leben auch nur Platz für ein einziges Kind.

Niemals durfte Raoul das Gefühl erleben, schlechter behandelt zu werden als ein anderes Kind. Weder eine Schwester noch ein Bruder sollte ihm das Gefühl geben, zurückgesetzt, weniger wichtig, weniger geliebt zu sein. Nein, Barbara wollte von Anfang an ihre Kinderliebe nicht aufteilen müssen, daher plante sie für ihre Ehe immer nur ein Einzelkind, einen Prinzen oder eine Prinzessin. Ohne Erik darüber aufzuklären, der sich selbst scherzend als

»alleiniger Thronfolger« seiner Eltern bezeichnete und gerade deshalb zu Beginn ihrer Ehe von mindestens drei eigenen Sprösslingen träumte. Ein Wunsch, den er nach Raouls Geburt schnell revidierte, was der liegenden Frau seinerzeit nur recht war. Es entsprach nicht nur ihren eigenen Vorstellungen, sondern erleichterte auch Barbaras Alltag. Erik hatte sich nämlich als weitaus launischer und für die entspannte Zweisamkeit viel belastender herausgestellt als in der ersten Verliebtheit gedacht.

Das Radio ist seit Jahren ihre wichtigste Verbindung in die Welt. Oder das Fernsehgerät. Manchmal läuft das eine, mal das andere. Sie weiß nicht, wer das eigentlich regelt. Oder wie. Oder warum. Im Fernseher an der Wand gegenüber war heute der Film »Der Wolkenatlas« zu sehen. Darin drehte sich alles um einen zentralen Satz: »Unsere Leben gehören nicht uns, von der Wiege bis zur Bahre sind wir mit anderen verbunden, in Vergangenheit und Gegenwart.« Und an einer Stelle sagte eine der Hauptfiguren: »Ich glaube, dass der Tod nur eine Tür ist. Wenn sie sich hinter uns schließt, wird sich eine andere öffnen. Wenn ich mir vorstellen wollte, was der Himmel ist, dann würde ich mir eine Tür vorstellen, die sich öffnet, und dahinter ist er und wartet auf mich.« Früher hätte sie dem wohl zugestimmt, solange nur Erik hinter der Tür auf sie gewartet hätte. Früher.

Erik jedoch setzte schon bald andere Prioritäten, ging in seinem Beruf als Journalist auf. Aus dem Jura-Studenten, den sie geheiratet hatte, wurde rasch ein Volontär bei den »Harburger Anzeigen und Nachrichten«, der mit 25 Jahren ein erstes kleines, aber hochwillkommenes Gehalt nach Hause brachte. Später arbeitete er für den Springer-Verlag, wodurch zwar einerseits die Gehälter größer und größer wurden, gleichzeitig aber auch die Arbeitszeiten länger und länger. Tagsüber, abends, nachts, an Wochenenden: Erik war sich für nichts zu schade und hielt sich sein ganzes Berufsleben stets an die Karriere-Vorgabe seines ersten Chefredakteurs: Nix frech zu Chef und immer da!

Dass Erik diese Maxime allerdings auch von seiner Frau verlangte, traf Barbara unvorbereitet. Sie hatte ihr Lehramtsstudium kaum begonnen, als sie es sogleich unterbrach, weil Raoul zur Welt kam. Als Hausfrau und Mutter hielt sie Erik fortan den Rücken frei. Das Studium musste warten, bis Raoul zur Schule ging, geriet aber später irgendwie in Vergessenheit. Um ganz ehrlich zu sein: Eines Tages ertappte sich Barbara dabei, dass sie der Gedanke, mit beinahe 30 an die Uni zurückzukehren, regelrecht erschreckte.

Himmel, wie lange das her zu sein schien... Als liegende Frau fällt es ihr schwer, sich all das in Erinnerung zu rufen. Sie denkt lieber an die vielen späteren Tage, als Erik sie besuchte und erzählte. Obwohl sie sich nicht bemerkbar machen konnte, saß er oft stundenlang an ihrem Bett. Entweder las er ihr vor. Oder er erzählte, erzählte und erzählte. Besonders gern von seinen beruflichen Dingen. Erlebnisse, die ihn freuten, aber auch, was ihn beunruhigte oder aufregte. War es gestern gewesen oder vor einem Monat oder vor einem Jahr, als er sich ausgiebig mit der Frage beschäftigt hatte, wie ungerecht Journalisten in Zeiten von Fake-News- oder Lügenpressevorwürfen mitunter behandelt wurden? Zum Beispiel veröffentlichte das Rechercheforó Correctiv gemeinsam mit 18 Medienpartnern die aufwändigen Recherchen zu den CumEx-Files, dem »größten Steuerraubzug Europas«, und erledigte so die Arbeit der staatlichen Ermittlungsbehörden. Zwölf EU-Staaten wurden, wie Erik empört berichtete, mit CumEx- und ähnlichen Aktiengeschäften um mindestens 55 Milliarden Euro erleichtert. Statt dem Journalisten zu danken, leitete die Hamburger Staatsanwaltschaft ein Ermittlungsverfahren gegen den Chefredakteur ein, übrigens für ein Strafübernahmeersuchen der Staatsanwaltschaft Zürich, die wegen des Vorwurfs der Verletzung von Geschäftsgeheimnissen und der Wirtschaftsspionage ermittelte. Barbara verstand nicht alles, freute sich aber an Eriks erröteten Wangen. Echauffiert als Journalist und Jurist gleichermaßen, verdammte er die Staatsanwälte, die dem Journalisten mit einer Freiheitsstrafe von bis zu drei Jahren drohten. »Auch eine Art, sich für engagierte Arbeit zu bedanken«, höhnte er.

Später hört die liegende Frau Radio. Sensibilisiert durch Eriks Tirade fällt ihr eine Meldung zu den acht erfolgreichsten Falschmeldungen des Jahres auf. Erstaunt fragt sie sich, wie man die Erfolge von Lügen wohl misst, und erfährt verblüfft von Facebook-Interaktionen. Diese sind bei Falschmeldungen viel höher als bei den Artikeln der größten deutschen Nachrichtenseiten. Am erfolgreichsten war eine in Russland registrierten Webseite mit der Schlagzeile »Staat zahlt Harem 7500 Euro im Monat: Syrer lebt jetzt mit zwei Ehefrauen und acht Kindern in Deutschland«. Obwohl dieser Quatsch schnell als Falschmeldung enttarnt ist, hält das ihre Verbreitung nicht auf. Auch viele Kreisverbände der neuen Bundestagspartei AfD tragen zur Verbreitung bei. Überflüssig zu erwähnen, dass im deutschen Facebook die AfD und Existenzen wie Erika Steinbach wichtige Verbreiter von Fake News sind.

Erik hat der liegenden Frau erzählt, dass Leser der »Bild« immer wieder nach »Härte« verlangen. »Hartes Durchgreifen« fordern auch Polizisten, Politiker, andere Menschen. Die Rechten sowieso. Aber woher weiß man eigentlich, dass Härte bestimmte Situationen beruhigt? Und falls ja, ist das gut? Früher sorgten Ohrfeigen dafür, dass Kinder ihre Ruhe wiederfanden. Diese Idee war in vielen Familien verbreitet. Erwachsene hauten den Kindern rechts und links eine runter, schon hatten sie ihre Ruhe. Und da es wirkte, machte man weiter. Die liegende Frau hat es erzählt bekommen, aber auch selbst erlebt. Nicht oft, aber doch. Ein angeblich funktionierendes Konzept. In der Welt der Kinder. Aber kann es auch in der Welt der Erwachsenen funktionieren? Die Frau bezweifelt, dass diese Art Stärke eine Lösung ist. Sie kann nicht einsehen, dass die Furcht vor brutalen Menschen, die die Hand erheben und so angeblich Stärke zeigen, tatsächlich eine Lösung für irgendetwas sein soll. Für besonders furchtbar hält sie die Ironie der Parallelität. Egal ob Familie, Unternehmen oder Staat: Wer mit Angst über andere Menschen herrscht, hat keine Lösung gefunden, sondern nur den einfachen Weg eingeschlagen, nur Zeit gewonnen, nur sein späteres Scheitern beschlossen. Dennoch kann man in der Welt draußen mit irrationalen Ideen weit kommen. Weit, weit, weit! Manchmal bis in den Bundestag oder bis ins

Weiße Haus! Das war und ist nichts für die Frau. Da blieb und bleibt sie lieber, wo sie war und ist. Ohne diese Politik! Was kann zum Beispiel zynischer sein, als sich ungeniert hinter Grenzen zu verstecken, während im Mittelmeer Menschen ertrinken? Waren die Menschen früher besser?

Die Frau erinnert sich, dass sie als Kind nie besonders glücklich war. Dabei hätte sie es sein müssen. Oder zumindest können. Sie erlebte unruhige und fortschrittliche Zeiten. Mädchenträume erfüllten sich: Reiten, Ballett, Klavierunterricht. Alles nicht lange, weil sie irgendwann die Lust verlor. Das Gymnasium erschien ihren Eltern wichtig. Immerhin. Andere Mädchen, begabtere als sie, landeten auf der Realschule, weil die angeblich besser auf das für junge Frauen erwartete Leben vorbereitete. Nicht alle Eltern glaubten, dass Frauen für Universitäten gemacht waren. Ihr Vater schon. Er wünschte sich eine Tochter mit Abitur und sah sie als Jura-Studentin. Dass er sich für sie einsetzte, erfüllte sie mit großem Stolz. Erst viel später erfuhr sie die Beweggründe des Vaters. Er glaubte, als Studentin träfe sie in den Vorlesungen den »richtigen« Mann. Einen späteren Rechtsanwalt, Richter, Manager oder Politiker, einen Mann mit Geld, einen Mann, der für eine Frau und Familie würde sorgen können. Ihr Jura-Studium dauerte zwei Semester. Brutto. Das war nichts für sie. Das hatte sie schon nach wenigen Wochen gewusst. Bis sie es ihren Eltern schonend beigebracht hatte, genoss sie ein wunderbares Jahr mit nie gekannten Freiheiten. Ein Jahr, in dem sie Erik kennenlernte. Die große Liebe. Ihre richtig große Liebe.

Ich habe ihn vor Augen, als würde er vor mir stehen. Als ich ihn sehe, erfasst mich plötzlich ein Tsunami an Erinnerungen. Ich sehe, dass sich all die Hoffnungen meiner Ehe nicht erfüllt haben. Ich habe nicht den Hauch eines Zweifels, dass ich in meinem früheren Leben unglücklich gewesen bin. Und ich weiß auch, warum: Gefühle kommen zurück, ich schwanke zwischen einem Abgrund der Angst und einer Mauer des Hasses. Eine Hand scheint sich um meinen Hals zu legen. Trotz künstlicher Beatmung bilde ich mir ein zu ersticken. In meinem Kopf nur ein einziger, brüllender Gedanke: Mein Erik ist ein zutiefst böser Mensch.

KAPITEL 8

(im Jahr 2018)

Der letzte drohende Schatten, der sich ihrer derart bemächtigte, war vor drei Jahren der schier endlose Strom hilfsbedürftiger Flüchtlinge. Doch damals war es ganz anders. Heute ist es Angst, die sie erfüllt, die sich in ihr ausbreitet. Vor drei Jahren hatte sie grenzenloses Mitleid gefühlt. Mit diesen schutzlos Ausgelieferten, die zu Fuß Richtung Deutschland marschierten. In der Hoffnung auf das Märchen eines gelobten Landes, das in Wahrheit aber ein gespaltenes war. Mit einer Gesellschaft, die immer unmenschlicher zu werden schien. Zunächst wurden die Flüchtlinge von vielen willkommen geheißen. Eine Welle unglaublicher und unvermuteter Menschlichkeit und Hilfsbereitschaft, die bei manchen an Selbstausbeutung grenzte. Von der kaum jemand erfuhr, weil die Medien rasch damit zu tun hatten, über die andere Welle zu berichten, die mal angebliche, mal drohende Welle der Verbrechen. Positives hörte man nur durch Zufall, weil damit keiner hausieren ging. Bald hatten viele auch Angst, weil manchem Helfer der Hass fremdenfeindlicher Menschen entgegenschlug. Zunächst schien die Gesellschaft insgesamt nicht unmenschlicher zu werden. Allerdings berichteten immer mehr Medien nur noch über Sensationelles, also tendenziell eher Negatives. Alles wie immer also? Nein! Dank dieser sogenannten Neuen Medien gelingt es bestimmten Leuten, negative Geschichten absichtlich zu intensivieren, Stimmungen anzuheizen und – noch schlimmer – gezielt Unwahrheiten in Umlauf zu setzen und zu halten. Wofür Hitler und Goebbels noch einen riesigen Propaganda-Apparat brauchten, das kann Donald Trump, dieser merkwürdige neue US-Präsident, heute per Twitter direkt und im Alleingang erledigen. Und jeder Nutzer kann es über Facebook in seinem Freundeskreis ebenso. Damit verstärken sich bestimmte Dinge oder Tendenzen und wirken wie selbsterfüllende Prophezeiungen...

In den USA leben Menschen, die gerne mal um sich schießen. Auch in Kirchen. Zuletzt griff ein junger Mann gleich zu einem Schnellfeuergewehr. Das jüngste der mehr als 20 Opfer war fünf Jahre alt, das älteste 75. Da wäre es doch sinnvoll, den Zugang zu Waffen zu erschweren. Meint man. Doch Donald Trump, die zahllosen Waffennarren in seinem Land und die Knarrenlobby haben eine ganz andere Sicht der Dinge: Waffen verhüten Schlimmeres. Beispiel gefällig? Ein Nachbar der Massaker-Kirche hörte die Schüsse, griff selbst zur Flinte und stellte den Attentäter, als der die Kirche verließ, verhinderte so angeblich Schlimmeres. Folgt man der Trump-Logik, hat das Ermorden von Menschen erst einmal überhaupt nichts mit Waffen zu tun, sondern mit den Schützen. Wenn also Spinner sich an jeder Straßenecke Revolver oder Schnellfeuergewehre kaufen können, dann braucht eben jeder eine Waffe (oder besser mehr als eine), damit er sich verteidigen kann. Die liegende Frau erfasst Entsetzen angesichts eines derartigen Wahnsinns. War es denn nicht schon durch das Wort offenkundig, dass hinter allen Knarren Narren steckten?

Wem Messer oder Schusswaffen nicht reichen, der kann auch zu anderen Mitteln greifen. Autos oder Lastwagen oder Sprengstoff. Die Auswahl ist groß, das Internet lädt zum Einkauf. Überall auf der Welt detonieren Bomben. Jeder Ort kann binnen Sekunden zum Kriegsschauplatz werden. Auch in Europa explodieren Bomben. Und nicht nur die. Auch Köpfe und Gewissen. Im Grunde kann alles in die Luft fliegen: ein Sessel, eine zurückgelassene Tasche, ein Koffer, eine Bushaltestelle, Autos oder Kleinlaster, ja sogar Glühweinkessel auf Weihnachtsmärkten. Die Menschen müssen lernen, dass sich vor ihnen jederzeit ein Abgrund öffnen kann. Das macht vielen Menschen Angst. Daher lassen sie sich für vorgegaukelte Sicherheit in ihren Freiheiten beschränken, lassen Taschen, Rucksäcke und Leben durchwühlen, ihre Mails und Telefonate überwachen, Kleidung durchforsten, ihren Intimbereich abtasten. Begegnet jemand einem Menschen mit »entsprechendem Aussehen«, dann weicht er aus. Araber mit Aktentaschen stellen eine Gefahr dar, Frauen unter Burkas zumindest ein Risiko. Erwachsene Männer werden so in Angst versetzt, dass sie dafür plädieren, für Sicherheit und Ruhe zu sorgen. Was und wer ihnen Angst macht, soll verschwinden. Der Weg ist längst beschritten. Es ist nicht mehr lange hin, bis die ersten laut zu sagen wagen, dass alles Fremde Angst macht und daher verschwinden soll. Wer dazu nicht bereit ist, der soll sich unsichtbar machen, unauffällig sein, Ruhe geben. Irgendwann werden Politiker die Verursacher der Angst ausweisen, einsperren oder das Problem anderweitig endlösen wollen, damit – angeblich – niemals wieder etwas Schlimmes passiert.

Die liegende Frau hat kürzlich Bilder einer Demonstration rechtsradikaler Merkel-Feinde im Fernsehen gesehen. Unter den Teilnehmern: Männer mit entblößten Köpfen und Hintern, aber auch Carola. Bis zum Abi ihre beste Schulfreundin. Die einst Intelligenteste der Klasse arbeitet heute offenbar als Lehrerin, heiratete einen Pfarrer. Obwohl sie selbst russische Wurzeln hat und ihre Tochter in Frankreich lebt, schimpft Carola vor laufender Kamera über die Flut der Migranten und die geplante Umvolkung Deutschlands. Die Fassungslosigkeit der liegenden Frau mischt sich mit Staunen, Entsetzen und Wut. Ob Carolas Zorn repräsentativ sein kann? Sammeln sich in radikalen Gruppierungen oder Parteien wie der AfD alle, die nicht wissen, wohin mit ihrem Unmut oder ihrem Unbehagen? Die Frau versteht die Menschen, ja die ganze Welt nicht mehr. Deutschland geht es im Vergleich blendend, gleichzeitig scheinen unversöhnlicher Radikalismus, der Glaube an Verschwörungstheorien und ein offen nationalsozialistischer Rassismus von Tag zu Tag stärker zu werden. Am Beispiel der Flüchtlingspolitik des Jahres 2015 erlebte die Frau mit, wie schnell Stimmungen im Land für rechtsradikale Politik genutzt werden können. Selbst das jahrzehntelang Unaussprechbare wurde wieder salonfähig, egal ob Antisemitismus, Fremdenhass, Menschenverachtung und Morddrohungen gegen Andersdenkende. All dies bestärkt sie darin, in diese Welt niemals zurückkehren zu wollen.

Ich verstehe nicht, wieso ich mich an all diesen Mist erinnere, aber andere Sachen vergessen habe. Meinen Namen zum Beispiel. Hatte ich den nicht schon wieder gewusst? Barbara, ja richtig, ich heiße Barbara. Und ich habe einen Mann, Erik, und einen Sohn, der Raoul heißt. Ich hatte vor vielen Jahren einen schweren Unfall und liege hier in einem Pflegeheim. Oder einer Klinik? Anfangs besuchten mich Erik und Raoul sehr oft. Das will ich zumindest glauben. Wissen tue ich es nicht, denn von meinen ersten Jahren hab ich so gut wie nichts mitbekommen. Keine Erinnerungen. Da ist nichts, außer einer großen weißen Wolke aus Schlaf und Nichtverstehen. Meine Erinnerungen setzen erst viel später ein, nach meinen Berechnungen etwa sechs, sieben, acht Jahre nach dem Unfall. Die genaue Berechnung ist schwierig, weil meine Erinnerungen machen, was sie wollen.

Irgendwann standen Menschen an meinem Bett. Meist Ärzte oder Mitarbeiter des Pflegepersonals. Andere Menschen kamen meist nur zu mir, um an meinem Bett zu stehen und zu schweigen. Tränen erlebte ich nie, die Phase der Verzweiflung meiner Besucher habe ich wohl verschlafen. Oder ausgeblendet. Wie auch immer, besser so. Vor allem im Fall von Raoul. Allein der Gedanke an seine eventuelle Trauer schmerzt mich. Also besser keine Tränen an meinem Bett. Bringen ja auch nichts. Mit einer Ausnahme vielleicht: Erik. Von ihm hätte ich mir ein paar Tränen mehr gewünscht. Vielleicht hätten sie mir geholfen, entschlossener für meine Rückkehr zu kämpfen. Doch der Mann, von dem ich heute weiß, dass er *mein* Mann ist, stand oder saß oft stundenlang an meinem Bett. Anfangs weinte er einmal, dann schwieg er, schwieg und schwieg.

Lange. Bis er eines Tages anfing, mir aus einem Buch vorzulesen. Nicht aus irgendeinem Buch, sondern aus einigen meiner Lieblingsbücher: Ondaatjes »Der englische Patient«, Melvilles »Moby Dick« und Grass' »Die Blechtrommel«. Oder er las mir Gedichte vor. Zuerst die Klassiker, später auch Enzensberger, Kunze oder Wondratschek. Bis heute bedauere ich, dass er mir nicht Ecos »Der Name der Rose« vorgelesen hat. Aber noch mehr wünschte ich mir damals, er hätte nicht gelesen, sondern mir aus seinem Alltag, aus seinem Leben ohne mich erzählt.

Und aus dem Leben von Raoul natürlich auch. Eigentlich sogar besonders aus dem von Raoul, denn ich hatte das Gefühl, wichtige Jahre verpasst zu haben. Wichtige Jahre für ihn, aber auch für mich. Die wichtigsten Jahre. Er könnte mittlerweile 20 geworden sein. Vermutlich hat er mehr Geburtstage ohne mich gefeiert als mit mir. Warum wohl konnte er mich zu seinem 18. Geburtstag nicht besuchen? Warum hat er mir nie von seinen schulischen Erfolgen erzählt? Bestimmt ist er auf dem Weg zum Abitur. Ein Handwerker? Das kann ich mir partout nicht vorstellen. Er ist von klein auf kreativ gewesen, hat noch vor seiner Einschulung ganze Tage gezeichnet und Geschichten erzählt, sich selbst das Schreiben und einfaches Rechnen beigebracht. Ich bin sicher, Raoul ist auf dem Weg in eine Universität. Schade, dass Erik nicht mehr von ihm erzählt hat. Verwunderlich eigentlich... War er gar nicht stolz auf ihren gemeinsamen Sohn? Ich war immer stolz auf Raoul und ich bin es bis heute. Ich könnte den ganzen Tag von Raoul erzählen, obwohl ich nur aus seinen ersten acht Lebensjahren und daraus vielleicht auch nur bruchstückhaft schöpfen kann. Jahre und Geschichten, die Erik natürlich alle kennt. Dagegen kenne ich Eriks gegenwärtiges Leben nicht, noch die kleinste Banalität wäre mir neu, hätte mich in Staunen versetzt und glücklich gemacht. Erik jedoch las lieber. Vom weißen Wal und Kapitän Ahab. Vom kleinen Oskar mit der Trommel statt vom kleinen Raoul mit dem... Ja, womit eigentlich? Spielt Raoul Klavier, Cello oder gar Querflöte? Sicher ist aus ihm kein Fußballkind geworden. Oder womöglich doch? Erik hat sich das sehnlichst gewünscht. Dabei fehlt ihm selbst jegliches sportliche Talent. Und auch das Mitgefühl. Trotz seines Berufs als Journalist. Oder womöglich gerade deswegen? Ich weiß es nicht. Fakt ist, manchmal kommt er nicht auf die einfachsten Sachen, übersieht die simpelsten Bedürfnisse seiner Mitmenschen. Oft denkt er einfach nur an sich, ist so sehr mit seinen eigenen Sorgen und Nöten beschäftigt, dass er seine Mitmenschen einfach vergisst. Auch seine Kollegen. Besonders nachdem er Karriere gemacht hat. Als Vorgesetzter sieht er in seinen Mitarbeitern nicht einmal mehr Untergebene. Sie sind weniger als das, etwas wie verlängerte Arme, zusätzliche Schreibcomputer oder schlicht seine Helfer. Sein Interesse reicht nicht weiter, als die Schatten seiner eigenen Karriere fallen. Wer ihm nicht nützt, muss verschwinden, wer ihm schadet, wird als Feind erbittert bekämpft.

Ich habe Angst davor, dass er eines Tages darüber nachdenkt, was ich ihm nütze.

Die Gefühle, mit denen Erik seine Redaktion regiert, sind Neid und Angst. Ich brauchte lange, um dieses System zu erkennen und zu durchschauen. Es gelang mir ohnehin nur, weil Erik irgendwann damit anfing, die Grundzüge dieses Systems auch in sein und unser Privatleben zu übertragen. Er begann damit, Rankings für Freunde und Bekannte anzulegen. Noch heute führt Erik für jeden, den er kennt, eine Art Dossier, eine Akte, in die er wichtige Daten schreibt. Anfangs nur Geburtstage und Namen von Partnern oder Kindern. Später kamen Vorlieben und Abneigungen, irgendwann auch besondere Erfolge und Leistungen, aber natürlich auch Fehler und Missgeschicke hinzu. Verbunden ist all dies mit einer Bewertung samt Punkten zwischen 0 und 10. Je mehr Punkte, desto wichtiger ist die jeweilige Person. Man könnte auch sagen, desto höher ist der Nutzen des bewerteten Menschen für Erik. Natürlich erfährt keiner der Betroffenen von diesen »Akten«, sicher hält auch keiner seiner Kollegen dergleichen für möglich. Selbst die Untergebene nicht, die Erik eines Tages eine »gewisse Egozentrik« attestiert und ihm vorgeworfen hatte, er interessiere sich null Komma null für andere Menschen, es sei denn, sie seien ihm von Nutzen. Solche Vorwürfe entsetzten Erik. Er fühlte sich zutiefst missverstanden. Seine Enttäuschung und seine Empörung waren dann so groß, dass er mir abends davon erzählte. Was sonst so gut wie nie vorkam. Dienst war Dienst und hatte zu Hause nichts zu suchen. Ich versuchte Erik in solchen Fällen immer zu beruhigen: Sicher habe es die Kollegin zum Beispiel nicht böse gemeint. Doch mein Mann war stets anderer Ansicht, sah sich selbst als idealen Vorgesetzten, zwar fordernd und streng, aber stets fair und gerecht. Was ihn nicht davon abhielt, ausfallend zu werden: »Diese blöde Lesbe hat doch keine Ahnung. Schiebt ihr fettes Gehalt ein, bringt kaum durchschnittliche Leistungen und hat keine Ahnung, wie groß der Druck des Verlages auf die Führungskräfte ist. Nett sein, na klar, so weit kommt es noch, aber da kann die Kuh lange warten.« Kein Zweifel: Den Satz »Der ist ganz nett!« würde es in Zusammenhang mit Eriks Namen niemals geben. Doch das kümmerte ihn kaum, im Gegenteil: »Das wäre ja noch schöner! Da kann ich ja gleich meinen Chef um die Kündigung bitten.« Eriks Zorn war manchmal kaum zu bremsen, schien sich von Minute zu Minute zu steigern, ehe er plötzlich verstummte. Dann lockerte er den Knoten seiner Krawatte, strich über seine kurzen Haare, kratzte den Bart auf seiner rechten Wange und lächelte. Da ich beim ersten Mal nicht so recht wusste, wie umgehen mit diesem Wutanfall, fragte ich ihn, was er denn nun tun wolle. Die Antwort ließ wenig Raum für weitere Diskussionen: »Ich werde sie fertig machen! Ich werde ihr ab sofort so lange zusetzen, bis ich entweder Gründe gefunden habe, ihr zu kündigen, oder diese verdammte Zicke von selber geht!«

Ob Erik solchen Ärger häufiger hat? Ich weiß es nicht. Und ich weiß genauso wenig, ob mir Erik von einem solchen Ärger erzählt hätte. Ob Eriks Kollision mit der Kollegin vielleicht nur eine große Ausnahme war? Oder war die eigentliche Ausnahme, dass er mir davon erzählte? Ich weiß es nicht, und die Erkenntnis, wie wenig ich über Erik weiß, erschüttert mich. Warum kenne ich meinen Mann nicht besser? Ist es mein Fehler? Ist es seiner? Ich begreife nicht, was mit uns geschehen ist.

Eriks Sündenfall begann mit Bier und Wein. Nach Feierabend zu Hause vor dem Fernseher. Um runterzukommen. Den Stress zu vergessen. Schlafen zu können. Raoul war da schon lange im Bett, denn Erik kam meist so spät nach Hause, dass er seinen Sohn allenfalls schlafend sah. Morgens ging Erik gegen 6:30 Uhr aus dem Haus. Einen wachen Raoul sah er auch da nicht. Manchmal verging die ganze Arbeitswoche, ohne dass sich Vater und Sohn begegneten. Barbara wartete viele Abende vergeblich mit dem Abendessen. Viel häufiger, als ihr lieb war, aß sie allein mit Raoul. Oft spielten sie noch ein wenig zusammen. Nach Waschen und Zähneputzen brachte sie den Jungen ins Bett und las ihm Gutenachtgeschichten vor, bis er einschlief. Ohne Erik. Wenn der endlich kam, sprach und aß er so gut wie nichts. Er sah fern und trank, während Barbara schweigend bei ihm saß.

Es dauerte lange, bis sie bemerkte, dass da mehr war als Bier und Wein. Sie fand leere Wodkaflaschen in Eriks Dienstwagen, anfangs versteckt im Kofferraum unter dem Reserverad, später herumrollend unter dem Beifahrersitz. Sie stellte ihn zur Rede, er wiegelte stets ab. Das ging monatelang so. Ausreden, Beschwichtigungen, Lügen bei ihm; nicht wahrhaben wollen, Verzweiflung und Zorn bei ihr. Kein Sex mehr, keine Zärtlichkeiten, keine Rücksichtnahme. Sie lebten nebeneinander her.

Bis der Tag kam, als ihm zum ersten Mal die Hand »ausrutschte«. Der Anlass nichtig, der Schlag schnell und hart, ohne Gegenwehr. Barbara war fassungslos, ihre Seele wurde schlimmer verletzt als ihr Gesicht. Weinend ließ sie ihn stehen, flüchtete ins Schlafzimmer und versperrte die Tür hinter sich. Erik blieb nur das Gästezimmer, was ihn aber nicht besonders zu stören schien. Sein Leben ging einfach weiter, als sei nichts geschehen. Er ging früh, kam spät, war dann nicht selten schon angetrunken, trank weiter und fiel schnarchend ins Gästebett.

Barbara erinnert sich an alles. Die Missachtung, die Grausamkeit, die Gewalt. Der Ausrutscher wiederholte sich. Nicht nur einmal, immer wieder. Schlimmer werdend. Eines Abends arteten die Schläge so sehr aus, dass sie sich in die Notaufnahme des Krankenhauses schleppte. Behauptete, sie sei gefallen. Die Treppe hinunter, sehr unglücklich. Sie schämte sich unsäglich. Für ihren Mann noch mehr als für ihre Lüge. Sie kam sich vor wie in einer TV-Soap mit miserablem Drehbuch und Figuren voller Klischees. Der behandelnde Arzt offenbar auch. Seine Blicke verrieten, dass er ihr kein Wort glaubte, sie aber kommentarlos behandelte und wieder gehen ließ. Weil es das erste Mal war? Oder billigte er womöglich gar das Verhalten des Ehemanns?

Es war ihr egal.

Barbara arrangierte sich, fügte sich in ihr Schicksal, log, um Erik zu decken, wann immer es nötig war. Besonders gegenüber Raoul. Er sollte nicht unter den Konflikten seiner Eltern leiden, die Fassade der heilen Familienwelt sollte aufrechterhalten werden. Daher tat sie alles, was ihr nötig schien. Sie litt leise und verkniff sich Schreie und Tränen, so lange es ging. Sie wunderte sich über sich selbst, hätte nicht für möglich gehalten, was Erik ihr antat, konnte kaum glauben, was sie durchstand. Und sie erhob niemals eine Hand gegen ihren Mann, nicht einmal um sich zu schützen. Sie nahm alles klaglos hin. Bis zu dem Abend, als er nicht nur sie verprügelte, dass sie laut um Hilfe schrie, sondern auch Raoul, der plötzlich verängstigt und schlaftrunken in der Wohnzimmertür stand. Zwei Schläge trafen den Jungen, ehe sie sich dazwischen werfen und Erik zu Boden stoßen konnte.

Schreiend floh sie mit Raoul auf dem Arm in ihr Schlafzimmer und verbarrikadierte sich. Am nächsten Morgen verließ sie ihren Mann, ihr Heim, ihre Heimat.

Ich habe noch heute die Bilder vor Augen. Das Entsetzen und die Angst in diesem Jungengesicht. Raouls Unfähigkeit, sich zu bewegen. Mein wimmernder Sohn, den ich mehr schleppe als trage. Der mich all meine eigenen Verletzungen vergessen lässt. Der mich dazu bringt, Pläne einer sofortigen Flucht zu schmieden. Den ich kaum beruhigen und wieder zum Einschlafen bringen kann. Als es mir gelungen ist, lege ich mich zu ihm und weine so leise wie möglich. Ein Wimmern, beinahe wie seins. Zu meiner eigenen Überraschung schlafe ich tatsächlich ein.

Gleich am nächsten Morgen, kaum dass Erik das Haus verlassen hat, packe ich zwei Koffer und zwei Rucksäcke für uns. Ich vergewissere mich, dass sich EC- und Kreditkarte befinden, wo sie hingehören: in meinem Portemonnaie. Danach plündere ich das, was Erik »dein« Haushaltsgeld und »unsere« Urlaubskasse nennt. Ich wechsle die Klamotten, in denen ich geschlafen habe, ziehe einen schweigenden Raoul an, rufe uns ein Taxi. Nach Hannover? Der Typ in der Taxizentrale fragt staunend nach. Als der Wagen zehn Minuten später kommt, stehen wir schon vor dem Haus. Der Mann steigt aus und verstaut die Koffer. Als wir hinten eingestiegen sind, fragt der Fahrer nach, ob wir wirklich nach Hannover wollen. »Ist das ein Problem?«, frage ich und nenne ihm Straße und Hausnummer. »Überhaupt nicht, aber der Spaß wird Sie mindestens

300 Mark kosten!« Offenbar traut er dem Frieden nicht, vor allem nicht dem finanziellen. Also beruhige ich ihn: »Keine Angst, das ist mir klar. Machen Sie sich um Ihr Geld keine Sorgen!« Ich öffne meine Geldbörse, lasse ihn einen Blick hineinwerfen und schließe sie mit einem Schnappen, das hoffentlich souverän und wild entschlossen klingt.

»Wohin fahren wir?«, fragt Raoul. Es sind seine ersten Worte seit der gestrigen Auseinandersetzung. Ich weihe ihn in unser Ziel ein: »Wir fahren zu Tante Manuela!«

In der Rückschau amüsiert sich die liegende Frau über die 300 Mark. Es war gut angelegtes Geld. Fluchtgeld. Hätte sie bloß auch für die Rückfahrt ein Taxi genommen, dann wäre ihr die Katastrophe erspart geblieben. Sie denkt an die Ankunft bei ihrer Schwester, die Umarmungen, die Tränen, die Schilderung ihres Leidensweges und den abschließenden Satz »Nie wieder gehe ich zu diesem Scheißkerl zurück!«. Sie glaubte jedes Wort, das sie sagte.

Dennoch fuhr sie kaum drei Monate später zurück nach Hamburg – der schlimmste Fehler ihres Lebens. Sie kam nie in Hamburg an, der ICE und ihr Leben zerschellten bei Eschede an einem Brückenpfeiler.

War es ihre Schuld, die ihrer Schwester, die Eriks? Im Grunde ist es ihr heute völlig egal, wer oder was sie zur liegenden Frau gemacht hat. Es war Schicksal. Ihr Schicksal. Mit dem sie sich längst abgefunden hat. Mehr als das: Sie akzeptiert das Geschehene, begrüßt es, geht ihm seit geraumer Zeit mit offenen Armen entgegen. Sie will nicht zurück in ihr Leben vor dem Koma, sie will, dass alles so bleibt, wie sie es seit mehr als einem Jahrzehnt gewohnt ist. Erik und der Rest der Welt können ihr gestohlen bleiben, so lautete ihre Devise, ihr Mantra.

»Du machst einen großen Fehler, Schneewittchen!«, sagt der alte Mann mit der Ben-Becker-Stimme. Schon wieder hat Friedrich sich unbemerkt ins Zimmer geschlichen, ohne dass die liegende Frau das Geringste bemerkt hat. Wie schafft er das nur? Wie lange lungert er hier schon herum? Wie hat er den Weg von der Tür bis an ihr Bett zurücklegen können, ohne dass sie ihn gehört oder gesehen hat? Taucht so plötzlich auf, dass sie zusammenzuckt. Natürlich nur gedanklich. Kein verräterisches Zucken nach außen. Ihr Körper bewegt sich keinen Millimeter. Der des Schleichers dagegen schon, geschickter, als ihr lieb ist. Friedrich trägt nur ein Unterhemd mit braunen Flecken. Schokopudding vom Mittagessen? Oder Bratensoße? Voller Ekel besieht sie sich die dünnen Arme, die schmalen Schultern, die wenigen grauen Haare auf der Brust. Nichts freut sie im Moment mehr als ihre Reglosigkeit. Womöglich wäre sie schreiend weggelaufen. Allein diese peinliche Blöße bereitet ihr Unbehagen. Sie muss sich eingestehen, dass sie froh wäre, eine Pflegerin käme zufällig in ihr Zimmer. Doch es ist keine Hilfe in Sicht. Stattdessen bewegen sich die Arme des Alten nach oben, die Handflächen zu ihr gedreht. Er sähe einem segnenden Priester ähnlich, wäre der ganze Auftritt nicht derart skurril. Eine Art Predigt beginnt er doch:

»Du brauchst keine Angst zu haben. Auch wenn ich nicht gerade vertrauenerweckend aussehe. Ich besuche dich doch schon so lange, da müsstest du mich allmählich kennen. Ich meine es gut mit dir, will dir helfen. Ich weiß, wie lange du hier schon liegst. Ich weiß, dass dich die Ärzte längst aufgegeben haben. Und ich befürchte, dass du dich auch selbst aufgegeben hast, Schneewittchen. Ich aber möchte, dass du in dein wirkliches Leben zurückkommst! Und zwar bald, so schnell wie möglich.«

Er spricht ungewohnt ernst. Ohne seine üblichen Wortspiele, ohne Witzchen oder anderen Unfug. »Du bist in Gefahr, in großer Gefahr, in Lebensgefahr. Ich konnte diesen Typen zufällig belauschen, der dich ab und an besucht. Dein Mann, oder? Er tuschelte draußen mit einer Frau. Sie wollen dich loswerden, denn du bist ihnen im Weg. Sie überlegen, ob sie dir die Maschinen abstellen lassen können. Danach sprach der Typ mit deinem Arzt. Der war sich unsicher, wie es dir tatsächlich geht, hat aber keine große Hoffnung mehr.«

Der Alte macht eine Pause. Er guckt, ob ich irgendetwas mitbekommen habe. Ich bin in Gedanken erstarrt. Friedrich guckt sich erneut sorgenvoll um, redet weiter: »Misstrauisch gemacht hat mich, dass sie die Sache mit den Apparaten nicht erwähnten. Ich glaube, die wollten kein Aufsehen erregen, niemand soll mitkriegen, dass sie irgendetwas Übles mit dir vorhaben. Auch mit einem gewissen Paul oder Raul, genau konnte ich es nicht verstehen. Ich sage dir, da läuft irgendeine ganz, ganz schmutzige Sache, daher solltest du…«

»Was zum Henker denken Sie, was Sie hier verloren haben?« In der Tür steht Schwester Anja. Die gute Laune ist ihr vergangen. Sie blickt böse auf den Mann im Unterhemd, der nicht hierher gehört. Mit der Unerbittlichkeit eines Torpedos steuert sie schnellen Schrittes auf ihn zu. Noch ehe Friedrich weiß, wie ihm geschieht, hakt sie sich bei ihm unter. Mit Nachdruck schiebt sie den unerwünschten Eindringling Richtung Flur, keine halbe Minute später sind beide durch die Tür.

Mein Verstand rast, mein Herz rast. Ich habe das Gefühl, in einen Abgrund zu fallen. Mein ganzes Leben als liegende Frau stürzt in sich zusammen wie ein Kartenhaus. Schmerzhaft wird mir bewusst, dass ich mich in einem Schloss aus Selbstbetrug eingerichtet habe. Einem Schloss aus Glas. Meine Flucht vor Erik und die Verleugnung der Realität ist eine einzige riesige Lebenslüge. Ich habe mehr als zehn Jahre meines Lebens vergeudet, anstatt das zu tun, was mir eigentlich das Wichtigste in meinem Leben ist: mich um meinen Sohn zu kümmern. Ich habe ihn vernachlässigt, ihn nicht gesehen, ihn vergessen. Wie konnte ich jahrelang derart egoistisch und herzlos sein? Wie konnte ich den wichtigsten Menschen in meinem Leben links liegen lassen?

Ich schäme mich für meine Bequemlichkeit und Tatenlosigkeit. Phlegmatisch, selbstgefällig habe ich es mir bequem gemacht, statt um meine Genesung zu kämpfen. Nicht für mich, aber für Raoul. Doch ich habe lieber behaglich, gemütlich und wohlig in meinem Klinikbett gelegen, das in Wirklichkeit nichts anderes ist als ein Sarg.

Dieser Spinner hat recht: Ich liege wie Schneewittchen in einen Glassarg, doch im Gegensatz zu ihr habe ich mich freiwillig hineingelegt.

Es ist höchste Zeit, mein Versagen zu beenden und den Kampf um meine Erweckung wieder aufzunehmen. Die Schutzhülle um meine Psyche muss entzweigeschlagen werden. Ich werde mit allen Steinen, die ich finden kann, das Glas zertrümmern, das mich umgibt, das mich von Raoul fernhält. Und vom wirklichen Leben.

ZWEITER TEIL

(im Jahr 2019)

*Was, wenn du schliefest? Und was, wenn du, in deinem Schlafe, träumtest? Und was, wenn du in deinem Traume, zum Himmel stiegest und dort eine seltsame und wunderschöne Blume pflücktest?
Und was, wenn du, nachdem du erwachtest, die Blume in deiner Hand hieltest? Ah, was dann?*

Samuel Taylor Coleridge

KAPITEL 9

Ich erinnere mich genau: Mein richtiges Leben begann mit dem Zucken meines rechten Zeigefingers. Ein Zucken, das ich bewusst herbeigeführt habe; eine Leistung, wie ich sie seit mehr als zehn Jahren nicht vollbracht habe. Ich war so stolz und glücklich, dass es mich nicht gewundert hätte, wenn um mein Bett eine Blaskapelle gestanden und einen Tusch gespielt hätte. Doch wie fast immer damals war mein Zimmer leer. Niemanden zog es zu mir. Nach beinahe 20 Jahren in meinem Pflegeheim für hoffnungslose Komafälle besucht mich kaum noch jemand. Bis ich vor zwölf Monaten, zwei Jahrzehnte nach dem schrecklichen Unglück, Schwester Anja mit zuckendem Zeigefinger signalisierte, dass ich erwacht war.

Was ich allen Menschen tunlichst verschweige: Ich bin bewusst zurückgekehrt. Aus einem Leben, das nur eine Art Traum war. Das mir aber traumhaft vorkommt im Vergleich zur Wirklichkeit. Ich sah mich auf einer Rettungsmission. Ich glaubte helfen zu können und zu müssen. Wie dumm von mir, wie unendlich dumm. Keine vier Wochen später wusste ich bereits, dass in Wahrheit ich die Hilfsbedürftige bin, niemand sonst. Ich selbst muss gerettet werden. Ich bin in einer Welt gestrandet, der ich nicht gewachsen bin. Nicht einmal ansatzweise. Eine Welt, in der ich nicht leben kann, der ich aber auch nicht mehr entfliehen kann.

So sitze ich Tag für Tag am Fenster. Stundenlang. Zumindest wenn mich niemand daran hindert. Am liebsten in der Küche, weil deren Fenster den Blick auf die Straße ermöglicht. Den Blick auf Autos und Menschen, Kinderwagen und Einkaufstaschen, Busse und Fahrräder. Wenn Passanten den Bürgersteig zur Bühne und mein Fenster zum Bildschirm machen, sehne ich mich nach heiteren Komödien oder Filmen mit anstößigen Stellen. Doch statt schräger Vögel, komischer Käuze und verrückter Hühner sehe ich billige Massenware, anspruchslose Unterhaltung oder gar niveaulosen Schund.

Vor einigen Wochen zum Beispiel nutzte ein Mann die Frühlingssonne, um auf dem Gehweg der anderen Straßenseite etwas Mysteriöses zusammenzubauen. Die Vorstellung begann mit einem Paket. Einem Bilderbuch-Paket, das aussah, als hätten es Werbefachleute für einen Imagefilm der Post gepackt. Bei rund 75 mal 40 mal 40 Zentimetern war es offensichtlich nicht allzu schwer, denn die dünnen Arme des schlanken Mannes hatten es ohne Probleme ins Freie getragen. Zehn Kilo vielleicht, mehr konnten es kaum sein. Dennoch kamen daraus allerhand Kleinkram, Holzteile und eine Art Kunststoffplane zum Vorschein. Wie ich wenig später erfahren sollte, waren dies »Haut« und »Gestänge«. Der Mann hielt einer dazugekommenen Frau einen längeren Vortrag über Längen und Breiten, über einen schlanken Bug, darüber, was ein

Skeg ist, über Spurtreue und Leichtläufigkeit im Wasser, über Steifigkeit (übrigens nicht ohne prustendes Gelächter der Frau) und wie man die Dollborde in die Haut spannt. Eine knappe Stunde später war das Paket zum Faltkajak herangewachsen: blauschwarz; dabei lang wie der Porsche Cayenne der Nachbarn, aber schmaler als eine Badewanne. Rätselhaft blieb, wie eine derart filigrane Faltgondel zwei erwachsene Menschen über Wasser halten sollte. Oder gar 180 Kilogramm egal wovon, wie es der lautstark und bewunderungheischend vorgelesene Beipackzettel versprach. Da weder Gewässer noch Sintfluten in Sicht waren, zerlegte der Mann sein Kunstwerk wieder. Das Boot schrumpfte dabei sichtlich, allerdings wurde am Ende ein Paket ins Haus zurückgebracht, das deutlich größer war als das herausgetragene. Was mich gedanklich zu einer unklaren Formulierung führte, die mich mehrere Tage ergebnislos beschäftigte: Ist ein Faltboot einsatzbereit oder zerlegt, nachdem es »zusammengefaltet« wurde? Anders gefragt: Wird »zusammenfalten« wirklich nur im ursprünglichen Sinn von kleiner machen verwendet, oder nicht doch auch im Sinne von zusammenbauen. Fragen wie diese mögen andere belächeln, ich finde die Beantwortung wichtig. Schließlich ist es ein Unterschied, ob ein Faltboot mit seinem Namen seine Funktion als Boot oder seine Aufgabe als eine Art Zaubertrick dokumentiert. Zumal es dann ja besser »Entfaltboot« hätte heißen sollen, oder doch nicht?

Meine Gedanken wechseln den Kurs. Ich denke lieber an 1990. Wie jung ich damals war. Nach dem Fall der Berliner Mauer schien der Liberalismus für Ost und West, Süd und Nord die einzig wahre politische Vision. Doch heute ist die liberale Ordnung in so großer Gefahr, dass man blass werden möchte vor Sorge. Antiliberale feiern Wahlerfolg um Wahlerfolg: im postkommunistischen Osteuropa ebenso wie in den wohlhabenden europäischen Ländern. Auch wenn Demokratiefeinde vom rechten Rand die Wahlen noch nicht gewinnen können, prägen sie in vielen Staaten die politische und die öffentliche Debatte. Sie scheuen vor nichts zurück, selbst offener Antisemitismus wird wieder salonfähig. Wir haben es weit gebracht, wir sind wieder so weit, dass jüdische Jugendliche in Schulen wegen ihres Glaubens gemobbt, bedroht, verprügelt, ja sogar erschossen werden.

Die rechten Zündler mit gutem Draht »zu den Menschen« sammeln Stimmen und Prozente. Die anderen Parteien ahmen nur noch die Rechten nach und merken zu spät, dass der gute Draht Stacheldraht ist, in dem man sich leicht verfangen und steckenbleiben kann. Entsetzliche Dinge sind zu hören. In ganz Europa wird eine neue Sprache gesprochen, eine Sprache, deren Sätze zu Sprengsätzen werden. Deutschland bildet beileibe keine Ausnahme.

Dabei geht es dem Land besser als den meisten anderen. Das ist schon seit vielen Jahren so. Mittlerweile gibt es mehr als eine Million Millionäre in Deutschland. Sagt das Radio. Da wachsender Reichtum bei uns wesentlich geringer besteuert wird als (beispielsweise) Gehälter, die durch Arbeit verdient wurden, werden Reiche schnell immer reicher. Sagt das Fernsehen. Besonders reiche Millionäre heißen Multimillionäre, die reichsten Multimillionäre nennt man Milliardäre. Eine Milliarde sind tausend Millionen. In Euro eine kaum vorstellbare Summe. Dennoch: Es gibt Milliardäre. Und sogar immer mehr. Ihre Zahl in Deutschland wächst beständig. Seit dem Jahr 2001 hat sich die Zahl etwa verdoppelt auf jetzt 187. Wer seine Milliarde mit jährlich drei Prozent verzinst bekommt, steht vor dem »Problem«, dass er pro Jahr 30 Millionen Euro Zinsen erhält und daher pro Tag mehr als 82 000 Euro ausgeben muss, um nicht noch reicher zu werden. Da die meisten Milliardäre damit überfordert sind, sind sie dazu verdammt, ihren Konten beim Wachsen zuzusehen. Wie lang? Bis sie eines Tages Multimilliardäre sind?

Gleichzeitig leben in Deutschland mehr als zwölf Millionen Menschen »an der Armutsgrenze«. Ich frage mich, was die Formulierung eigentlich bedeuten soll. Ich finde, dass es besser »unter der Armutsgrenze« heißen sollte. Noch lieber wäre es mir, zu sagen, dass in Deutschland zwölf Millionen Menschen »in Armut« leben. Das klänge aber natürlich längst nicht so harmlos.

Ich bedaure mich in meiner Einsamkeit. Sogar Friedrich vermisse ich. Wenn auch nur ein wenig. Mit ihm hätte ich mir solche Fragen zumindest nicht alleine stellen und beantworten müssen. Mein Koma-Kumpan hat Jahre seines Lebens mit der Lösung genau solcher Probleme zugebracht. Und eines, da bin ich ganz, ganz sicher, hätte ihm besondere Freude bereitet, nämlich wie schnell beim Zuhören »ein Faltboot« zum »Einfalt-Boot« wird. Wie ich ihn kenne, wäre er um eine Ergänzung nicht verlegen: »Nicht nur beim Zuhören, auch beim Zusammenbauen«, hätte er womöglich gesagt und sich süffisant über die Probleme überforderter Faltbootkäufer lustig gemacht. Wobei: Er hätte sicher das Verb »mokiert« gebraucht.

Doch Friedrich ist ebenso verschwunden wie mein vergangenes Leben. Mir bleibt ein Bett in einem gut 15 Quadratmeter großen Zimmer, in dem ich mich vor dem Leben verstecke. Mir bleibt eine Küche mit Ausblick auf Zitronen- und Bootfalter und andere Naturwunder. Mir bleibt ein recht peinlich-roter Satinpyjama mit Perlmuttknöpfen. Mir bleibt, nicht minder aufsehenerregend: meine neue Ray-Ban-Brille, bei der ein sanftes Braun im Havanna-Look und ein trendiger Rahmen im Pantostil angeblich dafür sorgen, dass ich garantiert auffalle. Allerdings frage ich mich, wem? Wem soll ich auffallen? Wen sollen mein Haarschnitt und meine manikürten Nägel beeindrucken? Als Hausschuhe wurden mir Mokassins aufgenötigt. Deren Veloursleder ist angeblich supersoft, die Gummisohlen sind komfortabel, das Innenfutter ist kuschelig, das Lammfell warm und das Logo unübersehbar. Falls ich einschlafen könnte, würde ich himmlische Ruhe finden in einer Bettwäsche, die jede Erinnerung an medizinische Zweckmäßigkeit auslöscht. Sie wurde gepriesen als in einer Manufaktur auf der Schwäbischen Alb gefertigt. Der Hersteller garantiert höchste Qualität. Und er garantiert, dass der Verschluss mit gezwirnten Wäscheknöpfen das Herausrutschen der Bettzipfel zuverlässig verhindert. Wäre auch nicht auszudenken, würde mir nach 20 Jahren im Koma mitten in der Nacht der Bettzipfel aus dem Bezug rutschen.

Täusche ich mich oder steht Friedrich gerade an meinem Bett und schlägt sich prustend die flache Hand gegen die Stirn?

Vor etwa einem Jahr schlug eine flache Hand gegen Schwester Anjas bullaugenrund aufgesperrten Mund.

Nicht wegen eines Bettzipfels, sondern wegen des Zuckens eines Zeigefingers starrte und erstarrte die Pflegerin, deren Herzlichkeit mich nicht nur an düsteren Tagen gewärmt hatte. Regungslos wartete sie auf weitere Signale meiner Rückkehr ins Leben.

Und ich sandte sie ihr, indem ich meine Augenlider schloss, wieder öffnete und unmittelbar danach meine Augäpfel nach links und rechts bewegte. Wenn je ein Mensch so etwas wie einen jubelnden Seufzer ausgestoßen hat: Schwester Anja tat es. Danach ging hinter vorgehaltener Hand und rund um den Bullaugenmund die Sonne auf. In zugleich strahlender Begeisterung und taumelnder Glückseligkeit, sodass ich allein durch den Anblick dieses Gesichts von der festen Überzeugung erfüllt wurde, nun erst werde der unglückselige Teil meines Lebens enden und der Weg durch das Paradies beginnen.

Ich war wirklich unfassbar naiv und grenzenlos dumm!

Auf den Gummisohlen meiner Mokassins schlurfe ich zurück in mein Zimmer. Ich setze mich aufs Bett und mitten in die Bettwäsche mit den gezwirnten Knöpfen. Gegenüber hängt eines dieser modernen bilderrahmendünnen Fernsehgeräte. Neben meinem Bett, am Kopfende, wo das Kopfkissen liegt, steht ein Schränkchen. Darauf ein Radiowecker, der immer die richtige Uhrzeit zeigt, auf die Sekunde genau. Ein Glas Wasser, ein Tablettendispenser mit Medikamenten für eine Woche und ein dickes Buch: »Sophies Welt«, ein Roman über die Geschichte der Philosophie. Die Raufasertapeten an Decke und Wänden sind in Weiß gestrichen. Auf dem strapazierfähigen Laminat in

Traubenahorn-Optik liegen mehrere einfache Baumwollteppiche mit rutschhemmender Rückenbeschichtung.

Das Holzfenster stammt aus der Zeit, als man noch Tropenholz verbaute, und ist nur einfach verglast. Wer hinausschaut, blickt auf eine Zufahrt in den Innenhof, auf den gegenüberliegenden Gebäudeteil und auf mehrere gleichformatige Meranti-Fenster, deren Regenwaldlaubhölzer der Familie der Flügelfruchtgewächse entstammen. Auf der Fensterbank aus Billigmarmorimitat stehen irgendwelche Zimmerpflanzen, darunter hängt ein flacher Heizkörper mit geschlossenem Thermostatventil. Keine Vorhänge, dafür ist direkt über dem Fensterrahmen ein Raffrollo an der Wand befestigt. Das Gewicht eingenähter Metallstäbe zieht es straff, die letzten 15 Zentimeter ziert eine hässliche Stickerei. Sie scheint, fliegende Untertassen in Gitterformation zu zeigen, die aus allen Richtungen mit Lichtstreifen beschossen werden. Eine Weltraumschlacht, die bei Sonnenschein besonders gut zur Geltung kommt. Mindestens so deutlich wie alte Schmutzschlieren außen sowie zahllose Handabdrücke innen an den Scheiben. Was – um alles in der Welt – bringt Menschen dazu, Wände und Decken neu streichen zu lassen, aber die Fenster nicht zu putzen?

Wie Geografie früher Erdkunde genannt wurde, verbarg sich Elementargeometrie einst hinter dem Begriff Raumlehre. Wer in Gedanken an der Decke die beiden Raumdiagonalen zwischen den gegenüberliegenden Ecken zieht, findet exakt im Schnittpunkt eine billige Lampe. Eine einfache runde Halterung aus schwarzem Blech, an der ein schemenhaft gemusterter Glaszylinder hängt, dessen Durchmesser dreimal seiner Höhe entspricht.

Die Raumzeit meines Zimmers krümmt sich in einem Bild. Salvador Dalis »Die Beständigkeit der Erinnerung«, natürlich kein Original, sondern nur ein Druck auf Baumwoll-Leinwand. Wer sich die Mühe macht, den Kiefernholzrahmen von der Wand zu nehmen und umzudrehen, kann auf der Rückseite den Namen des Künstlers, den Titel des Werkes und andere wichtige Informationen finden. Zur Qualität des Druckes zum Beispiel ist nachzulesen, dass eine hochwertige Pigment-Tinten-Lösung eine hohe Farbsättigung und eine originalgetreue Farbwiedergabe garantiert. Die einzigen weiteren Möbelstücke sind ein Regal, ein Kleiderschrank und ein Kleiderständer aus Birkenholz. Der Schrank macht einen extrem billigen Eindruck. Pressspan statt Holz, Kunststofffolie statt Furnier, gewelltes Plastik statt Glas. Die Garderobe verfügt oben über einen drehbaren Kranz mit sechs geschwungenen Doppelhaken: Schwanenhälse, an die ich Jacken und Mäntel hängen kann, die ich nicht habe. Das Regal hat im unteren Drittel zwei Türen, darüber zwei Schubladen über die gesamte Breite, darüber drei Regalböden mit unterschiedlichen Abständen, was mich vermuten lässt, sie könnten verstellbar sein. Der mittlere Regalboden beherbergt eine Reihe Bücher, zumeist billige Taschenbücher älteren Datums. So heruntergekommen, dass sie nicht mehr alleine aufrecht stehen. Sie müssen sich aneinander und an die Seitenwände lehnen, um nicht umzufallen. Ich fürchte fast, es sind meine eigenen Bücher. Von irgendjemandem gerettet oder nur zufällig übrig geblieben aus einer Vergangenheit, die es vielleicht nie gegeben hat. Viele Science-Fiction-Romane meiner späten Jugend, für die man sich heute genieren muss wie für alte Fernsehserien. Peinlich berührt, könnte man sich fragen, wie einem Derartiges gefallen konnte, sähe sich jemand die Autorennamen an: Hans Dominik, Robert A. Heinlein, Isaac Asimov, Arthur C. Clarke oder Ursula K. Leguin; dazwischen stehen aber auch Jules Verne, Aldous Huxley, George Orwell, John Brunner, William Golding und J.R.R. Tolkien.

Nichts davon erscheint mir heute lesenswert. Mit einer Ausnahme: das Buch, das mittlerweile auf meinem Nachttisch liegt. Allerdings hat es das Lesezeichen darin binnen vier Monaten noch nicht weiter geschafft als bis Descartes oder Seite 275. Auch kein Ruhmesblatt, wie ich mir selber eingestehe. Doch der Schulmeister-Tonfall, in dem diese Geschichte der Philosophie für eine neunmalkluge 14-Jährige aufgeschrieben wurde, erneuert für mich das Rätsel, wie ein Buch zum Bestseller wird.

Es gibt überhaupt merkwürdige Moden, beispielsweise einen Social-Media-Boom – was immer das auch sein mag. Die Aktien von Firmen wie Facebook, Twitter und Snapchat sind angeblich mehr wert als die von Mercedes oder Bayer oder der Deutschen Bank. Fußballer haben Frisuren zum Fremdschämen. An den Seiten rasiert wie zu Zeiten der Hitlerjugend. Fehlt nur noch, dass auch das Hitlerbärtchen wieder in Mode kommt. Das Gedankengut des Führers hat es ohnehin längst wieder in moderne Köpfe geschafft. Rassistisches und antisemitisches Gerede bahnte den Weg für mordende Neonazis. Manchmal könnte ich weinen bei solchen Nachrichten. Vor Kummer und vor Wut. Auch Fremdenfeindlichkeit wird Normalität. In Deutschland geborene Menschen mit fremdländisch klingenden Namen werden bedroht: »Kleines Mischlingskind, hau ab aus Deutschland.« Die Beschwerde bei Twitter versandet: »Wir haben den gemeldeten Inhalt untersucht und konnten keinen Verstoß gegen die Twitter-Regeln oder entsprechende Gesetze feststellen. Wir sind deswegen dazu auch nicht aktiv geworden. Mit freundlichen Grüßen, Twitter«.

Facebook, auch eines dieser merkwürdigen Phänomene, ist offenbar nicht besser. Als die sogenannten Gelbwesten in Frankreich protestieren, gibt es Tage mit 130 Verletzten. Ein französischer Medienwissenschaftler analysiert, wie Facebook die gewaltsamen Ausschreitungen befördert. Er sagt, Facebook sei »the most threatening weapon to democracies ever invented.« Das soziale Netzwerk sei von Populisten und Parteien für deren Zwecke eingespannt worden, habe rund ein Dutzend Wahlen weltweit beeinflusst und eine Reihe von Populisten an die Macht gebracht. Donald Trump, Rodrigo Duterte, Jair Bolsonaro und andere.

Sollte Facebook verboten werden? Oder würde dies nur noch schlimmeren Plattformen den Weg bereiten?

In diesen Netzwerken treiben nicht nur normale Menschen ihr Unwesen, sondern auch »Influencer«. Das sind »Personen, die aufgrund ihres häufigen Auftretens und ihrer guten Reputation in sozialen Netzwerken als Werbeträger hochgeschätzt sind und gegen Entgelt eingesetzt werden können«. Ich habe es zunächst nicht verstehen und glauben können, aber diese jungen Leute sind längst ein nicht zu unterschätzender Machtfaktor geworden. Trotz oder wegen ihrer Ahnungslosigkeit? Eine Billigschuhkette mietete in Los Angeles ein ehemaliges Armani-Geschäft an.

80 Influencer gingen den angeblichen Luxusschuhen auf den Leim. Damit war bewiesen: auch sie sind Bausteine der großen Macht unserer Tage, der Regentschaft der Doofen, Ahnungslosen und Skrupellosen.

In der Wohnung über mir schreit ein Kind. Das Geheule ist das Gegenteil von herzzerreißend, denn es klingt böse und aggressiv. So schreit kein Kind, das leidet, sondern eines, das seine Umwelt leiden lassen will, das seine Mutter oder wer weiß wen quälen, nerven, martern, peinigen, plagen will. Vielleicht um seinen Willen durchzusetzen, vielleicht auch nur, um den Mieter der Nachbarwohnung zu foltern. Ich unterdrücke meinen Ärger, frage mich, ob ich dem Kind womöglich unrecht tue? Da ich niemanden aus dem Haus kenne, kenne ich auch dieses Kind nicht. Ich kann also nicht ansatzweise beurteilen, was diesen Schreihals tatsächlich umtreibt. Hätte ich meine Wohnung schon einmal verlassen, hätte ich Mutter und Kind vielleicht schon längst im Flur getroffen. Vielleicht würde ich beide mögen, wer weiß? Vielleicht wäre ich dann heute nach oben gegangen, um das Kind zu trösten. Oder um der Mutter zu helfen.

Ich lächle. Die mimische Manifestation von Glück resultiert aus einer Erinnerung. Ich denke an Raoul. Nicht an meinen Sohn von heute, sondern an Raoul, das Kleinkind. Der liebe Junge, der so oft nicht ins Bett wollte und dann in seinem bunten Schlafoverall durch die Wohnung tobte. Barfuß und jauchzend genoss er die inszenierte Verfolgungsjagd, die ich am Ende zwar immer gewann, häufig genug aber erst unnötig spät. Die »erlegte Beute« schleppte ich in Raouls »Höhle«, brachte den Jungen ins Bett, häufig mit einer (erneut unnötig langen) Gutenachtgeschichte.

Wenn er dabei einschlief, las ich oft einfach weiter. Oder ich genoss still die familiäre Zweisamkeit, eine Erinnerung, die ich rückschauend gerne viel häufiger und weniger kostbar in meiner Lebensbilanz gehabt hätte. Insbesondere weil ich mittlerweile beinahe ein Alter erreicht habe, in dem ich mir wünsche, Raoul würde mich zu Bett bringen statt ich ihn. Eine absurde Hoffnung, denn ich weiß, dass dies schlicht niemals geschehen wird, nicht geschehen kann. Dennoch spüre ich diesen Wunsch hell und schrill in meiner Brust. Heller und schriller als ich es lange aushalten kann. Ein Feuer entzündet sich, das nur Tränen löschen können.

Ich sitze, leise schluchzend, auf meinen angezogenen Beinen. Die Ellbogen auf den spitz gewinkelten Knien. Ich bemühe mich, leise zu sein, stelle mir vor, im Schrank säße jemand, der mich belauscht. Der soll nicht hören, wie es um meine Seele bestellt ist. Daher der Schrank-Trick, den ich schon als Kind angewendet habe. Wenn ich nicht schlafen konnte, stellte ich mir einen Bösewicht im Schrank vor, der mich belauscht und den ich täuschen musste, indem ich mich schlafend stellte. Dies machte ich meist so gut, dass ich wirklich einschlief. Der eingebildete Übeltäter machte mir also nicht nur keine Angst, sondern wiegte mich quasi in den Schlaf. Hätten meine Eltern geahnt, dass ich derartige Geheimnisse vor ihnen verberge, sie hätten mich sicher für ein recht merkwürdiges Kind gehalten.

Ich wusste damals, dass absolut niemand im Schrank steckt, und ich weiß es heute. Doch damals wie heute beruhigt mich der Gedanke an einen Unsichtbaren, der mich zwingt, stark zu sein. Und stark sein, das will ich auf alle Fälle. Das will ich sogar mehr als alles andere. Vor allem, weil es absolut erforderlich ist. Das weiß nicht nur ich, das wissen alle. Es sagen mir übrigens auch alle. Also alle, mit denen ich zu tun habe. Das sind natürlich nur wenige, im Grunde nur zwei. Nur zwei Menschen. So wenige sind mir geblieben: mein Arzt Dr. Wilhelm und Anja Kröger, meine gut gelaunte Pflegerin. Sie begleiten meinen monatelangen Kampf zurück in ein Leben nach Koma und Klinik. Sie überwachen meine Fortschritte, treiben mich weiter, wenn ich aufgeben will, bauen mich nach Zusammenbrüchen wieder auf. Nur weil ich ihre Enttäuschung über mein Scheitern nicht erleben will, spiele ich den glücklichen Kämpfer. Nur ihretwegen lasse ich sie glauben, ich wolle mein altes Leben wieder. Nur ihretwegen tue ich so, als wollte ich um jeden Preis mein altes Ich zurück. Dabei wird mir schon nach knapp vier Wochen klar, dass meine Rückkehr ein fataler Fehler ist. Nach 20 Jahren aus dem Koma zu erwachen, ist kein Glück. Man gewinnt nicht das Leben zurück, sondern wird sich bewusst, dass man sein Leben verloren hat. Nein, dass man um sein Leben betrogen wurde.

Die Zeiten, in denen ich nun lebe, sind reichlich bizarr, wobei junge Leute dieses Adjektiv gerne mal mit »p« und zwei »z« schreiben, was es schon wieder einfacher macht, es auszuhalten. Für die jungen Leute heute ist es keine Frage: Das Leben ist schön. Zumindest solange die Gegenwart nicht aufgebraucht, noch genug von ihr auf Lager ist. Draußen herrscht Wolkenwildwuchs am Himmel, doch man sollte besser über Kakteen nachdenken. Stachelschwein gehabt, hätte Friedrich gesagt. Aber lange Rede, kurzer Gin im Gute-Laune-Radio. Die Moderatoren stellen schwierige Fragen: Was liegt auf dem Tisch und sieht nicht besonders intelligent aus? Richtig: Ein Frühstücks-Blödchen. Dazu gibt es ein Ei. Mehr ginge denn doch zu zweit! Was ist orange und isst gern Bambus? Eine Pandarine!

Ich schrecke zusammen. Es klingelt an der Tür. Jemand muss unten an der Haustür stehen, denn ich habe keine Schritte an meiner Wohnungstür gehört. Auch sonst kein Geräusch. Warum auch? Ich erwarte niemanden, weil niemand zu mir kommt, ohne sich vorher anzumelden. Dr. Wilhelm und Schwester Anja informieren mich, bevor sie kommen. Immer. Grundsätzlich. Auch weil ich es anders nicht schaffe. Immer noch nicht. Ich muss mich mindestens einen Tag vorbereiten, wenn ich jemanden treffen, mit ihm sprechen soll. Ich öffne meine Tür nicht für Fremdes, für Überraschendes, für Unerwartetes. Die zwei Menschen, die mich besuchen, klingeln meist auch nicht. Sie treten stets an meine Wohnungstür und klopfen an. Dr. Wilhelm kräftig, auf Höhe des Türspions, mit den vier Knöcheln seiner rechten Faust. Anja dagegen zurückhaltend, beinahe zärtlich, direkt neben dem Türgriff, mit einzelnem Knöchel, ich vermute dem des rechten Zeigefingers. Der Unterschied ist frappant: ein Hämmern, das herrisch Einlass fordert, ein vorsichtiges Pochen, das rücksichtsvoll um Öffnung der Türe bittet.

Es klingelt erneut. Meine rechte Faust schließt sich und die Fingerknöchel rechts drücken sich dabei zwischen die Finger meiner linken Hand. Sofort öffnet sich meine Rechte wieder und die Linke ballt sich mit gleicher Bewegung zur Faust. Ein Hin und Her ist in Gang gesetzt. Es sieht ein wenig so aus, als agiere einmal ich, dann mein Spiegelbild, dann wieder ich und so weiter. Der Bewegungsfluss vor meiner Brust stoppt, weil es schon wieder klingelt. Diesmal länger. Der klingelnde Finger hält den Knopf zwei, drei Sekunden gedrückt. Er sendet mir damit ein deutliches Signal: Ich werde hier nicht weggehen.

Verzagt erhebe ich mich vom Bett. Die Kraftanstrengung ist so groß, dass mich leichter Schwindel erfasst. In kleinen schlurfenden Schritten schleppe ich mich in den Flur, wo eine Art Wandtelefon hängt, mit dem man mit den Menschen an der Tür sprechen kann. Angeblich, denn ich tat es noch nie. Man kann auch den Summer betätigen, der die Türe öffnet. Noch bevor ich mich aufraffen kann, den Hörer abzuheben, klingelt es wieder. Das Geräusch ist derart laut und penetrant, dass ich mir mit beiden Händen die Ohren zuhalten muss.

»So wird das nichts mit dem Abheben,« flüstere ich mir mit meiner inneren Stimme zu, ohne meine Lippen zu bewegen. Mit den Händen auf den Ohren lehne ich mich gegen die Wand. Nur mit der Stirn, aber ich fühle jede Unebenheit der Tapete. Offenbar Raufaser. Meine innere Stimme weiß mehr: grobe Körnung, Rollenbreite etwa 53 Zentimeter, Rollenlänge 25 Meter. Die Raufasertapete, 1864 von dem Apotheker Hugo Erfurt erfunden und zuerst nur zur Dekoration von Schaufenstern und als Basispapier für Leimdrucktapeten verwendet. Machte erst viel später Karriere. Schaffte es in Deutschland zum häufigsten Wand-Make-up. Beruhigt mich so weit, dass ich glaube, den Hörer abnehmen zu können.

Ich löse die rechte Hand vom rechten Ohr, greife nach dem Hörer und führe rasch Muschel an Muschel. Nun stehe ich da: Links meine flache Hand gegen den Kopf gepresst, rechts den Hörer des Haustelefons, den eine Federzugschnur mit der Basisstation an der Wand verbindet. Während ich mich frage, wieso ich weiß, dass dieses Spiralkabel Federzugschnur heißt, atme ich in das Mikro des Hörers, bringe aber sonst keinen Ton, geschweige denn ein Wort heraus.

In mein Atmen höre ich die bekannte Ben-Becker-Stimme sagen: »Ich bin's, Friedrich.«

Dann schneller und schneller, ohne die geringste Unterbrechung zwischen den einzelnen Worten: »Bistdudas, Schneewittchen? HalloSchneewittchen! Ichmussdichsprechen!« Die sonore Stimme aus der Vergangenheit wird allmählich lauter, fordernder. »Lassmichrein, losmachschon! Machendlichauf!« Also lege ich den Hörer auf, halte mir die Ohren zu und gehe zurück zu meinem Bett.

Leider erinnere ich mich nur allzu gut, wie hartnäckig Friedrich sein kann. Entsprechend lang malträtiert er den Klingelknopf und mein Gehör. Ich nehme mir fest vor, in die Bedienungsanleitung des Telefons zu gucken. Irgendwie muss man das Gebimmel doch abstellen können. Doch für solche und ähnliche Texte brauche ich vor allem eines: Ruhe. Ich stecke also in einem Dilemma, eine Situation, die meine Psyche schon immer überfordert hat. Und mich zur Vogel-Strauß-Taktik zwingt. Also lege ich mich hin, stecke meinen Kopf unters Kissen und drücke es mit beiden Händen und ganzer Kraft links und rechts gegen meine Ohren. Wenn schon die Mauern von Jericho über mir zusammenfallen müssen, dann will ich zumindest so wenig wie möglich davon mitbekommen.

So liege ich fast eine Stunde auf dem Bett. Eine gute halbe Stunde wegen des Klinglers, noch einmal genauso lang, um mich halbwegs zu beruhigen und meine Nerven in den Griff zu bekommen. Schließlich gelingt es mir ruhiger zu werden. Ich denke an den Mann im Schrank, stelle mich schlafend und nicke tatsächlich ein. Als ich erwache, muss mehr als eine Stunde vergangen sein. Vor meinem Fenster beginnt bereits das Vorabendprogramm. Menschen, nein: Männer kommen nach Hause, parken Autos mit Ausweisen hinter den Windschutzscheiben. Dokumente, die beweisen, dass die Fahrzeugbesitzer in dieser Straße wohnen. Besitzer, die überwiegend Krawatten nach Hause tragen und Aktenkoffer. Einige wenige mischen sich in die Karawane mit einem zusätzlichen Utensil aus grellbuntem Kunststoff unter dem Arm; ein paar Verwegene tragen ihren Fahrradhelm noch auf dem Kopf. Die Schale wird, übrigens aus Sicherheitsgründen, mit einem an mehreren Punkten aufgehängten Kinnriemen und durch flexible Elemente des Helmfutters »spielfrei« – so heißt das im Fachjargon wirklich! – am Kopf fixiert. Doch was mich anfangs noch mehr verwundert hat als die ungewöhnliche Kopfbedeckung, ist die Tatsache, dass viele dieser Ritter der Kokosnuss zwar einen Helm, aber gar kein Fahrrad bei sich haben. Woher hätte ich wissen sollen, dass sich in den 20 Jahren meiner geistigen Abwesenheit Leihfahrräder und Entleihstationen etabliert hatten?

Die moderne Welt birgt für mich auch jetzt noch zahllose Geheimnisse. Beinahe Tag für Tag werde ich mit neuen Überraschungen konfrontiert. Und damit meine ich nicht irgendwelche technischen Spielereien wie Telefone für unterwegs, soziale Netzwerke, Bildschirme, die auf tippende Finger reagieren oder gar sprechende Computer von der Größe eines Zuckerhutes und dem Wissen einer Universitätsbücherei. Es sind immer wieder zwischenmenschliche Details, die mich besonders überraschen. Dinge, die früher undenkbar waren, werden heute geduldet.

Anja hat mir von einem Artikel in der »Zeit« erzählt. Ein Jugendlicher fängt mit 15 Jahren an, Drogen zu nehmen. Seinen Stoff bekommt er nicht etwa in finsteren Parks oder auf Schultoiletten. Der clevere junge Mann kauft ihn zeitgemäß im Internet. In Facebook-Gruppen stiften er und Gleichgesinnte sich gegenseitig an. Man stelle sich vor, eine Tageszeitung hätte mit ihren Kleinanzeigen Ähnliches ermöglicht. Undenkbar! Ich frage mich, wie sich sogenannte »soziale« Medien dergleichen mit großer Selbstverständlichkeit herausnehmen können, während Eltern, Politiker und Polizei nur hilflos mit den Schultern zucken.

Und nicht nur das. Dinge, die früher undenkbar waren, werden heute offen und laut ausgesprochen. Werden auch von Medien gesendet und in die Gesellschaft katapultiert. Offen rassistische Äußerungen, nicht nur von Ewiggestrigen, sondern von vermeintlich Heutigen. Ich rechne tatsächlich nach: Da 1945 sage und schreibe 74 Jahre zurückliegt, ist auch das Tausendjährige Reich beinahe zeitzeugenlose Geschichte. Als ich ins Koma fiel, waren Neonazis ein eher skurriles Phänomen. Protestierendes Jungvolk mit Glatzen und schweren Stiefeln und auffallender Tumbheit. Altnazis blieben im Dunkeln, wirkten allenfalls im Verborgenen, waren aber eher damit beschäftigt, nicht aufzufallen. Gefährlich waren dagegen die Linken. Die Terroristen der RAF und ihre Nachfolger im Geiste. Aber auch die… waren die nicht eher sang- und klanglos verschwunden, nach unten herausgerieselt aus dem oberen Glas einer Sanduhr, die jemand irgendwann einfach umzudrehen vergessen hatte?

Nach dem Mauerfall tauchte der eine oder andere Name wieder auf; Verbrecher, die man im Westen fieberhaft gesucht hatte, waren im unerreichbaren Osten untergetaucht. Terrorspezialisten im Ruhestand, die sich hinter dem Eisernen Vorhang im provinziellen DDR-Idyll verkrochen. War das nicht ein Muster, das man schon kannte? Persilschein ausstellen lassen, danach normales Leben vorgaukeln, ganz so, als wäre nie etwas gewesen. Auch Verbrecher wollen unbehelligt alt werden. Terror verbreiten allenfalls im Nebenberuf; zum Beispiel als Blockwart: Kritische Kollegen verpfeifen, Pfarrer aushorchen, Falschparker aufschreiben. Im Einsatz für ein besseres Land und für die Weltrevolution. Ein Irrsinn, wenn man es sich in Ruhe besieht.

Ich nehme das Buch vom Nachttisch und überlege, ob ich mich mit Descartes befassen soll. Wieder einmal stelle ich fest, dass mir ein Sessel fehlt. Ich finde nämlich, dass zum Lesen unbedingt ein Sessel gehört, am liebsten ein altmodischer mit Ohrenbacken. Er kann am Fenster stehen, muss aber nicht. Eine gute Leselampe tut es auch. Da gibt es ganz neue Dinge: Eine andere Art von Leuchten hat die Glühbirnen, wie ich sie kenne, abgelöst. Wobei ich zugeben muss, dass mir die meisten dieser Energiesparbemühungen immer noch ziemlich fremd sind. Ganz zu schweigen von Autos, die mit Stromantrieb fast lautlos dahingleiten sollen.

Ob es richtig ist, sich gleichzeitig von Kernenergie und Kohle zu verabschieden? Ist unser Planet überhaupt zu retten? Niemand scheint es zu wissen oder wissen zu wollen. Dabei waren die Signale schon vor Jahrzehnten klar zu sehen: Zeitungen berichteten, Bücher erschienen, Wissenschaftler warnten. Doch geändert hat sich während meiner Abwesenheit eigentlich nichts. Zumindest nichts Grundsätzliches – ganz im Gegenteil. Die Menschen fliegen mehr als je zuvor, die Zahl der Lastwagen scheint explodiert zu sein, die der privaten Autos wird ebenso wenig kleiner wie deren Spritverbrauch.

Unsere Fehler sind derart offenkundig, dass allen Menschen, auch Politikern, lautstark die Leviten gelesen werden – von Schulkindern! Die bestreiken freitags ihre Schulen, um dagegen zu protestieren, dass wir auf ihre Kosten leben, ihnen ihre Zukunft rauben.

Die Ironie dabei: Ich kenne all diese Argumente aus der Zeit vor meiner Koma-Abwesenheit. Damals waren es aber nicht die Kinder, die sich durch unseren Way of Life um ihre Zukunft betrogen sahen, sondern die Länder der sogenannten Dritten Welt.

Was niemanden wirklich gestört hat. Auch wenn es natürlich einige unbequeme Idealisten gab, die alles andere als leicht zu ignorieren waren. Doch selbst eine Umweltpartei, die entstanden war, hatte sich in unserem zerstörerischen Umgang mit der Natur so weit eingerichtet, dass sie für potenzielle Wähler nicht zu unbequem wurde. Trotz einer scheinbaren Allgegenwart grüner Ideen hat die Welt sich in den letzten 20 Jahren nicht zum Besseren gewandelt. Wir bringen mehr Gift aus, wir vernichten Pflanzen- und Tierarten, gefährden die Gesundheit der Menschen oder nehmen ihren Tod in Kauf, zerstören unwiederbringliche Naturwunder. Das Bild des Astes, auf dem ein Mensch sägend sitzt, ist uralt und einfach. Seit Jahrzehnten kann der Dümmste sehen und verstehen, was wir anrichten. Doch die Lemminge rasen weiter und weiter Richtung Abgrund.

Ich habe keine Lust, von Descartes zu lesen, lege Gaarders Buch, das er eigentlich für Jugendliche geschrieben hat und das doch ein Bestseller wurde, zurück auf das Tischchen. Dabei entdecke ich auf dem Fußboden ein Stück grünen Karton in der Form eines Puzzleteils. Das Ding liegt unmittelbar hinter dem Bein rechts vorne, und ich habe nicht den Hauch einer Ahnung, wo es hergekommen sein könnte. Vor meinem Einzug ist die Wohnung renoviert und auch ein neuer, blaugrauer Teppichboden verlegt worden. Da ich kein einziges Spiel, schon gar kein Legespiel besitze, kann es dieses Puzzleteil hier eigentlich gar nicht geben.

Aber es liegt dort. Als ich mich bücke, auf die Knie gehe und meine Hand ausstrecke, verschwindet es nicht. Meine Fingerkuppen berühren feste Materie. Ich halte tatsächlich das Fragment eines Bildes in Händen. Die Vorderseite ist blau. Himmel? Meer? Ein See? Der Lack einer neuen Corvette C8 mit Mittelmotor? Die gibt es erstaunlicherweise tatsächlich in Blau. Dabei ist die Lieblingsfarbe der Hälfte aller Menschen als Autofarbe seit vielen Jahren ein totaler Flop. Blau wird zwar mit Sympathie und Harmonie assoziiert, nicht aber mit Schnelligkeit. Autofahrer wollen nicht sympathisch erscheinen. Sie wollen, dass die Macht mit ihnen ist, auch beim Lack.

Ich denke an Friedrichs Vortrag über das Menschenleben als Puzzle. 30 000 Teile muss ordnen, wer jeden Tag eines rund 80 Jahre dauernden Lebens ein Stück erhält. Sieben pro Woche. Natürlich fast immer Teile, die nicht zueinander passen; das Schicksal verteilt sie per Zufall aus einem großen Sack. 365 im Jahr. Nur wer Glück hat, erwischt in den ersten 20 Lebensjahren so viele zueinander passende Stücke, dass sich ein Teil des Bildes offenbart. Manchmal hat ein Mensch eine Glückssträhne. Eine Lebensphase, wo Tag für Tag passende Stücke auftauchen, die sich zu Flächen oder Ketten fügen. Jedes Teil passt zu einem anderen vorhandenen und das ganze Leben scheint plötzlich seinen Sinn zu enthüllen. Anderen Menschen bleibt solches Glück ewig verwehrt. Nichts in ihrem Leben ergibt einen Sinn, kein Teil passt zum anderen, nicht wenige verzweifeln, weil die Einzelteile nicht einmal zum gleichen Puzzle zu gehören scheinen.

Nach gut der Hälfte oder zwei Dritteln des Lebens, vielleicht auch erst später, irgendwann liegen genug Teile auf dem Tisch, um Sinn zu ergeben. Zumindest müssen Hinweis-Inseln entstanden sein, die nur zusammengefügt, gedanklich verbunden werden müssen. Viele springen von Insel zu Insel durch ihr Bild, erkennen System, folgen wichtigen Spuren, kommen weiter oder erreichen Etappenziele. Andere fallen auf falsche Fährten herein. Doch eines ist sicher: Fügt sich auch nach vier oder gar mehr Jahrzehnten kein Bild zusammen, muss es am Spieler liegen: Er hat sich nicht genug bemüht, hat womöglich Teile verschlampt, als überflüssig weggeworfen oder schlicht Zusammengehörendes nicht erkannt. Diese Spieler erkennen den Sinn ihres Lebens nie, irren planlos, hilflos, erfolglos durch die Welt. Gescheiterte, die eines Tages sterben. Ihr Lebenspuzzle landet auf dem Müll.

Die Bedauernswertesten im Legespiel des Lebens sind aber zwei andere Spielertypen: die Kopfständler und die Seitenverdreher. Erstere scheinen Glück zu haben, denn kaum zehn Jahre alt, haben sie meist schon 800 Randstücke beisammen. Sie könnten frühzeitig ihrem Leben einen Rahmen geben. Dennoch misslingt ihnen alles. Die Kopfständler haben nämlich das Teil, das links unten liegen müsste, nach rechts oben gelegt. Nun scheint alles aneinander zu passen, in Wahrheit steht aber ihr ganzes Leben auf dem Kopf, nichts ergibt mehr einen Sinn.

Ein noch härteres Schicksal haben die Seitenverdreher zu tragen. Weil sie in ihrem eigenen Leben gar nichts verstehen, suchen sie händeringend nach Teilen, die aneinanderpassen. Sie sind fleißig, probieren und suchen bis zum Umfallen, geben niemals auf, haben irgendwann vor lauter Sinnsuche vergessen zu leben. Der Grund: Ihre Puzzleteile liegen alle falsch herum. Statt eines Bildes sehen sie nur die einfarbige Rückseite. Ihr ganzes Leben verschwindet in graugrünem Nebel. Alles, was sie tun, scheint vergeblich. Absolut nichts ergibt einen Sinn, egal, was sie tun oder lassen. Am Ende war ihr Leben umsonst.

Friedrich erzählte sein krudes Konzept todernst und mit Tränen in den Augen. Tränen des Selbstmitleids, weil er sich selbst für einen Seitenverdreher und damit für einen per Vorsehung Verlorenen hielt. Er war sein ganzes Leben penibel und korrekt, fleißig und ehrgeizig, strebsam und korrekt. Was half es ihm? Natürlich nichts, weil ja die Teile seines Puzzles mit dem Bild nach unten lagen. So war und blieb er in Schule, Universität und Beruf erfolglos, unbeliebt, gescheitert. Obwohl ein Sprachakrobat und Artist des Wortspiels, erkannte keiner seiner Mitmenschen sein einmaliges Talent. Was auch kein Wunder war, denn absolut niemand mochte, was Friedrich sonst noch alles war: Klugscheißer und Formalist, Kleingeist und kleinkarierte Krämerseele, entsetzlicher Pedant und übergenauer Erbsenzähler, Prinzipienreiter und Korinthenkacker.

Gott steh mir bei! Es klingelt schon wieder an der Tür.

Das Friedrich-Gedächtnis-Puzzlestück fällt mir aus der Hand und verschwindet unter meinem Bett. Wie sich später noch zeigen sollte: für immer. Wer, zum Henker, ist da schon wieder an der Tür? Ob Friedrich zurückgekehrt ist?

Ich schleppe mich vom Bett zum Haustelefon. Als es zum vierten Mal klingelt, bringe ich das lärmende Ding zur Ruhe. Es ist leichter als gedacht, denn das Kabel wurde auf dem Putz verlegt. Beim ersten Zug mit meiner rechten Hand springt es aus den zwei obersten Kabelschellen und reißt gleichzeitig aus der Innenstation. Die bunten Drahtenden baumeln lose. Der Hörer hat seine Verbindung zur Außenwelt verloren. Nun herrscht Ruhe, egal ob Friedrich draußen auf den Knopf drückt.

Zurück im Zimmer blicke ich zu Boden. Ich suche das Puzzleteil, sehe es aber nicht. Ich gehe auf die Knie und suche den Teppich ab. Nichts! Ich krieche halb unters Bett, taste mich in unbekanntes Terrain vor: Nichts! Staub, Wollmäuse und zwei Büroklammern, deren Herkunft mir ein Rätsel ist. Sonst nichts. Das gesuchte Puzzlestück bleibt verschwunden. Widerwillig erhebe ich mich. Das verschwundene Fragment beunruhigt mich nicht, doch es verärgert mich. Ich mag es nicht, wenn die Dinge meiner Umwelt nicht reagieren wie erwartet. Eine Uhr, die nicht geht, ein Seifenspender, der verstopft, eine Lampe, die nicht leuchtet, eine Komponente meines Lebens, die sich in Luft auflöst. Derlei Störungen sollte, dürfte es nicht geben. Auch Friedrichs Klingeln hat in meiner Wirklichkeit keinen Platz.

Mein Ärger wächst zur Wut. Ich lege mich aufs Bett, weil mich das meist beruhigt. Ich falte die Hände auf meinem Bauch und schließe die Augen. Regungslos bis auf mein bewusstes Atmen, auf das ich mich konzentriere. Aus. Ein. Aus. Ein. Aus. Schritte vor meiner Wohnungstür. Ein. Aus. Harte Absätze klackern. Ein. Auf dem Steinfußboden. Aus. Jemand kommt Richtung Tür. Ein. Aus. Bleibt stehen. Ein. Räuspert sich. Aus. Klopft gegen die Tür. Ein. Mit geballter Faust. Aus. Ein. Aus. Es klopft noch einmal. Einaus, einaus, einaus. Ein Rufen: »Hallo?« Eineinausaus. Eineinausaus. »Haaallo? Hier ist Dr. Wilhelm. Bitte machen Sie doch auf!«

Ich erstarre.

Dr. Wilhelm? Kann das sein? Wann hatte er wiederkommen wollen? Donnerstag, nicht wahr? War heute schon Donnerstag? Um welche Uhrzeit hatte er kommen wollen? Wie konnte ich diesen Besuch vergessen?

Ich beginne, wieder Luft zu holen, versuche möglichst schnell, meinen Atem zu normalisieren. Gleichzeitig erhebe ich mich vom Bett, gehe, so schnell ich kann, zur Tür, sehe durch den Türspion, erkenne meinen Arzt, öffne die Wohnungstür, versuche krampfhaft ein Lächeln.

Dr. Wilhelm lächelt zurück und erledigt gleichzeitig noch drei weitere Dinge: Er macht einen Schritt nach vorn, schüttelt mir die Hand und sagt »Hallo, Erik! Wie geht es Ihnen?« Noch ehe ich antworten kann, bleibt er vor dem herausgerissenen Kabel der Türglocke stehen, lässt die dünnen Drähte durch die Finger seiner rechten Hand gleiten, schmunzelt und sagt: »Wie ich sehe, haben Sie die Türglocke abgestellt. Kein Wunder, dass Sie mich nicht gehört haben, Erik. Geht es Ihnen denn gut?«

KAPITEL 10

Ich sehe Dr. Wilhelm vor mir und kann es doch kaum glauben, dass ich den Termin mit ihm vergessen habe. Es ist der einzige Fixpunkt in meinem Kalender, zumindest in dieser Woche. Das Einzige, das ich mir hätte merken müssen. Doch ich habe die Zeit vergessen, mich stattdessen mit unliebsamen Klingeleien an der Tür und Puzzle-Erinnerungen beschäftigt.

»Wie schön, dass Sie es wieder einrichten konnten und bei mir vorbeischauen. Es geht mir gut, Herr Doktor!«, lüge ich ihn an. Ich weiß, dass es mir nicht gut geht. Er weiß es natürlich auch. Ich weiß, dass er weiß, dass es mir nicht gut geht, und er weiß, dass ich weiß, dass er weiß, dass es mir nicht gut geht.

Was er nicht weiß, ist, dass es mir sogar ziemlich schlecht geht, viel schlechter als er denkt. Er ahnt nichts vom Verlauf meines Komas, von meinem Leben abseits der Wirklichkeit, von meinem Wunderland, in dem ich mich für meine Frau hielt. Ahnt auch nichts von meiner freiwilligen Rückkehr, in dem Glauben, ich müsse Raoul beschützen. Ich habe ihm kein Sterbenswörtchen erzählt von meinem Kampf um die Rückkehr, von meinem Erfolg einerseits, von meinem Entsetzen andererseits. Das Entsetzen, dass mein Wunderland ein einziges Lügengebäude war, ein Selbstbetrug von der Größe der Matrix aus dem gleichnamigen Film. Ich war keine Frau, sondern ein Mann. Mein Name ist nicht Barbara, sondern Erik. Ich war nicht die arme verzweifelte Frau, die sich vor ihrem Bösewicht von Mann in eine Traumwelt geflüchtet hatte, sondern war selbst der Bösewicht. All diese Erkenntnisse zerschmetterten meine Illusionen binnen weniger Tage. Doch meine Niederlage ging niemanden etwas an, schon gar nicht Dr. Wilhelm. Ihn ließ ich, wie alle anderen Menschen, in dem Glauben, ich, der »arme, arme Erik« sei nach 20 Jahren aus dem Koma erwacht und könne sich an nichts erinnern.

Wer keine Erinnerung an irgendetwas hat, muss es seinen medizinischen Betreuern überlassen, wann sie erste Versuche unternehmen, sein Gedächtnis wiederzubeleben. Genau daran denke ich jetzt, in den wenigen Sekunden, die Dr. Wilhelm und ich schweigend zu meinem Bett gehen. Wenige Sekunden, in denen Tage und Monate vergehen, die wie Minuten durch mein Gehirn rauschen.

Nachdem mein um Hilfe zuckender Finger die Aufmerksamkeit meiner Pflegerin erregt hatte, brauchte ich mehrere Tage, um mit der Außenwelt erste Kontakte zu knüpfen. Es gelang mir kaum, die Augen offen zu halten. Geschweige denn, mich auf irgendetwas zu konzentrieren. Es war unlogisch und bizarr: Was mir im Koma noch leichtgefallen war, etwa Radio- oder Fernsehprogramme zu verfolgen, hatte mich auf kein Detail der Realität vorbereitet. Ich konnte anfangs kaum zuhören, geschweige denn reden. Gehörtes vergaß ich meist sofort wieder, Konzentration war Schwerstarbeit. Ich musste mehrere Wochen hart trainieren, ehe ich erste Erfolge errang. Ich kämpfte an zwei Fronten gleichzeitig, denn ich brauchte Neustarts für meinen Verstand, aber auch für meinen Körper. Wie bei einem Computer versuchte ich das Betriebssystem wieder hochzufahren, allerdings bestand mein menschliches aus einem physischen und einem psychischen Untersystem, die beide gleichzeitig zum Laufen gebracht werden mussten.

Als ich mein Bett erreiche, fällt mir der fehlende Stuhl auf. Der steht noch in der Küche am Fenster. Ich signalisiere Dr. Wilhelm das Fehlen des Sitzmöbels. Ich lasse den Arzt stehen, hole den Stuhl, kehre zurück, vermisse erneut einen Sessel, biete meinem Therapeuten an, Platz zu nehmen, setze mich aufs Bett, schlüpfe aus meinen Hausschuhen und unter die Decke. Dr. Wilhelm hat wie stets einen schwarzen Lederkoffer dabei. Handarbeit aus Italien mit 25 Jahren Garantie. Höher als A4, breiter als A3, bietet er bequem Platz für mein gesamtes Seelenleben, das der Arzt in großer Ruhe und mit langsamer Präzision aus seinem Ledersarg holt. Er schlägt das rechte Bein über das linke und legt die Papiere darauf. Er liest und blättert und schweigt.

Ich denke an die ersten Wochen meines Erwachens. Noch in den ersten Stunden nach dem Zucken hat meine Pflegerin alle möglichen Fachleute zusammengetrommelt, darunter Physio- und Ergotherapeuten, den Klinikdirektor und natürlich auch Dr. Wilhelm, meinen späteren Psychotherapeuten. Alle wirkten glücklich und begeistert. Der Klinikdirektor feilte in Gedanken schon an einer Pressemitteilung zu meiner Wunderheilung, was ihm Schwester Anja offenbar ansah, weil sie entsetzt die Stirn furchte. Die beiden Krankenmobilisierer entwarfen schwärmerisch Schlachtpläne für die Wiederherstellung von Muskelfunktionen und Gleichgewichtskontrolle, die Rückgewinnung von Gelenkbeweglichkeit, die Verbesserung oder Kompensation eventuell beeinträchtigter Fähigkeiten. Dazu wurden sofort geeignete Übungen diskutiert, aber auch der Einsatz diverser Hilfsmittel. Summa summarum konnte kein Zweifel daran bestehen, dass ich als Herausforderung betrachtet wurde, die es erforderlich machte, mit mir ein Optimum an Rehabilitation zu erreichen. Koste es, was es wolle, sagte zwar keiner, doch schien mir, ich hätte es mehrfach gehört.

»Was haben Sie heute denn Schönes gemacht?«, bricht Wilhelm das Schweigen. Erwartungsvoll schaut er mich an.

Ich zögere. Er sieht es, runzelt zunächst die Stirn und zieht nach zwei weiteren meiner Zögersekunden die rechte Augenbraue hoch. Ich versuche ihn mit meinem besten Lächeln zu beruhigen und versichere, mein Tag sei relativ normal und gewohnt ruhig verlaufen.

»Haben Sie das Haus verlassen? Waren Sie einkaufen? Oder im Park? Oder haben Sie wenigstens mit irgendjemandem hier im Haus gesprochen?« Wilhelm hat viele Fragen mitgebracht. Mehr Fragen, als ich in eine Antwort zusammenfassen kann. Daher konzentriere ich mich auf die letzte und sage:

»In der Nachbarwohnung hat ein Kind herumgebrüllt. Vorher habe ich in der Küche aus dem Fenster gesehen. Deswegen stand der Stuhl noch drüben!«

»Und damit haben Sie Ihren Tag herumgebracht? Das war alles?« Wilhelms Staunen klingt tatsächlich überzeugend. Mein Schweigen als Antwort eher weniger, denn Wilhelm findet natürlich den wunden Punkt:

»Erzählen Sie mir doch von den Kabeln an der Sprechanlage!«

»Am Nachmittag hat es geklingelt.«

»Aha, es hat geklingelt.«

»Ja.«

»Und das Klingeln war so stürmisch, dass die Kabel aus der Wand gehüpft sind, nicht wahr?«

»Nein, natürlich nicht.«

»Erik, wir können dieses Spielchen noch ganz lange so weitermachen. Aber finden Sie nicht, dass es schade um die Zeit ist, und zwar um Ihre und um meine?«

Die kaum begonnene Diskussion biegt in eine gefährliche Kurve ein. Diesen Kurs, das weiß ich schon lange, kann ich nicht lange durchhalten, ohne aus der Kurve getragen zu werden. Mir bleibt nur die Wahl Pest oder Cholera. Also entscheide ich mich, abzubremsen und meinen Analytiker auf einen ungefährlicheren Kurs zu bringen. Eine fatale Fehlentscheidung, wie sich schnell herausstellt.

»Es hat geklingelt und Friedrich stand unten an der Tür!«

»Friedrich?«

»Ja«

»Wer ist Friedrich?«

»Sie wissen, wer Friedrich ist.«

»Erklären Sie's mir doch bitte!«

»Es ist der Mann, der mich auch in der Klinik ein- oder zweimal besucht hat, als ich noch im Koma lag.«

»Als Sie im Koma lagen? Daran haben Sie doch gar keine Erinnerungen.«

»Aber ich habe Ihnen doch erzählt, dass ich manchmal kleine Inseln des Erwachens erlebt habe. Eine dieser Inseln war Friedrichs Besuch…«

»Sie erzählten mir, dass Sie nichts von Ihrem Unfall wissen«.

»Ja!«

»Sie sagten mir, dass Sie nichts von Ihren Jahrzehnten im Koma wissen, nichts von Ihrem Erwachen.«

»Auch das ist richtig.«

»Aber Sie erinnern sich an Friedrich!«

»Ja, ich erinnere mich an einen Mann namens Friedrich, der an meinem Bett stand, mit mir gesprochen, mir irgendetwas erzählt hat…«

»Die Geschichte kenne ich. Der Mann hat mit Ihnen gesprochen, Sie wissen aber nicht mehr, worüber.«

Eine unangenehme Stille tritt ein. In die Pause ein Räuspern von Wilhelm. Mich beschleicht das Gefühl von drei Pflastersteinen auf meiner Brust. Die Blicke meines Analytikers drücken hart auf die Steine, als er fragt:

»Dieser Friedrich war hier?«

»Ja.«

»Was wollte er?«

»Das weiß ich nicht!«

»Was hat er gesagt?«

»Ich habe nicht mit ihm gesprochen, er hat unten an der Haustür geklingelt.«

»Irgendetwas muss er doch gesagt haben. Wie sollten Sie sonst wissen, dass er es war?«

Verdammt, er hatte mich schon wieder erwischt.

»Er fragte, ob ich es sei?«

»Wie bitte?«

»Ob ich der Mann aus der Klinik bin, ob ich der Koma-Mann bin.«

»Das hat er also gefragt. Interessant! Was haben Sie ihm gesagt?«

»Nichts!«

»Nichts?«

»Nichts!«

»Warum haben Sie nichts gesagt?«

»Ich konnte nicht sprechen!«

»Sie konnten nicht sprechen?«

»Es ging nicht!«

»Interessant!«

Wilhelm macht sich Notizen auf einem Blatt Papier. Ich habe mehr und mehr das Gefühl, Fehler zu machen. Ich hätte ihm nie von Friedrich erzählen dürfen. Zumindest hätte ich ihn nicht heute erwähnen sollen. Ich bin auf einer abschüssigen Bahn unterwegs und kullere unkontrolliert abwärts.

»Sie konnten also nicht antworten. Was geschah dann?« fragt mein Seelenflüsterer.

»Ich habe einfach aufgelegt.«

»So, so, aufgelegt«, sagt Wilhelm, gönnt mir eine kurze Pause, legt dann aber nach:

»Ist dieser Friedrich dann gegangen?«

»Nein.«

»Nein?«

»Er hat geklingelt und geklingelt und geklingelt!«

»Und dann haben Sie das Kabel herausgerissen, nicht wahr?«

»Ja.«

»Um Ruhe zu haben?«

»Ja.«

»Warum wollten Sie mit diesem Friedrich nicht sprechen, wenn er doch ein alter Bekannter von Ihnen ist?«

»Er ist kein Bekannter. Ich kenne ihn doch gar nicht!«

»Warum stand er dann an ihrem Krankenbett und redete mit einem regungslos daliegenden Komapatienten? Sie haben ihm ja wohl kaum geantwortet. Oder etwa doch?«

»Sie verspotten mich, das sollten Sie nicht tun!«

»Verzeihen Sie!«

»Dieser Friedrich machte mir eher Angst. Damals in der Klinik besonders. Aber auch heute!«

»Wieso macht er Ihnen Angst?«

»Wie kann er wissen, wo ich wohne?«

»Sie haben recht, das kann er nicht wissen!«

»Aber wie konnte er denn dann unten an meiner Tür stehen und Sturm klingeln?«

»Ich glaube, das hat er gar nicht!«

»Was reden Sie denn da? Warum sollte jemand anderes klingeln und sich als Friedrich ausgeben?«

»Wer, außer Ihnen und mir, sollte von Friedrich wissen?«

»Na, da sehen Sie es doch. Das ergibt alles überhaupt keinen Sinn!«

»Najaaaa…« Ich kenne Wilhelms »Naja«, auf das stets erst eine Pause folgt, die Ruhe vor dem Sturm. Doch nur wenig später bläst Wilhelm zur Attacke. Ich versuche mich daher zu wappnen. Leider völlig erfolglos, wie sich Sekunden später zeigt.

»Es ergibt alles dann einen Sinn, wenn man unterstellt, dass Sie sich Friedrich als Person und damit natürlich auch Friedrich als Gesprächspartner immer nur eingebildet haben und leider immer noch einbilden.«

»Was? Was ... sagen ... Sie ... da?«

Mehr fällt mir dazu nicht ein. Trotz aller Vorbereitung bin ich zu keinerlei Gegenwehr in der Lage. So mache ich es Wilhelm leicht, weiter vorzustoßen.

»Ich habe nachgeforscht. Schon als Sie Friedrich zum ersten Mal erwähnten. Ich war neugierig, wollte diesen merkwürdigen Typen etwas genauer unter die Lupe nehmen.«

»Und dann?« Mein Mund ist plötzlich trocken und hart. Wie Ackerboden in einer schlimmen Dürre. Meine Frage ist nicht mehr als das Krächzen einer todkranken Krähe.

»Ganz einfach: Es gab keinen Friedrich! Definitiv keinen Patienten dieses Namens. Es gab aber nach Aussage des Personals auch keinen derart auffälligen Besucher.«

Ich schweige und starre, bin zu keiner Regung mehr fähig. Mein psychisches Kartenhaus ist bereits kurz vor dem Einsturz.

»Die einzige logisch stichhaltige Erklärung ist demnach, dass es Friedrich nicht gegeben hat, er also nur ein Produkt Ihrer Fantasie war. Heute muss ich bedauerlicherweise hinzufügen: Und offenbar immer noch ein Produkt Ihrer Fantasie ist.«

Der letzte Halbsatz fegt wie ein Tornado durch meine Gedanken. Das Kartenhaus fällt gar nicht erst zusammen, es verschwindet völlig, weil Wilhelms argumentativer Wirbelsturm die Karten mit sich gerissen hat.

Dabei weiß ich genau, dass es Friedrich gibt. Er war es, der als erster Fremder mit mir Kontakt aufgenommen hat. Der mit mir sprach, obwohl ich keine Antworten geben konnte. Er erzählte aus seinem Leben. Er erteilte unzählige Ratschläge, manchmal brauchbare, aber oft genug auch hirnrissige. Friedrich ist ein Kauz, ein Born schräger Wortspiele, aber mitunter auch einfühlsam und mitfühlend. Kurz gesagt: Friedrich war früher ein wichtiger Teil meines Lebens in der realen Welt, mindestens so wichtig wie die meisten Ärzte. Nicht ganz so wichtig wie Schwester Anja, natürlich. Und schon gar nicht so wichtig, nicht ansatzweise, wie mein anderes Leben, das in meiner nichtrealen Welt – was mich zum entscheidenden Punkt bringt: Friedrich war kein Teil meiner Koma-Welt, sondern der Wirklichkeit. Friedrich war Klinik, also habe ich ihn nicht ersonnen und mir auch nicht zusammengesponnen. Es gibt ihn. Er stand mehrfach an meinem Bett und heute vor dem Haus. Er war echt, sein Klingeln war echt, meine Panik erst recht.

Ich erinnere mich noch gut an seine Warnungen. Er befürchtete, mir könne Gefahr drohen. Er hatte Gespräche zwischen Besuchern und Ärzten belauscht. Er lauschte oft. So gern Friedrich auch redete und oberlehrerhafte Vorträge hielt, am liebsten lauschte er. Er lauschte, wann immer möglich. Stundenlang, wenn sich die Gelegenheit dazu bot. Ohne wählerisch zu sein. Wenn im Schwesternzimmer Kaffee getrunken wurde, saß er unweit davon im Flur. Er hoffte auf eine offene Tür und spitzte die Ohren und seinen Stenobleistift im Kopf. Patientengespräche waren ihm verhasst, weil immer die Türen geschlossen wurden. Außerdem hatten die meisten Ärzte den Hang, dann leise zu sprechen oder gar zu flüstern. Vielleicht weil sie dachten, ihre Botschaften, mal Hiobs-, mal Froh-, würden Kranke noch mehr schockieren, wenn sie laut ausgesprochen wurden?

Gerne lauschte er auch, wenn Besucher die Klinik verließen und sich auf dem Weg nach draußen über den Besuchten austauschten. Dann hörte er oft fundamentale Fragen: Ob Opa jemals wieder wird? Meinst du, sie hört etwas von dem, was wir reden? Sollen wir die Maschinen nicht doch besser abschalten lassen? Ist es nicht schrecklich, wenn sie so daliegt? Besonders seit sie die Augen wieder öffnet; ich finde das schlimmer als vorher, als sie ihre Augen noch zu hatte.

Am spannendsten waren für Friedrich Gespräche, die mit Krankheiten nichts zu tun hatten. Menschen, die sich über »normale« Dinge unterhielten, liebte er beinahe so sehr, wie Menschen, die sich stritten. Ich entsinne mich noch gut an seine strahlenden Augen, als er mir vom Ehekrach eines Paares erzählte. Er hatte im Garten gesessen, als sich das zankende Pärchen näherte und sich trotz seiner sichtlichen Erregung auf einer Parkbank schräg gegenüber niederließ. Ich kann mich an Details nicht mehr erinnern, denn es schien mir unwichtig. Es ging um die schwerkranke Mutter der Frau, ein gemeinsames Kind und – wie häufig, wenn Paare stritten – ums Geld. Alles Dinge, die mich langweilten, weil es sie in meiner Welt nicht gab. Was mich aber entsetzte, war die Begeisterung, mit der Friedrich diese Unglücklichen und Leidenden ins

Visier nahm: wie Versuchskaninchen, die er durch eine gedankliche Lupe beobachtete, überwachte, sezierte. Wie Ratten, die durch ein Labyrinth irrten, über dem Friedrich thronte. Und sich berauschte am Leid der Menschen, emotions- und gnadenlos wie ein Gott, der neugierig war, was seine Kreaturen mit ihrem freien Willen wohl anfingen.

Friedrich macht mir nicht nur deswegen Angst. Er ist ein Sammler, der Geheimnisse hortet. Ein Spion, der stets wissen muss, was um ihn herum passiert, um Freund wie Feind klassifizieren und einordnen zu können. Ich bin mir sicher, dass er schon lange ahnt, dass ich ein Geheimnis verberge. Eines, das noch zu lüften ist. Sieht er in mir, nur weil ich darüber nicht spreche, eine besondere Herausforderung? Bin ich eine Art sportliche Aufgabe oder eine Kriegserklärung für ihn?

In der Klinik wuchs meine Angst mit jedem seiner Besuche, obwohl er im Grunde stets freundlicher, vertraulicher, schmeichelnder auf mich einredete. Beim fünften Mal gab er sich besorgt, raunte mir von Gefahren ins Ohr, wurde damit zum entscheidenden Faktor meines Wiedererwachens – und kam danach nie wieder zu mir. Nicht einmal zu meiner Verabschiedung aus der Klinik. Er ließ sich kein einziges Mal mehr blicken, obwohl er sicher erfahren haben musste, dass ich nicht nur erwacht war, sondern nach meiner Genesung auch »nach Hause« durfte.

Bis heute! Bis heute, als er unerwartet an der Tür klingelte.

Was kann er nur gewollt haben? Mein Entsetzen beginnt erneut zu wachsen, nein: sich zu beschleunigen. Es ist wie eine Kugel auf einer langen schiefen Ebene, die von Sekunde zu Sekunde schneller und schneller wird, um am

Ende ihres Weges in eine rätselhafte Tiefe zu stürzen. Ins Bodenlose, in das sie mich mitreißt, hinunter in eine mysteriöse Welt, ohne die geringste Chance auf Rückkehr. Übrigens spielt in meinen Ängsten und Panikanfällen weder die Hölle eine Rolle noch mein Koma. Für ein unwirtliches Jenseits, wo ich für begangene Sünden in der Verdammnis schmoren muss, fehlt mir der rechte Glauben. Und mein Koma birgt für mich keinen Schrecken, ganz im Gegenteil. Friedrich formulierte einmal bissig, mein Koma komme wohl von komisch. Doch Tatsache ist, dass meine Fantasiewelt damals ein behüteter Ort der Erholung, eine Rückzugsmöglichkeit in eine heile Welt, ein Garten Eden, eine Oase des Friedens, meine persönliche Insel der Seligkeit war. Und es übrigens heute, in verklärender Rückschau, mehr denn je ist.

Besonders in der Anfangszeit hatte ich lange Phasen, in denen ich mich in mein Idyll zurücksehnte. Ich bin kurz geneigt, die Formulierung »schrecklich zurücksehnte« zu verwenden, verkneife es mir aber in letzter Sekunde. Dieses Adverb stellt nämlich in Verbindung mit etwas Schönem, nach dem man sich sehnt, ein überaus unpassendes sprachliches Kuriosum dar. Was Friedrich mir gegenüber schon viel früher moniert und weitschweifig begründet hatte. Damals zu meiner großen Überraschung und zu einem nicht geringen Entsetzen. Sofort hatte ich mich gefragt, wie der alte Knacker überhaupt etwas von den in mir bohrenden Sehnsüchten hatte ahnen können? Schließlich hatte ich ihm gegenüber niemals die geringste Regung gezeigt, geschweige denn ein Wort gesprochen. Heute bin ich sicher, dass er einfach nur vor sich hin gebrabbelt und einen Zufallstreffer gelandet hat. Zumindest war ich das, bis gestern.

Wie hat er mich ausfindig machen können? Es gibt nicht einmal eine Hand voll Menschen, die wissen, wohin ich gezogen bin. Eine mir fremde Wohnung in einer fremdem Stadt, nichts verbindet mich mit meinem früheren Leben. Kein Kollege von früher, kein Freund, kein Verwandter weiß von mir. Mein Zuhause, das Haus, das ich für meine Familie und mich habe bauen lassen, das ich liebevoll geplant und eingerichtet habe, das mich ein Vermögen gekostet hat, ist weg. Nach Monaten mit Rückkehrillusionen hat Anja mir schonend beigebracht, dass es diese Rückkehr nicht geben würde, da sie nicht möglich sei. Haus und Grundstück seien verkauft, das Geld von den Jahren meiner Pflege aufgezehrt worden. Es sei nichts übrig, leider, leider. Sie habe vorsichtshalber beim Amt nachgefragt, obwohl sie die Wahrheit im Grunde wusste. Bargeld, Aktien, Sparbriefe, Altersvorsorge und das Haus: Es ist alles weg. Mein früheres Leben ist die schiefe Ebene hinuntergerollt, ein gerichtlich bestellter Betreuer hat sich um alles gekümmert: hat zu Geld gemacht, was zu Geld gemacht werden konnte. Der ganze Rest fiel einer Spezialfirma für Haushaltsauflösungen zum Opfer; Anja vermied sorgsam das Wort von der Entrümpelung. Dennoch bleibt nur ein Endergebnis in Mark und Pfennigen, nein falsch: Euro und Cent: Was von mir bleibt, ist entweder Erlös oder Ausgabe. Selbst was nichts wert und wegzuwerfen ist, wird zum Kostenfaktor, denn nicht nur die Entsorgung von Menschen in Särgen kostet, auch alle aussortierten Details meiner Habe stellten am Ende nur Ausgaben dar. Meist geringer, zumindest aber übersichtlicher Aufwand.

Der aber vor allem in keinem brauchbaren Verhältnis zu dem stand, was meine Pflege verschlang. Das war das erste, was ich im Kopf zu rechnen versuchte: Monatliche Kosten von durchschnittlich mindestens 2000 Euro summieren sich in 20 Jahren auf Pi mal Daumen 500 000 Euro oder eine Million Mark – kein Wunder also, dass von Haus oder Vermögen nicht das Geringste geblieben ist. Da fallen die 2000 Euro pro Jahr für den staatlichen Betreuer kaum noch ins Gewicht, zumindest falls er den Verlockungen prall gefüllter Konten von Koma-Kunden widerstehen kann. In jedem Falle gilt: Nicht immer kommt für die Musik der Besteller des Orchesters auf. Nur für die Mittellosen bezahlt der Staat den staatlich bestellten Betreuer.

Abgesehen von den Büchern im Regal, einem uralten Dienstausweis meines einstigen Arbeitgebers, einem abgelaufenen Personalausweis und einer »Zugangserlaubniskarte« für die Kantine einer Hamburger Behörde ist mir also nichts geblieben. Ich schmunzle über den angestaubten Begriff, der ein bisschen nach Monopoly-Gefängnis klingt. Nur der Zusatz »Begeben Sie sich direkt dorthin, gehen Sie nicht über Los« fehlt. Meine Stimmung passt dazu, ich komme mir tatsächlich ein wenig wie ein entlassener Häftling vor. Mit dem Zwang sich zu rechtfertigen, was zum Teufel man die letzten 20 Jahre getrieben hat. 20 Jahre… Kaum zu fassen! So lange sitzen in Deutschland allenfalls Mörder. Und auch die nur bei schlechter Führung. »Dabei habe ich mich doch gut geführt«, denke ich. Und bemerke sofort, wie absurd der Gedanke ist. Schließlich hatte mich niemand eingesperrt. Ich war selbst dafür verantwortlich, dass ich so lange nicht entlassen werden konnte, weil ich nicht zurück ins Leben wollte. Ich blieb einfach liegen und träumte mir weiter mein Paradies zurecht.

»Wo waren Sie, Erik?«, Dr. Wilhelm schaut mich fragend an.

»Wieso? Wo soll ich gewesen sein? Ich war doch gar nicht weg!«

»Doch, Sie waren mehr als 20 Minuten irgendwo anders, Erik.«

»Was war denn los?«

»Ich habe Sie nach Friedrich gefragt. Ich habe Ihnen erzählt, was ich von Friedrich halte.«

»Aha! Und was halten Sie von ihm?«

»Sie wissen nicht mehr, was ich gesagt habe?«

»Es tut mir leid, nein!«

»Und Sie wissen nicht, dass Sie dann nicht mehr mit mir gesprochen haben? Stattdessen nur stumm dasaßen? Mit offenen Augen, aber zu keiner Regung bereit oder in der Lage. Ich war mir nicht sicher, ob Sie nicht wieder ins Koma gefallen waren.«

»Sie machen Witze, Herr Doktor, oder?«, frage ich mit aller Unschuld in der Stimme, die ich aufbringen kann, obwohl ich natürlich genau weiß, was geschehen ist. Ich weiß sehr wohl, wo ich war, erinnere mich an jede Sekunde, jeden Gedanken, jede Regung meines Ausflugs in mein Selbst. Doch ich hüte mich, davon auch nur ein Lebenswörtchen zu verraten. Meine Geheimnisse bleiben meine Geheimnisse, egal ob es sich um meine Abenteuer oder Rettungsfluchten wie jetzt handelt.

»Nein, Erik. Keine Witze! Ganz im Gegenteil, ich mache mir Sorgen um Sie! Ernsthafte Sorgen!«

»Warum Sorgen?«

»Sie müssen sich endlich den unangenehmen Wahrheiten Ihres Lebens stellen. Sie müssen zum Beispiel akzeptieren, dass Sie in Ihrer Zeit in der Klinik einen ungesunden Prozess durchlaufen haben. Sie haben offenbar Dinge gesehen, die nichts mit der Realität zu tun hatten. Friedrich ist nur ein Element davon.«

»Aber ich habe ihn gesehen. Ich weiß, dass er an meinem Bett stand. Er hat auf mich eingeredet und mir Ratschläge gegeben. Das muss in der Phase gewesen sein, als mein Erwachen begann.«

»Aber wenn ich Ihnen sage, dass das nicht sein kann! Niemand kennt einen Friedrich, niemand hat ihn gesehen, von ihm gehört. Er entstammt nur Ihrer Fantasie!« Der Therapeut spricht ganz ruhig, seine Stimme wird sanft und leise. Doch je rücksichtsvoller der Ton wird, desto steiler wird meine Ärgerkurve. Ich schreie, mit einer Stimme beinahe so schrill wie die Türglocken in der Zeit als uns noch nicht Elektronik über Besucher informierte, sondern Metallglocken und Klöppel.

»Das kann nicht sein. Erstens erinnere ich mich genau, zweitens war er heute vor dem Haus und klingelte an meiner Tür.«

»Wofür es leider keinen Beweis gibt, da Sie ihn nicht hereingelassen, stattdessen aber das Kabel aus der Wand gerissen haben.«

Ich schweige, weil es nichts mehr zu sagen gibt.

»Aber wir drehen uns im Kreis, daher sollten wir dieses Thema abschließen«, sagt Wilhelm und macht erneut eine seiner kunstvoll inszenierten Pausen. Er blickt mir geschlagene 20 Sekunden genau aufs Gesicht und in die

Augen, wobei ich schwören könnte, dass er in Gedanken wirklich bis 20 gezählt hat.

»Lassen Sie uns doch über Ihr Leben seit Ihrer Genesung reden. Sie sind ziemlich viel alleine, oder?«

»Ja, das stimmt. Ich bekomme wenig Besuch!«

»Keine Freunde oder zumindest Kollegen von früher?«

»Was sollte ich mit Menschen aus meinem früheren Leben reden wollen. Denen habe ich nichts zu sagen und sie mir auch nicht!«

»Hm, ja, vielleicht haben Sie da sogar recht. Aber gibt es jetzt, also nach Ihrer Genesung, wirklich keinen Menschen, den Sie vermissen und gerne wiedersehen möchten?«

Mit solchen Fragen drängt er mich richtig in die Enge. Ich durchschaue seine Taktik. Er weiß, dass ich es weiß. Und er weiß, dass ich gerne entkommen würde, es aber nicht schaffe.

»Ich wüsste niemanden, außer Ihnen und Schwester Anja. Sie beide sind wirklich extrem hilfreich für mich. Ohne Sie hätte ich das alles niemals geschafft. Dass ich heute wieder auf den Beinen bin und in mein Leben zurückkehren konnte, verdanke ich nur Ihnen!«

Natürlich durchschaut der Therapeut mein Ablenkungsmanöver. Er lächelt schwach, ehe er den nächsten Griff ansetzt.

»Erinnern Sie sich an Ihre Frau?«

»Barbara? Natürlich erinnere ich mich an Barbara. Ich habe sie geliebt. Sehr sogar. Und ich liebe sie noch!«

»Wollen Sie mir von ihr erzählen?«

»Wieso? Und vor allem: Was soll ich denn erzählen?«

»Was Barbara ausgezeichnet hat. Warum Sie sie geliebt haben, warum Sie sie noch lieben. Sie können mir erzählen, was immer Sie wollen...«

»Was immer ich will?«

»Ja, was immer Sie wollen. Aber warum erzählen Sie nicht einfach, was Ihnen besonders in Erinnerung geblieben ist oder was Ihnen spontan einfällt.«

»Barbara ist intelligent, warmherzig und einfühlsam.«

»Ist das alles? Gibt es nicht mehr?«

Ich denke länger nach, ehe ich meine Aufzählung ergänze. Jedes Adjektiv muss auf meine persönliche Goldwaage, weil ich nicht will, dass das Wort mehr über mich verrät als über Barbara. Schließlich sage ich:

»Sie war auch liebevoll, freundlich und bescheiden.«

»Das ist ein Schäferhund auch! Sonst fällt Ihnen nichts ein?«

»Sie war der ehrlichste, hilfsbereiteste und mutigste Mensch, den ich kenne; darüber hinaus konnte sie aber auch sehr vernünftig und extrem witzig sein.«

»Okay, wir versuchen es anders: War sie demütig?«

»Was? Was bitte? Demütig? Was wollen Sie denn damit andeuten?«

»Andeuten? Ich will gar nichts andeuten. Ich will wissen, ob Barbara demütig war.«

»Nein, das war sie natürlich nicht! Was soll der Quatsch?« Leider fällt meine letzte Antwort etwas zu erregt und deutlich zu laut aus. Als ich es bemerke, verstumme ich vor Ärger. Dieser Mistkerl hat es wieder geschafft; mich aus meiner sorgsam errichteten Deckung zu locken.

»Ist ja gut, also keine Demut. Ich hab's verstanden. Aber sie war doch sicher ehrgeizig und ordentlich?«

»Sie war eine sehr gute Hausfrau und eine tolle Mutter. Sie hat mir immer den Rücken freigehalten, das Haus war jeden Tag picobello und sie hat sich liebevoll um ihren Sohn gekümmert.«

»Um Ihren Sohn? Sie meinen Raoul, oder?«

»Ja, natürlich Raoul. Wen denn sonst! Das wissen Sie doch!«

»Kein Grund zu schreien, Erik. Ich wollte mich nur rückversichern. Immerhin sagten sie ›um ihren Sohn‹ und nicht ›um unseren Sohn‹ – irritierend, ich fand das irritierend! Es ist doch auch Ihr Sohn, oder etwa nicht?«

»Hören Sie bitte mit Ihren anzüglichen Anspielungen auf! Natürlich ist Raoul unser gemeinsamer Sohn. Barbara hat mich geliebt und sie hat mich niemals betrogen. Ihre Liebe zu mir und auch zu Raoul war grenzenlos! Also hören Sie damit auf, meine Ehe mit Füßen und in den Schmutz zu treten!«

Würde ich mich im Spiegel sehen können, hätte ich entdeckt, dass sich mein Gesicht gerötet hat. In meinen Mundwinkeln steht ekliger weißer Schaum und ich spucke beim Reden kleine Tropfen auf Dr. Wilhelms Anzug.

Er bemerkt es, weicht aber keinen Millimeter zurück. Ganz im Gegenteil, er schiebt Oberkörper und Kopf noch ein wenig mehr in meine Richtung, bevor er sagt:

»Sie haben nichts zur Attraktivität Ihrer Frau gesagt. War sie attraktiv?«

Ich blicke entsetzt, bin zu keiner Antwort fähig, ziehe hörbar Luft durch die Zähne.

»Fanden Sie Barbara sexy? Machte sie Sie geil? Hatten Sie häufig Sex? Wie war das, wenn Sie nachts in Ihr Schlafzimmer gingen? Trug Barbara aufregende Sachen für Sie?«

Ich kann es nicht beschwören, aber ich vermute, dass ich blass werde. Blass vor Zorn. Während ich meine Gedanken sortiere, ringe ich um Worte:

»Ich weiß nicht, was Sie das angehen sollte, Herr Dr. Wilhelm!«

»Sind Sie jetzt etwa beleidigt? Bitte verzeihen Sie, das wollte ich nicht! Doch ich glaube, dieser Punkt ist wichtig. Für Sie wichtig, denn Sie müssen sich über Ihre Gefühle völlig im Klaren sein!« Ein Lächeln steht in Wilhelms Gesicht und ich spüre in mir das Verlangen aufsteigen, dieses Grinsen zu beseitigen. Am besten mit einem entschlossenen Faustschlag.

»Ich bin beleidigt, ja. Weil Ihre Fragen beleidigend waren. Ich liebe meine Frau, ich halte sie für sehr attraktiv und begehrenswert, doch dies hat nichts mit meinen heutigen Problemen zu tun! Daher möchte ich auch nicht darüber reden. Punkt.«

»Ich bin anderer Ansicht! Die Attraktivität Ihrer Frau hat sehr wohl mit Ihnen und Ihren Problemen zu tun. Sie behaupten, Sie fanden Ihre Frau attraktiv und begehrenswert. Wenn dem so ist, frage ich mich, warum Sie Ihre Frau vor Ihrem Unfall über Monate hinweg betrogen haben. Offenbar mit mehreren Frauen, mit mindestens dreien habe ich persönlich gesprochen!«

Diese Bombe hat die ganze Zeit unter meinem Bett gelegen. Wilhelm hat sie dort platziert, und zwar in der Absicht, sie im passenden Moment detonieren zu lassen. Nun hat er den Knopf gedrückt und sieht genüsslich dabei zu, wie der Sprengsatz explodiert. In meinen Händen, meinem Gesicht, in Armen und Oberkörper stecken Scherben meiner Vergangenheit. Bei aller Dankbarkeit für seine medizinische Hilfe: Ich hasse diesen Dreckskerl! Ich ächze, schnappe nach Luft. Erst nach mehrfachem Räuspern gelingt es mir, meinen Stimmbändern nicht nur Geräusche, sondern Worte zu entlocken:

»Meine Frau ist mein Ein und Alles. Ich würde sie niemals betrügen. Niemals! Wie können Sie es wagen, solche Behauptungen in den Raum zu stellen. Ich verbitte mir solche Verdächtigungen. Und ich untersage Ihnen ausdrücklich, mit meiner Frau über diese ungeheuerlichen Verdächtigungen zu sprechen. Wenn Sie es wagen sollten, meiner Frau solche Unwahrheiten zu unterbreiten, werde ich mir einen Anwalt suchen und Sie verklagen. Ich bin kein Jurist, aber mit Blick auf die ärztliche Schweigepflicht könnte Sie das Ihre ärztliche Zulassung kosten. Ich kann und will mir nicht vorstellen, dass es Ärzten, besonders Therapeuten, erlaubt sein soll, zu derart ungeheuerlichen Lügen zu greifen. Ich bin abgrundtief entsetzt, Sie haben mich über alle vorstellbaren Grenzen hinaus verletzt und ich werde nie wieder mit Ihnen sprechen. Unsere Zusammenarbeit ist hiermit für immer beendet!«

Mit dem letzten Wort falle ich in mich zusammen. Meine gesamte Energie ist verbraucht, ich kann nicht mehr.

Ich sehe ein erneutes Lächeln aufblitzen und mir wird klar: Auf diesen Moment hat Wilhelm hingearbeitet. Alles, was bisher war, war nur läppisches Vorgeplänkel, der eigentliche Angriff auf meine Psyche, das tatsächliche Attentat auf meine Seele würde erst jetzt erfolgen. Wilhelm öffnet den Mund und weiß schon vorher, dass ich auf keinen Fall hören will, was er sagt. Ich versuche noch mich zu wappnen ... zu spät:

»Sie erzählen völligen Unsinn, Erik, denn Ihre Frau ist tot. Seit mehr als 20 Jahren. Sie starb am 5. Juni 1998, zwei Tage nach Ihrem Unfall. Zwei Tage nachdem der ICE ›Wilhelm Conrad Röntgen‹ bei Eschede verunglückte. Zwei Tage nachdem Sie so schwer verletzt wurden, dass Sie in ein Koma fielen, aus dem Sie 20 Jahre nicht wieder erwachen sollten.«

KAPITEL 11

Der Raum liegt in absoluter Dunkelheit. Ich öffne meine Augen, ohne dass dies irgendeine Veränderung bewirkt. Ich taste mit der rechten Hand über den Nachttisch. Die Suche nach dem Lichtschalter ist erfolgreich. Die Kuppe meines Zeigefingers ist am Ziel, aber ich zögere. Wie lange war ich wohl weg? Drei Stunden mindestens, womöglich länger. Was mochte in der Zwischenzeit geschehen sein? Was hatte Dr. Wilhelm unternommen? Ob er noch in meiner Wohnung oder gar im Raum ist? Nein, sicher nicht!

Oder doch?

Mein Finger auf dem Lichtschalter rührt sich nicht. Ein Gedanke rast durch meinen Kopf wie die Stahlkugel durch den Flipper. Ich versuche den Metallball möglichst lange auf der schiefen Ebene des Spielfelds zu halten, aber ich kriege ihn natürlich nicht zu fassen. Fassen sieht das Spiel auch nicht vor, lediglich das Zurückschleudern der Kugel mit den Namen gebenden Hebeln, den Flippern. Es ging um Barbara, richtig. Da ist etwas, das Dr. Wilhelm gesagt hatte, etwas Schreckliches. So schrecklich, dass es nicht stimmen kann, weil es nicht stimmen darf. Sie soll gestorben sein. Nur zwei Tage nach meinem Unfall, zwei Tage. 48 Stunden. Nur. 48 Stunden sind praktisch nichts. Wenn zwei Unglücke derart dicht beieinander liegen, müssen sie da nicht miteinander zu tun haben? Kann es sein, dass mein Unglück auch das von Barbara war. Saß sie etwa mit mir in dem Zug? Hatte ich sie überredet, mit mir zu fahren? Verunglückte sie mit mir, aber während ich ins Koma fiel, starb sie wenige Stunden später an ihren Verletzungen?

Ich kann fühlen, wie sich pochend mein Magen meldet. Ein wohlbekannter Schmerz bohrt sich durch meinen Unterleib. Natürlich hat in meinem gesamten Leben niemand auf mich geschossen. Dennoch bilde ich mir ein, meine Qualen könnten auch von einem Treffer mit einer Neun-Millimeter-Patrone herrühren. Wenn die mit einer Geschwindigkeit von 800 Metern pro Sekunde, also viel schneller als der Schall, aber langsamer als die Concorde, den Pistolenlauf verlässt, wird man getroffen, noch ehe man den Knall hört. Nicht einmal anderthalb Hundertstelsekunden nach dem Schuss wäre meine Haut schon durchschlagen. Eingebildeter Schuss, realer Schmerz, lautes Stöhnen, Zusammenkrümmen meines Körpers. Mein Finger verliert den Kontakt zum Schalter. Egal, Licht ist im Moment nicht wichtig. Nur Ruhen und Atmen gegen den Schmerz. Bis das Pochen so plötzlich aufhört, wie es begonnen hat.

Als mein Körper sich entspannt, habe ich das Gefühl, nicht allein zu sein. Keine Einbildung. Jemand muss im Raum sein. Ein Mensch in Hörweite. Auch in Sichtweite, wenn ich denn Licht gemacht hätte. Soll ich erneut nach dem Schalter tasten? Will ich wirklich wissen, wer da sitzt? Man soll keine Fragen stellen, deren Antwort man gar nicht wissen will, heißt es. Dann sollte man aber auch keine Lampe anknipsen, wenn man nichts sehen möchte. Ich arbeite seit Monaten daran, weiß aber häufig nicht, was ich will. Was daran liegt, dass es während meiner Koma-Abenteuer solche Probleme schlicht nicht gab. Damals sah und hörte und bemerkte ich nichts, was ich nicht sehen, hören oder bemerken wollte. »And I think to myself: What a wonderful world«, höre ich in meinem Kopf Louis Armstrong singen. Meine Hand macht sich auf den Rückweg zum Schalter. Unterwegs liegt etwas im Weg. Gleich eine ganze Welt. Ach ja, »Sophies Welt«, das Buch, in dem ich immer noch nicht weitergelesen habe. Hängengeblieben noch vor der Halbzeitpause. Mitten im Kapitel über Descartes. Im 17. Jahrhundert: *Das Leben ist ein Theater.* Aber auch: *Ich denke, also bin ich.* Und erst recht: *Zweifle an allem. Auch an deinen Wahrnehmungen, auch an der Realität. Denn: Auch wenn wir träumen, glauben wir die Wirklichkeit zu erleben.* Das heißt: Niemand kann sicher sein, dass er sein ganzes Leben nicht doch nur träumt oder geträumt hat. Ich sollte das Buch endlich zu Ende lesen! Aber vorher mache ich Licht und sorge für Klarheit.

Obwohl die Leuchtdiode in der Nachttischlampe mit nur sieben Watt Strom auskommt, springt mir ihr Licht kreischend auf die Netzhaut. Es dauert mehrere Sekunden, bis ich vor Helligkeit etwas sehen kann. Auf dem Stuhl an meinem Bett sitzt jemand. Es ist nicht mehr Dr. Wilhelm. Der Mann ist – in offensichtlich unbequemer Haltung – eingenickt. Er schnarcht nicht richtig, beim Atmen durch die Nase entstehen jedoch dezente, aber klar vernehmbare Geräusche. Augen und Mund sind geschlossen, seine Arme vor der Brust verschränkt, sein Kopf ist schräg zur

Seite gesunken. Erst denke ich, der Mann sähe ein bisschen Dr. Wilhelm ähnlich, schnell bemerke ich aber, dass er viel jünger ist. Vielleicht 30 Jahre, eher weniger. Sein Haar ist dunkelblond, nicht schwarz. Er ist insgesamt eine deutlich hellere Erscheinung als mein Arzt. Vom spärlicheren Bartwuchs bis zu den Klamotten. Auf den zweiten Blick zeigt sich eine merkwürdige Ähnlichkeit mit Barbara. Haarwirbel, Locken, Gesichtsform. Dagegen spricht seine extrem schlanke Statur. Seine Hüften stecken in schwarzen Jeans, die Schultern in einem gelben T-Shirt mit der Aufschrift »Givenchy Paris«. Sie sind so schmal, dass der taillenlose Oberkörper wie künstlich begradigt wirkt. Am Handgelenk trägt er eine derart auffällige Uhr, dass man sie nur als Chronografen bezeichnen kann. Ich tippe auf Breitling und einen hohen vierstelligen Kaufpreis. Sein schwarzer Ledergürtel trägt als goldfarbene Steckschließe ein umgekipptes T, das Logo von Tom Ford. Ich taxiere das Accessoire auf mindestens 500 Euro. Kein Zweifel: Hier schnorchelt kein armer Mann vor sich hin. Aber wer – zum Henker! – ist er?

Der Typ ist so schlank, dass er mich an ein Faltboot erinnert, allerdings an eines, das breitere Dollborde vertragen könnte, damit es nicht gleich mit dem ersten einsteigenden Kind untergeht. Ich starre den Mann an, wohl wissend, dass ich ihn vielleicht kenne. Aber woher bloß? Sicher ist: Er kommt mir irgendwie bekannt vor. Sein Kopf fällt plötzlich nach vorn. Ein Zusammenzucken, Luftschnappen, Aufrichten folgt, ehe er die Augen aufschlägt.

Er sieht, dass ich wach bin, woraufhin auch er ein Licht anknipst: In seinem Gesicht geht die Sonne auf. Er lächelt. Dann öffnet sich sein Mund und er sagt das Wort. Das

Wort, das alles erklärt, alles ins Chaos stürzt und meine ganze Welt verändert:

»Vater!«

Natürlich erkenne in Raoul nun sofort wieder. Aus einem Kind ist ein Mann geworden, aber natürlich waren mir seine Züge vertraut, schließlich sieht er mir sogar ähnlich. Viele Details dokumentieren aber auch das Erbgut seiner Mutter. Barbaras Augen, vorhin noch geschlossen, sind nun unverkennbar. Um seinen Mund liegt etwas Fröhlich-Spöttisches, das er nicht von mir hat. Ebenso wenig wie seine verhältnismäßig kleinen Hände mit filigranen Fingern; ich bin einen Moment geneigt, sie unmännlich zu nennen. Je mehr ich ihn mit seinen Eltern vergleiche, desto weniger leuchtet mir seine Figur ein. Diese extreme Model-Schlankheit, die für mich ans Krankhafte grenzt, wo bloß konnte die herkommen? Zumal auch alle vier Großeltern keinesfalls als beispielgebend infrage kommen.

Noch immer bringe ich kein Wort heraus, starre mit staunenden Sinnen auf diesen erwachsenen Mann, der noch gestern – so scheint es wenigstens – ein Knabe war. Meine Blicke fliegen nur langsam, kein Wunder, sie haben schwer zu tragen. Ich habe ihnen eine Last aus Stolz, Begeisterung und großem Glücksgefühl aufgebürdet. Friedrich hätte sicher nicht widerstehen können und das antiquierte Wort »Verzückung« mit dazugepackt. Eine verdrießliche Sekunde mischt sich in mein Hochgefühl: Wieso schafft es dieser Friedrich immer wieder, sich in meine Gedanken zu schleichen?

»Ich freue mich sehr, dass du wieder wach bist, Vater! Ich habe dich ja schon öfter wiedergesehen in den letzten Jahren, doch du mich in diesen Momenten leider nie. Daher ist es mein größtes Glück, dass nun endlich auch du mich wieder erkennst. Nach so vielen Jahren können wir endlich ohne zu lügen sagen, dass wir uns tatsächlich wieder begegnen.«

Noch immer bringe ich kein Wort heraus. Um meine Starre zu überwinden, zwinge ich zunächst meinen Körper zur Bewegung. Ich setze mich auf. Meine rechte Hand hebt sich am abgewinkelten Arm. Es wirkt, als wolle ich winken. Ich sehe vermutlich aus wie ein Vollidiot und in mir steigt zorniger Ärger auf. Das Gute an dieser Rage im Frühstadium ist, dass sie meine Blockade löst:

»Raoul! Mein lieber Raoul! Du ahnst nicht, wie glücklich mich dein Besuch macht, nach dem ich mich so lange gesehnt habe!«

Der Satz hat kaum meinen Mund verlassen, da mache ich mir schwere Vorwürfe. Ich Blödmann habe es vermasselt. Da sehe ich nach mehr als 20 Jahren überglücklich meinen Sohn wieder. Und mit dem ersten vollständigen Satz, den ich für ihn herausstammle, mache ich ihm indirekt den Vorwurf, mich lange Zeit nicht besucht zu haben. Tolle Leistung, wirklich! In Gedanken überschütte ich mich mit Vorwürfen, aber auch mit Hohn und Spott. »Du scheinst ja ein wirklich einfühlsamer Vater zu sein«, sage ich zu mir. In einer chininbitteren Ironie, die ich von mir gar nicht kenne.

Raoul bemerkt davon nichts. Oder übergeht meine Bemerkung einfach. Aber etwas Neues durchweht sein Lächeln. Ist es Besorgnis? Raoul redet, als hätte er meine Gedanken gelesen:

»So sehr ich mich freue, bei dir zu sein, so sehr bin ich auch in Sorge um dich. Dr. Wilhelm und ich hatten vor Tagen gesprochen und vereinbart, dass ich heute vorbeikomme!«

Seine Rücksichtnahme ist so groß, dass er langsam und akzentuiert spricht. Beinahe so klar und deutlich wie ein Tagesschau-Sprecher, nur langsamer. Offenkundig will er mir die erforderliche Zeit geben, um seine Worte erfassen, seine Gedanken verstehen zu können. Nach einem längeren oder jedem zweiten kurzen Satz macht er eine Pause. Die ist speziell für mich, denn ich kann spüren, dass er meint, wertvolle Sekunden unserer Zweisamkeit zu verschenken. Wer derart lange nicht mit einem anderen Menschen reden konnte, hat offenbar viel zu sagen. Warum geht es mir eigentlich nicht genauso? Warum würde ich Raoul am liebsten die ganze Zeit nur anschauen? Warum würde ich mit Raoul viel lieber unserer gemeinsamen Stille lauschen und sie Hand in Hand genießen?

»Als ich ankam, Vater, öffnete mir der Arzt die Tür. Gemeinsam saßen wir an deinem Bett, während du nicht bei uns warst. Gemeinsam warteten wir, dass du zurückkommst.«

Mein Sohn scheint sich unwohl zu fühlen, reibt und knetet Hände und Finger ineinander.

»Der Arzt erzählte mir, du würdest immer wieder in so etwas wie Ohnmachten fallen. Man könnte auch sagen in Mini-Komas.«

Nun verschränkt Raoul die Arme vor der Brust. Offenbar versucht er seine Bewegungen und sich zu beruhigen.

»Manchmal dauern diese Anfälle recht lange. Dein letzter, der, als Dr. Wilhelm noch da war, dauerte dem Doktor wohl zu lange. Er ist vorhin gegangen. Er sagte, er müsse weg. Also habe ich allein gewartet.«

Raouls Oberkörper hat begonnen, sich einige Zentimeter vor und zurück zu wiegen, während er sich die linke Hand unters Kinn legt, den linken Ellbogen auf die rechte Hand gestützt. Ob ihm so das Schweigen für meine Denkpausen leichter fällt? Vielleicht verunsichert ihn aber auch nur mein Gestarre? Besorgt blicke ich zur Seite. Auf dem Schränkchen an meinem Bett liegt, auf »Sophies Welt«, ein zusammengefaltetes Blatt Papier. Handschriftlich adressiert mit den Worten »Für Erik«. Nichts von dem, was ich tue, bleibt unbemerkt, auch nicht, worauf ich blicke.

»Das hat dein Arzt für dich dagelassen, du solltest es vielleicht später lesen. Aber wenn du neugierig bist, lies es gleich. Ich warte gern so lange!«

»Nein, nein, ich kann es später lesen. Das hat keine Eile. In diesem Moment bist du wichtig, nichts sonst!«

Ich sehe wieder zu Raoul hinüber, um Aufmerksamkeit zu zeigen, und versuche zusätzlich mein bestes Lächeln. Er erwidert es, doch ich spüre, dass da noch etwas ist. Etwas zwischen uns, etwas, das Raoul bedrückt. Etwas, das besprochen werden muss, weil es greifbar scheint, sodass ein Ausweichen ohnehin nicht möglich ist.

»Was ist denn los?«, versuche ich es.

»Du bist auch wieder weggetreten, als du mich erkannt hast. Mindestens ein paar Minuten. Du hast das aber gar nicht bemerkt.«

Ich weiß nicht, was ich dazu sagen soll, denn ich habe es in der Tat nicht bemerkt. Meine schuldbewussten Blicke knallen auf den Boden.

»Es tut mir leid!«, flüstere ich. Meine Konversation droht zu kollabieren.

»Das muss es nicht, Vater. Halb so schlimm. Außerdem wird das bald besser werden, da bin ich ganz sicher. Dein Arzt übrigens auch. Er meinte sogar, es sei wohl seine Schuld gewesen, weil er etwas erwähnt hat, für das du offenbar noch nicht bereit warst.«

Meine Zunge verwandelt sich in ein Stück trockenhartes, zerbrechlich-krümeliges Knäckebrot.

»Was denn?« Schon wieder krächze ich, statt zu sprechen.

»Mutter! Nein: Mutters Tod. Er erwähnte dir gegenüber wohl, dass Mutter gestorben ist!«

Meine Augen schließen sich vor Kummer. Als ich sie wieder öffne, ist es Morgen. Sonnenlicht fällt auf meine Beine. Raoul ist nicht mehr da. Der Stuhl an meinem Bett ist leer. Draußen spielen offenbar Kinder im Hof, denn ich höre mehrfach Rufen und Schreien. Dann fällt mir ein, was geschehen ist. Zuerst habe ich mein Gespräch mit Dr. Wilhelm torpediert, dann auch noch das mit Raoul. Vor seinem Arzt in eine Ohnmacht zu fliehen, ist schlimm genug. Aber auch vor seinem einzigen Kind, dem Sohn, den man zwei Jahrzehnte nicht mehr gesehen hat? Kann das noch normal genannt werden? Wohl kaum! Ich kann nur hoffen, dass er bald wiederkommt, damit ich ihm all das erklären kann. Er und ich, nein: wir! Wir müssen dringend miteinander reden. Es gibt viel zu sagen, aber auch zu hören. Ich muss auf ihn hoffen, auf seine Initiative, denn ich weiß nicht, wo ich ihn finden kann. Er hat mir nichts von sich erzählt, hat weder Adresse noch Telefonnummer verraten. Er hat noch nicht einmal – wie dieser vermaledeite Quacksalber – einen Zettel hinterlassen.

Mein Arm streckt sich nach dem Stück Papier aus, aber mein Mund gibt Morgengrauen-Alarm. Mein Mund produziert Geschmacksmeldungen, als sei er über Nacht an einen Kettenraucher verliehen gewesen. Ich brauche eine Dusche, aber vorher benötige ich Zahnpasta, Bürste und Mundwasser. Daher schleppe ich mich ins Bad.

Vor dem Spiegel sehe ich, wie alt ich geworden bin. Der Unfall hat mich in eine Lebensphase katapultiert, in der ich viele Dinge immer weniger verstehe. Jeder Tag meines Lebens scheint zum Running Gag verkommen zu sein. Ob man das ein Trauma nennen muss? Egal! Aber tagtäglich suchen mich dieselben Erinnerungen heim, wieder und wieder. Lediglich mit wechselnder Besetzung oder vor anderer Kulisse. Ich fühle mich lächerlich dabei und hoffe, all dies eines Tages bannen zu können wie einen bösen Fluch. Doch nichts in dieser Richtung wird passieren. Nur manchmal fühle ich mich freier und unbelasteter; wenn man so will: glücklicher als vor dem Unfall. Aber an vielen Tagen scheint mir, dass ich vollkommen leer werde. Ein guter Gedanke nach dem anderen tropft aus mir heraus und versickert ungenutzt. Unaufhaltsam, ungehemmt, unberechenbar.

Ich putze mir die Zähne. Das Brummen der elektrischen Bürste beruhigt mich. Ausgiebig reinige ich die engen Zwischenräume. Zum Abschluss spüle und gurgle ich mit Mundwasser. Als ich die Flüssigkeit ausspucke, hat sie sich rosa verfärbt, weil mein Zahnfleisch blutet. Verunsichert spüle ich ein zweites Mal, danach gehe ich duschen. Ich liebe besonders das wie heißer Regen auf mich einprasselnde Wasser. Doch die Vorstellung, wie meine Körperhygiene in den 20 Koma-Jahren ausgesehen haben könnte, verdirbt mir die Freude. Tage, Monate, Jahre auf die Ambition und das hoffentlich nicht nachlassende Pflichtbewusstsein anderer angewiesen zu sein, nimmt mir für einen schreckliche Sekunde den Atem. Ich wasche noch meine Haare, stelle die Wassertemperatur auf kalt und bleibe danach reglos unter dem Wasserstrahl stehen. Langsam zähle ich bis hundert, erst danach schließe ich den Hahn. Beim Abtrocknen rede ich mir ein, mein Kopf sei nun freier und erfrischt. Im Bademantel laufe ich zurück zu meinem Bett, setze mich und ergreife mit meinen sauberen Fingern vorsichtig den Zettel »Für Erik«. Er scheint dreimal gefaltet, meine Energie reicht aber nur für das Umfalten des ersten Knicks.

Alltäglichkeiten wie diese rauben mir regelmäßig weite Teile meiner Energie. Auch auf Ungerechtigkeiten reagiere ich mit Mut- und Bewegungslosigkeit. Vor einigen Tagen entdeckte ich, dass mein Girokonto, ein Relikt aus Kindertagen, dessen Wurzeln in der Grundschule und einer Spardose liegen, nicht mehr (wie früher) kostenlos geführt wird. Ich rief meine Bank an, um sie an ihr Werbeversprechen zu erinnern. Schon seit meinem Ausflug ins Koma bin ich ohne Arbeit und »lebte« von Erspartem. Bis es aufgebraucht war. Was macht meine Bank? Quartal für Quartal bucht sie Gebühren für die Kontoführung ab. Allein in den letzten fünf Jahren mehrere hundert Euro. Der Grund: Nur wer ein Konto mit regelmäßigem Geldeingang hat, muss nicht dafür bezahlen. Steht in den allgemeinen Geschäftsbedingungen, vermutlich ziemlich klein gedruckt. Im Klartext: Kontoführung ist gratis für alle, nur nicht für die Menschen, die in einer finanziellen Klemme stecken. Meinem Betreuer war das offenkundig egal, ich bekam all die Jahre nichts davon mit, selbst nach meinem Erwachen nicht.

Ich atme dreimal tief durch, dann falte ich den zweiten Knick auseinander. Erst drei weitere Atemzüge später liegt die Nachricht in schwungvoller Handschrift lesbar vor mir. Auf einem Din-A4-Bogen, den die Knicke in acht gleich kleine Rechtecke zerteilen, stehen nur 88 Zeichen verteilt auf 18 Worte und vier Zeilen:

»Lieber Erik!
Ich komme morgen gegen 15 Uhr wieder vorbei.
Wir haben viel zu besprechen!
Gruß, Dr. Wilhelm«

Ich lasse das Blatt zu Boden gleiten, greife nach »Sophies Welt«, wild entschlossen, mich Descartes zu widmen, scheitere aber schon am Aufklappen des Buches. Ich sollte zunächst irgendetwas frühstücken. Es ist 10:30 Uhr. Ich habe seit mindestens 24 Stunden nichts mehr gegessen.

Ein Blick in meinen Kühlschrank zeigt wenig Kalorienreiches. Langsam rächt sich, dass ich wochenlang nicht einkaufen war. Anja hat sich angeboten, aber ich habe abgelehnt. Habe großspurig angekündigt, ich würde selbst gehen. Was dann natürlich nicht geschehen ist, weil ich nach wie vor nicht weiß, wie ich es schaffen soll, meine Wohnung oder gar das Haus zu verlassen. Ich tröste mich mit Müsli, weißem Joghurt und einer reichlich angegammelten Banane in den Farben von Borussia Dortmund: schwarzgelb. Ich schiebe den verbliebenen Küchenstuhl ans Fenster. Bevor ich mich setze, schalte ich das Radio an und muss beinahe lachen, weil gerade »Sweet but Psycho« läuft. Aber auch, weil die Welt mit Löffel und Müslischale in den Händen durchaus freundlicher wirkt.

Es wird viel zu viel übers Deutschsein geredet. Über Fremde. Und über Rassen. Dabei ist der Begriff wissenschaftlich gesehen Blödsinn. Die Rasse ist also nicht mehr als ein Gluckern im Magen der Gesellschaft. Eine hörbare Verdauungsstörung. Sie dient nur dazu, das Publikum billig abzuspeisen, damit sich die Leute mit ihrer sogenannten Identität beschäftigen, dieser undefinierbaren Sache, die ich gerne definieren würde, aber nicht definieren kann. Es gelingt mir nicht, beschäftigt mich aber wenigstens. Beschäftigt aber auch das Volk. Die Massen. Die Menschen. Das gefällt besonders einer neuen rechtsextremen Partei, einem Rassenkasper, dem die letzte Bundestagswahl gerade Applaus gespendet hat. Diese Partei hofft: Wenn nur genug Hände klatschen, könnte das womöglich Wind geben. Aber mehr noch nervt mich das Geschwätz von der Schwäche, die das Land kaputtmacht. Das ausländische Gesocks, das angeblich Deutschland ausplündert, ausblutet, schwächt. Und das Gerede von dem starken Mann, den es mal wieder bräuchte. Dieses Geschrei. Dass im Grunde ein paar entschlossene Typen reichten, die diesen ganzen Kram vom Tisch wischen, der alle nur behindert. Schluss mit verzagten Reden, mit Politiker-Lügen, die alle nur verwirren. Dann kämen endlich Leute an die Macht, die sich einig sind, die sich untereinander gut kennen und die sich dem gesunden Menschenverstand verschrieben haben. Der in Wahrheit ein kranker Menschenunverstand ist. Ich möchte kotzen, weil sich die Menschheit in den letzten 2000 Jahren kein winziges Stück weiterentwickelt hat. In so eine Welt habe ich nicht zurückgewollt. Nein, keinesfalls. Diese Menschen mit ihrem angeblich gesunden Verstand machen mir Angst. Weil sie so harmlos tun. Weil es so unschuldig und nach einer Bagatelle klingt, dass Rechtsradikale, Faschisten und Neonazis nun im Bundestag sitzen. Die im politischen Alltag mit ihrem angeblichen Verstand nichts anderes als ihr Nazi-Gedankengut verbreiten. Sie wollen sich ihr Land zurückholen, ihr Volk. Sie sind gebildet und ungebildet, aber die Probleme regeln wollen sie mit gesundem Menschenverstand. Das wollen sie. Zusammen. Als Gruppe. Und wie das üblich ist, wollen sich solche Banden lieber aufeinander verlassen als auf das Gesetz oder irgendwelche Verfassungen. Ganz besonders streben sie nach Unterscheidbarkeit. Damit man sofort weiß, wer zu ihnen gehört oder zum Volk. Dass die Starken stark und die Schwachen schwach bleiben, das wollen sie auch. Und die Weißen weiß und die Anderen anders. Damit man den Unterschied sieht. Damit er offenkundig ist. Damit man keine gelben Sterne braucht. Die Offenkundigkeit soll Handlungsprinzip werden. Sie ersetzt dann Diskussionen, denn Offenkundigkeit braucht keine Debatten. Und offenkundige Ziele werden irgendwann Realität. Notfalls auch mit Gewalt. Falls erforderlich. Schließlich ist diskussionslose Gewalt eine lohnenswerte Handlung ohne Worte. Egal wie und wann: Diese Typen reden davon, sich Deutschland zurückzuholen. Um es in ein Pfadfinderlager zu verwandeln? Wenn, dann in ein blutgieriges nach dem Modell des größten Führers aller Zeiten. Ein Reich aus Kumpels, ohne störende Frauen und ohne störende Fremde, feudalistisch und brüderlich. Der beste Kumpel, der beste Kamerad soll womöglich die Regierung führen? Ein Konzept ohne große Inhalte, aber mit viel Stimmung gegen Migranten. Das genügte, um über zwölf Prozent der Wähler zu begeistern. Und die anderen 88 Prozent? Halten die diese Truppe für eine Ansammlung von Spinnern, eine rechtspopulistische Splittergruppe, nervig, aber im Grunde harmlos? Dabei ist diese Partei eigentlich eine Partei, die illegale Ziele hat, die gegen den Staat arbeitet, gegen die Demokratie. Die radikal sein will und für illegale Zwecke eintritt, die jedes Mittel heiligen.

Nebenbei: Bei den Reichstagswahlen am 14. September 1930 erhielt die NSDAP etwa 18 Prozent der Stimmen. Die Machtergreifung folgte keine drei Jahre später.

Vor meinem Fenster sind heute keine Faltbootkünstler in Sicht, nur Vormittagslangeweile. Dafür meint es das Radio gut mit mir. Zuerst berichten sie über die »Gorch Fock«. Der Name kommt mir seltsam vertraut vor, richtig, so heißt das Segelschulschiff der Bundeswehr. Ich bin fassungslos, dass es diesen Anachronismus immer noch gibt. Was – zum Henker! – will die deutsche Marine in Zeiten von Flugzeugträgern, Atombomben, Kampfdrohnen und Killerrobotern mit einer Dreimastbark? Da diese Frage wohl nur mich interessiert, widmet sich der Bericht lieber den dringenden Reparaturen an dem Schiff, die ursprünglich »nur« 10 Millionen Euro kosten sollten. Doch als der Bundesrechnungshof jetzt den Taschenrechner anwarf und nachrechnete, hatte der Aufenthalt im Trockendock in Bremerhaven schon schlappe 135 Millionen Euro verschlungen. Bis jetzt!

Mit Müsli im Magen sitze ich noch ein wenig am Fenster. Nichts los im »Livestream« davor. Nicht einmal Kinder sind zu sehen. Ich mach das Radio aus und kehre auf mein Bett und zu »Sophies Welt« zurück. Tatsächlich reicht mein Elan diesmal zum Öffnen des Buchs und sogar darüber hinaus. Ich lese 40 Seiten über Descartes, Spinoza und Locke, komme dann zu David Hume, den ich nach wenigen Zeilen ebenso überblättere wie George Berkeley. Danach folgt ein Kapitel, das die Handlung des Romans voranbringt. Es zeigt, dass nicht Sophie die Hauptperson der Handlung ist, sondern Hilde, die Tochter eines gewissen Albert Knag, dem Autor eines Buches mit dem Titel »Sophies Welt«. Zum ersten Mal klingt der Kunstgriff an, der den Roman als Buch im Buch im Buch so besonders macht. Doch vorerst rätsle ich eher, wohin die philosophische Reise eigentlich gehen soll. Ich überfliege die Aufklärung und das Kapitel über Kant, will mich endlich der Romantik widmen, auf die ich sehnsüchtig warte. Sie nämlich ist meine Welt, weil sie zwei Jahrzehnte meine Welt am besten vorweggenommen hat, ja meine einzige Welt war. Eines der großen Genies der Romantik, der Dichter Novalis, wollte die Welt zum Traum, und den Traum zur Welt oder Wirklichkeit werden lassen. Die Romantiker sehnten sich nach etwas Fernem, Unerreichbarem, waren die Hippies ihres Jahrhunderts und predigten ganz besonders den Müßiggang.

Man hätte nicht allzu engagiert forschen müssen, um die auffälligen Parallelen zu meinem geheimen Leben zu sehen. Sofern irgendjemand von meinem großen Geheimnis gewusst hätte – was nicht der Fall war. Mein wunderbares Leben im Koma gehorchte den Prinzipien und Idealen der Romantik. Ich machte meine Träume zur Wirklichkeit und degradierte die Welt zu einem Geschehen, das mich deutlich weniger beschäftigte als normale Menschen ihre Träume. Ich konnte tun und lassen, was ich wollte. Mein Leben bestand immer und immer und immer daraus, das Unmögliche zu erreichen. Ich konnte tun und lassen, was ich wollte, während ich gleichzeitig den Müßiggang auf die Spitze trieb, indem ich 20 Jahre bewegungslos in meinem Bett lag.

Es klopft an die Tür. Es ist wieder ein Faustklopfen und kann eigentlich nur von Dr. Wilhelm stammen. Ich laufe Richtung Tür und achte darauf, dass meine Schritte nicht das geringste Geräusch machen. Meine supersoften Mokassins – ich muss es zugeben – sind dafür wirklich ideal. Nur Winnetou persönlich könnte noch leiser sein als ich. Als ich an meinem Wandtelefon vorbeikomme, zucke ich zusammen: Die Drähte sind wieder da, wo sie hingehören. Das Ding wurde repariert, aber von wem, verdammt noch mal? Die Beantwortung der Frage, wer in meine Intimsphäre eingedrungen ist, muss ich allerdings vorerst verschieben. Das Klopfen wiederholt sich. Ich verschaffe mir durch den Türspion Klarheit: Es ist Wilhelm. Kurz durchzuckt es mich, ihm nicht zu öffnen. Meine Hand verharrt eine Sekunde über dem Türgriff. Dann öffne ich!

»Hallo, Herr Dr. Doktor! Schön, Sie wiederzusehen!«

»Lieber Erik, ich freue mich auch! Umso mehr, als ich mich gestern nicht von Ihnen verabschieden konnte! Haben Sie denn meine Nachricht gefunden, die ich Ihnen hinterlassen hatte?«

Mein Analytiker tritt in den Wohnungsflur. Ich schließe die Tür. Er geht voraus Richtung Zimmer. Nicht ohne einen Blick auf das Telefon zu werfen und zu lächeln.

»Aber ja doch, selbstverständlich habe ich den Brief gelesen. Er hat mich sehr beruhigt, denn ich hatte ein schlechtes Gewissen bekommen, als nur Raoul an meinem Bett saß, als ich erwachte«, antworte ich.

Wilhelm bleibt derart abrupt vor mir stehen, dass ich ihn beinahe angerempelt hätte. Er dreht sich um, starrt erneut auf das wieder verkabelte Telefon, ehe er den Kopf zu mir dreht und mich fragend ansieht.

»Nun ja, Sie waren ja bereits gegangen. Aber vielen Dank, dass sie Raoul hereingelassen haben!«

Der Arzt steht stocksteif mitten im Flur. Mit merkwürdig verdrehtem Körper. Die Füße nach vorn, der Körper zur Seite, sodass ich auf seine linke Schulter blicke. Und auf sein zu mir gedrehtes Gesicht. Ich komme nicht vorbei.

»Hereingelassen?«

»Ja, Sie haben Raoul eingelassen. Erinnern Sie sich nicht?«

»Raoul, aha, soso, jaja, interessant«, brummelt die menschliche Flurbarriere in Nadelstreifen und mit Lederaktentasche. Er betrachtet mich, als hätte ich ihn beim Ladendiebstahl und mit geklauten Kondomen erwischt. Ich stütze mich an der Flurwand ab, um nicht doch noch das Gleichgewicht zu verlieren. Aber im gleichen Moment dreht sich der Doktor wieder nach vorn, betritt mein Schlafzimmer und setzt sich auf den Stuhl an meinem Bett. Schweigend öffnet er den Koffer und holt einen Stapel

Papiere heraus, den er konzentriert durchzublättern beginnt.

Ich setze mich aufs Bett und entschließe mich zu Smalltalk. Darauf bin ich vorbereitet:

»Ich habe im Radio heute gehört, dass der WWF in einer Untersuchung die Menge an Plastik festgestellt hat, die wir – ohne dass wir uns das so richtig klar machen – mit unserer Nahrung zu uns nehmen. Was denken Sie: Entspricht diese Plastikmenge in Gramm einer Kreditkarte pro Jahrzehnt, pro Jahr, pro Vierteljahr oder pro Monat?«

»Was? Die Plastikmenge, ach so, jaja, aha, ich weiß, was Sie meinen. Vermutlich pro Monat, wenn Sie schon so fragen! Aber ich kann nur hoffen, dass es ein Jahr ist, mindestens.«

Die Antwort gefällt mir so sehr, dass ich laut lachen muss. Weil ich meinen Therapeuten erfolgreich aufs Glatteis geführt habe.

»Alle vier Antworten sind falsch! Jeder Mensch isst im Durchschnitt eine Kreditkarte pro **Woche**. Ist das nicht totaler Wahnsinn?«

Dr. Wilhelm blickt mich prüfend an, quittiert mein gut gelauntes Lachen mit Schweigen. Er murmelt etwas vor sich hin. »Das Wort ist vielleicht zutreffender, als uns lieb sein kann«, meine ich zu hören. Dann räuspert sich der Mediziner und sagt gewohnt langsam und betont akzentuiert:

»Das klingt traurig. Und auch pessimistisch. Sind Sie eigentlich ein Pessimist, Erik? Oder würden Sie sich eher als optimistischen Menschen bezeichnen?«

»Ich weiß nicht. Vermutlich bin ich eher ein Pessimist, schon aus statistischen Gründen, schließlich gibt es deutlich mehr davon.«

»Wieso das denn? Wie kommen Sie denn darauf?«

»Es gibt einen Zusammenhang zwischen der Evolution und dem Grundcharakter der Menschheit.«

»Ach, tatsächlich? Was Sie nicht sagen? Das ist mir neu! Können Sie mir das genauer erklären?«

»In der Evolution geht es ja brutalerweise oft um gefährliche oder gar tödlich endende Situationen. Man muss sich also fragen, wie Pessimisten und Optimisten mit drohenden Gefahren umgehen. Dabei liegt die Vermutung nahe, dass sich Optimisten Gefahren eher stellen und darin umkommen, während sich Pessimisten frühzeitig in Sicherheit bringen und überleben. So führte die Evolution nach meiner Ansicht dazu, dass die Pessimisten heute deutlich in der Überzahl sind!«

Wilhelm hat aufmerksam zugehört. Schweigend, vielleicht sogar staunend blickt er mich an, ehe er sagt:

»Interessant. Wirklich interessant!«

»Ja, nicht wahr? Aber noch interessanter finde ich, dass man die Politikerin Renate Künast als ›Stück Scheiße‹, ›Schlampe‹ und ›Drecksau‹ bezeichnen darf. Sie hat dagegen geklagt, vor dem Landgericht Berlin jedoch verloren. Die Beleidigungen wurden als zulässige ›Sachkritik‹ und ›Stilmittel der Polemik‹ eingestuft. Das sind Dinge, die dafür sorgen, dass mir diese neue Zeit nicht gefällt! So etwas macht pessimistisch. Zumindest mich!«

»Ich kann Sie gut verstehen. Aber eines finde ich merkwürdig. Das klingt, als würden Sie vergangenen Zeiten nachtrauern…«

»Und wenn es so wäre?«

»Dann würde ich Sie fragen, welchen Zeiten Sie nachtrauern? Den Zeiten vor Ihrem Unfall oder denen danach?«

»Das finde nun ich merkwürdig. Die Phase seit etwa einem Jahr, mein Kampf zurück in ein normales Leben, ist wirklich keine Zeit, der ich nachtrauere. Die Periode vor dem Unfall aber ebenso wenig.«

»Sehen Sie, genau das beschäftigt mich. Sie trauern damit nämlich entweder Ihrer Kindheit und Jugend nach, oder...«

Wieder greift mein Arzt zu einer seiner geliebten Kunstpausen. Er überspannt den Bogen so sehr, dass ich nachhake:

»Oder?«

»Oder Sie trauern Ihrer Zeit im Koma nach!«

Natürlich ist dieser Satz nur ein Schuss ins Blaue. Wilhelm hat nicht den geringsten Verdacht, wie sehr ich mein abenteuerliches Traumleben genossen habe. Er kann keine Ahnung haben, keine dunkle, keine helle. Einzig mir selbst ist bewusst, wie sehr ich im Nachhinein bereue, mein selbst geschaffenes, für mich maßgeschneidertes Universum verlassen zu haben, und wie entsetzlich es für mich ist, welch unfassbaren Ramsch von Welt ich dafür erhalten habe. Wie sollte Wilhelm wissen, wie sehr ich die Realität hasse. Und auch alle Menschen, die binnen 20 langen Jahren nicht das Geringste verbessert, sondern alles nur schlimmer gemacht haben. Nichts davon kann der Arzt ahnen, geschweige denn wissen. Niemandem habe ich mich anvertraut, niemand wird es je erfahren. Der Fels auf meiner Seele, der Herzensstein, der tonnenschwer auf mir lastet, geht nur mich etwas an. Für immer und ewig.

Dennoch glaube ich, ihn von seiner Fährte ablenken zu müssen.

»Was reden Sie für einen Unsinn? Wie soll ich etwas betrauern oder vermissen, von dem ich gar nichts weiß? Ich habe durch diesen Unfall 20 Jahre, also einen Großteil meines Lebens verloren. Oder lassen Sie es mich anders formulieren: Dieser Unfall hat mich um mein Leben betrogen. Er hat meine Lebensersparnisse geplündert und mir den Tresor meines Daseins ausgeräumt und mit gesprengter Tür hinterlassen. Ich habe nicht mein Leben oder ein Leben zurückbekommen, sondern einen Witz. Einen hinterlistigen, tückischen und teuflischen göttlichen Scherz auf meine Kosten.«

Ich habe so getan, als hätte ich mich in Rage geredet. Hoffentlich glaubwürdig. Mein Gesicht ist hoffentlich gerötet, scheinbar erschöpft lasse ich mich zurücksinken aufs Bett. Ich schließe die Augen und versuche mit aller Kraft, um mich herum eine Aura vorwurfsvoller Schuldzuweisungen zu errichten. Offenbar ohne Erfolg. Leider! Entweder sind meine Fähigkeiten mangelhaft oder es fehlt Wilhelm an Einfühlungsvermögen.

»Ich wusste gar nicht, dass Sie an Gott glauben… Um ganz ehrlich zu sein: Ich habe Sie für einen Agnostiker gehalten, Erik. Wissen Sie noch den genauen Moment, an dem Sie Ihren Glauben an Gott entdeckt haben?«

Ich beschließe, ihm nicht mehr zu antworten. Mit geschlossenen Augen ignoriere ich den einzigen Mann, der sich zu meiner Rettung berufen fühlt. Zu einer Rettung, für die es – wie ich, aber auch nur ich, weiß – längst zu spät ist.

»Kann es sein, dass Sie nicht ganz ehrlich zu mir sind?«, fragt mein Möchtegern-Schutzengel, doch ich tue, als hätte ich nichts gehört. Allerdings macht er es mir so einfach nun auch wieder nicht.

»Sie verschweigen mir Dinge und Erlebnisse aus der Zeit Ihres Komas, Ihrer angeblichen geistigen Abwesenheit. Sie haben mir von Friedrich erzählt, ein ganz bemerkenswertes Erlebnis, das nur Ihrer Fantasie entsprungen sein kann. Doch wo es einen Friedrich gibt, muss eigentlich noch mehr sein. Ich denke, Sie haben in Ihrem Koma weitaus mehr ›erlebt‹. Das steht für mich felsenfest. Fraglich ist im Grunde nur eines…«

Um ehrlich zu sein: Ich habe die Wilhelm'sche Kunstpause bereits erwartet. Aber ich habe mir fest vorgenommen, mich keinesfalls aus der Ruhe bringen zu lassen. Von mir aus kann er sich eine stundenlange Pause gönnen, es ist mir egal. Er kann mich mit seinen Taschenspielertricks nicht mehr aus der Reserve locken. Ich habe genug von ihm. Ich werde ihm den Gefallen keinesfalls tun!

»Schade!«, unterbricht Wilhelm sein Schweigen und sein Konzept. »Wirklich schade! Sehr schade sogar!«

In meinem Kopf brummt es: Der kann mich mal, der kann mich mal, der kann mich mal, der kann mich mal, der kann mich mal, der kann mich mal, der kann mich mal.

»Ohne Ihre Mitarbeit wird es nicht gehen. Wenn ich Ihnen helfen soll, müssen Sie mit mir zusammenarbeiten. Nein, Sie müssen mehr tun! Sie müssen mir helfen. Ohne Ihre Hilfe ist meine ganze Arbeit sinnlos!«

Der kann mich mal, kann mich mal der, mich mal der kann, mal der kann mich, der kann mich mal. Kanne drich malm, Kanne malm drich, Kannemalmdrich, aacdehiklmmnnr. Zum Schluss blockiere ich mich durch das Sortieren der Buchstaben. Meine Augen bleiben fest geschlossen.

Doch das starke Gefühl, angestarrt zu werden, ist deutlich spürbar. Mein Gegenüber schweigt beharrlich, stumm lauernd, erstarrt wie eine Raubkatze oder eine fallende Tasse vor dem Sprung. Ich kann hören, dass er sich auf seinem Stuhl nicht bewegt. Kein Rascheln der Zettel, die auf seinen Oberschenkeln liegen, nichts. Man hätte hören können, wie die berühmte Stecknadel fällt. Oder ein Griffel, ein Blatt, ein Würfel. Oder ein Schuss. Ich glaube, tatsächlich spüren zu können, dass sich an diesem Mann nichts mehr regt. Friedrich hätte ihn verspottet mit dem Satz: Da hat einer das große Los gezogen, das Regungslos.

Da halte ich den richtigen Moment für gekommen und öffne die Augen. Er sitzt tatsächlich genauso statuenhaft versteinert da, wie ich es mir in meiner Fantasie vorgestellt habe. Für einen Moment erfasst mich ein Allmachtsgefühl. Nur weil ich es will, sitzt er bewegungslos auf seinem Stuhl. Ich bin wie Medusa, bin der, der ihn hat erstarren lassen. Nun muss er stillsitzen, bis ich meinen Bann wieder löse.

Ich befreie Wilhelm, indem ich endlich meine Bitte äußere:

»Wenn Sie helfen wollen, wenn Sie mir wirklich helfen wollen, dann leisten Sie mir Sterbehilfe. Helfen Sie mir ohne Qualen auf die andere Seite. Wenn es Ihr Gewissen oder die Gesetze nicht zulassen, verschreiben Sie mir einfach ein starkes Schlafmittel. Wenn es sein muss, in ganz kleinen Mengen. Ich verspreche feierlich, niemand wird Ihnen einen Vorwurf machen können, ich werde mir die tödliche Dosis notfalls tageweise zusammensparen. Egal wie, ich bin zu allem bereit. Also helfen Sie mir, in Würde und schmerzfrei zu sterben!«

KAPITEL 12

Die eintretende Stille flutet den Raum, wie die tückische Welle eines Tsunamis den Strand überspült. Weit entfernt entstanden, scheint die Welle harmlos. Ihre Energie ist auf dem freien Ozean weit verteilt, konzentriert sich aber, wenn der Tsunami Land erreicht. Dann werden die Wellen gebremst und gestaucht. Sie werden höher, höher und höher. Die Energie der Welle wird konzentriert, ehe sie mit voller Wucht auf die Küste trifft. In der Lituya Bay in Alaska überrollten Wellen, die weniger als 100 Meter hoch waren, einen 520 Meter hohen Hügel. Auch wer sich in Sicherheit glaubt, kann daher in größter Lebensgefahr schweben.

So wie Dr. Wilhelm und ich nach meiner Bitte um Sterbehilfe.

Die Worte, die meinen Mund verlassen, stauen sich vor meinem Arzt, wachsen an, treffen ihn mit voller Wucht, lassen ihn hilflos zurück. Er will aufstehen, fällt aber zurück auf seinen Stuhl. Wie kraftlos. In Bewegung geraten nur die Papiere auf seinen Oberschenkeln – in meinen Gedanken vermeide ich krampfhaft den Begriff »Schoß«. Die ärztlichen Notizen, Unterlagen oder Akten fallen zu

Boden; niemand kümmert es. Jeder denkt an sich selbst, keiner an das fallende Papier.

Nur wenige Sekunden später hat sich mein Therapeut wieder gefangen. Ganz der gewohnte Fels in allen Brandungen, feiert er Wiederauferstehung.

»Sie wollen sterben, Erik?«

»Ja!«

»Ich denke, Sie äußern einen solchen Wunsch nicht unüberlegt. Doch bevor ich Ihnen antworte, möchte ich Sie nach Ihren Gründen fragen.«

»Es ist der einzige Weg, um auf die andere Seite zu gelangen«, antworte ich ihm und verstumme.

»Hoffen Sie etwa auf ein besseres Leben nach dem Tod?«, wundert er sich und für einen Moment wirkt es, als frage er nicht mich, sondern sich selbst. Aus Mitleid beschließe ich zu antworten:

»Das war für mich lange Zeit ein großes Thema. Die ›Gewissheit‹, dass für alle Menschen ein Leben nach dem Sterben existiert, ganz wichtig. Jetzt aber schon lange nicht mehr. Vielleicht hat das mit meinem Alter zu tun. Oder doch mehr mit meinen vielen verlorenen Jahren. Aber auch, wenn Sie mir vielleicht nicht glauben: Ich bin mit meinem bisher gelebten Leben zufrieden.«

»Aber warum dann sterben?«

»Ich bin so zufrieden, dass ich gehen möchte. Ich hoffe, mein Weg führt hinüber! Ich glaube fest daran, dass da noch etwas sein wird, und ich bin wirklich sehr gespannt darauf. Aber inzwischen wäre es für mich auch okay, wenn mit dem Tod alles vorbei wäre.«

»Das klingt beinahe, als wollten Sie aus Neugierde sterben...«

»Bitte reden Sie keinen Unsinn. Mir ist es ernst mit meinem Vorhaben. Und ebenso ernst ist meine Bitte um Ihre Hilfe.«

»Sie wirkten auf mich bislang nicht depressiv! Warum also sollten Sie sterben wollen? Sie haben das Trauma Ihres langen Komas vielleicht noch nicht überwunden, aber die schlimmsten psychischen und vor allem die physischen Hürden haben Sie in bewundernswerter Bravour genommen. Kaum jemand sonst hätte so entschlossen um seine Genesung gekämpft. Aber nun, wenige kleine Schritte vor dem Ziel, wollen Sie aufgeben?«

Sein Gesicht beweist mir eindringlich, dass er nichts von dem versteht, was mich bewegt. Was kein Wunder ist, ahnt er doch nichts von meinem wahren Leben.

»Ich habe keine Depressionen, ganz im Gegenteil, mir geht es bestens!«

»Warum dann eine derart unmoralische Handlung?«

»Unmoralisch? Blödsinn! Jeder Mensch sollte das Recht haben, sich selbst zu töten. Wichtiger ist die Art des Sterbens. Dabei sollte jeder verantwortungsvoll handeln und Rücksicht auf seine lieben Angehörigen nehmen.«

»Was reden Sie da? Niemand, der sich umbringt, nimmt Rücksicht auf seine Angehörigen!«

»Dann haben Sie noch nie jemanden begleitet, der einen geliebten Menschen, der sich vor einen Zug geworfen hat, identifizieren muss. Ein derart ekelhafter Tod kommt für mich nicht infrage! Gleiches gilt für absichtlich herbeigeführte Verkehrsunfälle oder auch Schussverletzungen. Gar nicht zu reden davon, dass es bei keinem Selbstmord zu einem Kollateralschaden kommen darf, der anderen Menschen schadet, sie verletzt oder gar tötet.«

»Das klingt alles ziemlich verrückt!«

»Verrückt? Wenn Sie mich fragen: Verrückt war doch wohl eher der Co-Pilot, der eine Passagiermaschine zum Absturz brachte und 150 Menschen mit in den Tod riss, nur um sich selbst zu töten.«

»Ganz so einfach ist das Ganze leider nicht!«

»Und wieso nicht?«

»Weil wir mit dem Wort ›verrückt‹ vorsichtig sein sollten. Man übersieht viel zu leicht, dass die meisten Selbstmörder depressiv sind und gar nicht anders können. Depression ist eine komplizierte, schlimme Erkrankung. Eine Krankheit, die behandelbar und heilbar ist. Aber das wissen die meisten Menschen nicht, weder die Betroffenen noch ihre Angehörigen. Und nur nebenbei: Viel zu oft erkennen sie auch die behandelnden Ärzte nicht.«

»Ihr Einwand mit den Depressionen ist richtig, bringt uns aber nicht weiter. Diese Variante der Selbsttötung hatte ich gedanklich ausgeklammert. Kranken Menschen kann man nicht mit Logik und abwägenden Betrachtungen kommen. Schließlich würde ich von niemandem mit gebrochenem Bein verlangen, einen Marathon zu laufen.«

Von dem Mann, der wie eine Husse über seinem Stuhl sitzt, ist nur etwas unklar Genuscheltes zu hören, das wie »Hmpf!« klingt.

»Das mit der Depression hatten wir zwar schon, lieber Herr Doktor. Ich wiederhole es aber gern für Sie: Ich bin nicht depressiv. Ich bin gesund und fühle mich bestens. Was nichts an meinem Wunsch ändert!«

Wieder tritt eine dieser Pausen ein, die auf der Haut kribbelt.

»Erik, sind Sie eigentlich ein gläubiger Mensch?«

»Warum?«

»Weil die meisten Religionen Selbstmord als Sünde verbieten!«

»Sind Sie denn ein gläubiger Mensch, Dr. Wilhelm?«

»Ich war lange Zeit ein Suchender, bin am Ende aber fündig geworden.«

»Wie schön für Sie, ich gratuliere! Ich denke nämlich, dass der Glaube an Gott das Leben und den Tod in vielerlei Hinsicht leichter macht oder machen kann. Leider wird in unseren modernen Gesellschaften viel zu wenig nach religiösen Grundsätzen gelebt; die 20 Jahre, die ich verpasst habe, waren kein Weg der Besserung.«

»Und Sie? Woran glauben Sie?«

»Das Wohlergehen, ja das Leben an sich, kommt ohne Glauben offenbar nicht aus. Dennoch muss man kein Katholik sein, man muss nicht einmal an Gott glauben, um zu glauben. Das gilt ebenso, wie man kein Christ sein muss, um seinen Nächsten zu lieben. Daher denke ich, dass kein Mensch ohne Glauben auskommt, weil er gar nicht anders kann. So gesehen ist der Glaube auch keine Errungenschaft.«

»Aber als gläubiger Mensch sollten Sie Selbstmord ablehnen, Erik.«

»Ich gönne jedem Menschen, der sein Gottvertrauen gefunden hat, das gute Gefühl, sich aufgehoben oder behütet zu fühlen. Alles, was Menschen hilft, sich in ihrem Leben zurechtzufinden oder besser zu fühlen, hat eine Daseinsberechtigung. Die Institution Kirche wird dafür nicht gebraucht. Auch nicht das ganze Sanktionspotenzial samt der Drohung mit dem Höllenschlund.«

Ich flankiere meinen letzten Satz mit einem Lächeln, um ihm etwas die Schärfe zu nehmen. Schließlich brauche ich Wilhelm in meinem Boot. Nein, das doch nicht. Aber ich brauche ihn mindestens als Helfer beim Einsteigen.

»Falls Sie statt einer Religion lieber die viel ungefährlichere Mythologie bemühen wollen: Ich bitte Sie um Hilfe, weil ich Sie brauche! Sie sollen mein Charon sein, der mich über den Styx in den Hades bringt. Sie müssen mich nicht selbst hinüberbringen. Aber ich brauche Sie als Wegweiser und Helfer beim Einsteigen.«

»Erik, ich bin Mediziner, nicht Bestatter oder gar Henker. Aber abgesehen von moralischen Aspekten unterliege ich auch der Justiz und ihren Konsequenzen. Sterbehilfe ist in Deutschland verboten, aktive ebenso wie indirekte oder passive. Ich könnte Ihnen also gar nicht helfen, selbst wenn ich es wollte!«

Mir entfährt ein lautes, verächtliches Schnauben.

»Wollen Sie mir allen Ernstes mit einem derartigen Unsinn kommen?«, gifte ich den Mediziner an, der gerade versucht, sich hinter Paragrafen zu verschanzen. »Sie wollen mir etwas vom Verbot der Sterbehilfe erzählen, während es in Kliniken und Heimen an der Tagesordnung ist, wehrlosen Opfern im Koma die Maschinen abzustellen? Was ist mit den vielen Automaten, an denen Menschen mit entgleisten, abgestürzten oder schlafenden Gehirnen hängen? Wollen Sie mir allen Ernstes erzählen, es wären nicht Ärzte, die Tag für Tag ihre Finger auf die Stopptasten menschlicher Leben legen?«

Wilhelm scheint an einem wunden Punkt berührt, beginnt auf seinem Stuhl hin und her zu rutschen. Ein Klischee der Unruhe, kaum zu fassen. Er atmet prustend ein, bevor er zu einer Antwort anhebt:

»Sie vergleichen hier Äpfel mit Birnen, und Sie wissen natürlich genau, wie unfair dieser Vergleich ist. Kein Menschenleben wird leichtfertig aufgegeben. Nur wenn der Gehirntod zweifelsfrei feststeht, dürfen lebenserhaltende Maßnahmen beendet werden.«

»Mir kommen die Tränen!«, spotte ich, was meinen behandelnden Analytiker zu einem wenig rücksichtsvollen verbalen Tiefschlag animiert:

»Erik, ich weiß gar nicht, was Sie wollen. Sie selbst sind doch der beste Beweis dafür, wie sehr man sich um Komapatienten kümmert. Obwohl Ihre Chancen alles andere als gut standen, kam niemand auf die Idee, Ihre – wie hatten Sie das formuliert? – Stopptaste zu drücken. Erik, Sie wurden am Leben erhalten, 20 Jahre etwa, bis Sie eines Tages in Ihr Leben zurückfanden. In diesem Moment waren Pflegekräfte bei Ihnen, die halfen. Man könnte pathetisch sagen: Sie wurden aus langer Dunkelheit zurück ins Licht gerettet! Also hören Sie auf, vom Sterbenlassen Kranker zu fabulieren oder von Ihrem Suizid zu fantasieren. Hören Sie einfach auf!«

Keine zehn Minuten später bin ich in meiner Wohnung allein, sitze auf dem Bett und lese in »Sophies Welt«. Dr. Wilhelm hat sich derart echauffiert, dass er wenig später aufgesprungen und davongelaufen ist. Angeblich hat er noch einen Termin, den er beinahe verpasst hätte. Er hob die Papiere vom Boden auf, stopfte alles in seinen Koffer, verabschiedete sich schmallippig bis morgen um

11 Uhr, wenn's denn recht sei, und war zur Türe hinaus, noch ehe mein »Tschüs« die Chance auf ein Echo hatte.

In meinem Buch hat gerade Hegel die Bühne betreten. Doch um ehrlich zu sein: Ich lese eher wegen der Rahmenhandlung weiter als wegen der weiteren philosophischen Erklärungen. Für mich sind Kierkegaard und Hegel nur Feigenblätter, um zu erfahren, wie es Sophie und Alberto ergeht. Marx, Darwin und Freud lasse ich das Gleiche widerfahren wie vielen anderen Philosophen, ich blättere mehr drüber weg, vertiefe mich nicht, sondern lese nur quer. Von Philosophie geht mir kein Licht auf, ich habe schon vor Marx das Licht anknipsen müssen.

Ich blättere und lese mich nach vorn. Um die 500. Buchseite wirft die Handlung dann doch ihren Tarnmantel ab. Mehr und mehr wird deutlich, dass das Buch »Sophies Welt« angeblich von Major Albert Knag für dessen Tochter Hilde geschrieben wurde. Die vermeintlichen Helden, Sophie und Alberto, sind nichts anderes als Romanfiguren, der Fantasie und dem Willen des Autors ausgeliefert. Die letzten 100 Seiten, die weitgehend ohne Philosophie-Vorlesungen auskommen, erklären das Verhältnis zwischen Vater und Tochter Knag und schildern, wie es Sophie und Alberto am Ende gelingt, dem Buch zu entkommen und stattdessen als literarische Geister über die Welt zu wandeln.

Ich bin froh, nicht mehr 14 Jahre alt zu sein wie Hilde oder Sophie. Der Gedanke, dass ein schreibender Gott über mein Schicksal bestimmen könnte, ringt mir Respekt ab. Im Prinzip regiert er das Schicksal der beiden Figuren, wie ich es 20 Jahre lang mit all meinen komatösen Fantasiegestalten getan habe. Ich fühlte mich als allmächtiger

Gott, der tun und lassen kann, was immer er will, genoss jede Minute meiner Fantasie als von mir konzipierte Realität. Es war viel, viel besser als in »Matrix«, dem modernen Märchenfilm der Gebrüder Wachowski. Die Welt darin ist pure Fantasie, die einem Computerprogramm entspringt. Neo, der Held des Films, verlässt die schöne Simulation zugunsten einer hässlichen Wirklichkeit, um gegen die Macher der Fälschung zu kämpfen und das Modell, die Matrix, zu zerstören.

Sophie und Neo waren ihren jeweiligen Kunstwelten als tragische Helden ausgeliefert. Ich dagegen war Schöpfer und Gott der Welten, in denen ich selbst auftrat. Ich erlebte nur Abenteuer nach meinem Willen, nichts konnte misslingen, stets wartete auf mich ein Happy End. Ich war Gottvater, Sohn und Heiliger Geist, ich war Schöpfer, Heiland, Allah, Jehova und Christus. Falls ich wollte, war ich sogar Luzifer. Ich wusste vorher, welche Gegenspieler mich erwarteten, wer mir half, wer mich liebte. Öffnete ich ein Tombolalos, konnte ich über Niete oder Hauptgewinn entscheiden. Öffnete ich mein Portemonnaie war stets mehr Geld darin, als ich ausgeben konnte. Autos kaufte ich grundsätzlich nur mit mehr als 50 Prozent Rabatt. Schönes Wetter? Eine Selbstverständlichkeit. Skifahren bei Sonne und 30 Grad? Wieso denn nicht! Ich kann, wenn ich will, diese Reihe beliebig fortsetzen. Und ich wollte immer und ich will immer. Mein Leben war ein einziges riesiges »ICH WILL!«.

Als jemand an die Tür klopft, erschrecke ich. So sehr, dass mir das geschlossene Buch polternd auf den Boden fällt. Nicht das Klopfen allein schockiert mich, sondern das Unerwartete und das Neue: Das Pochen ist fremd und exotisch, besteht aus sieben einzelnen Schlägen mit einer Pause nach dem fünften. So klopft niemand, der zu mir kommt. Weder Anja noch der Doktor.

Obwohl mich das fallende Buch sicher längst verraten hat, schleiche ich so leise wie möglich an die Tür. Mein Auge nähert sich vorsichtig dem Türspion, als sich die sieben Schläge wiederholen, diesmal aber mit zwei Pausen. Eine nach dem dritten und eine nach dem sechsten Schlag. Ich erstarre in der Bewegung, wage es nicht, durch die spezielle Weitwinkellinse zu schauen, obwohl diese nicht nur den Blickwinkel vergrößert, sondern angeblich auch das Hereinsehen von außen erschwert. Meine Wohnungstür ist mit einem zusätzlichen Querriegelschloss solide gesichert. Dennoch stehe ich dahinter und zittere wie das Laub der Populus tremula. Über meine eigene Torheit muss ich fast laut lachen, aber wie kann mir in einem solchen Panikmoment ausgerechnet der lateinische Name der Espe einfallen?

Von draußen brummt Ben Becker ungeduldig gegen die Tür:

»Ich kann dich fühlen, kann beinahe durch die Tür sehen, wie du dahinter stehst und dir vor Angst in die Hosen scheißt, statt mich reinzulassen. Ich bin's doch bloß: Friedrich. Also lass mich endlich rein. Wir müssen reden!«

Ich wage kaum zu atmen. Schmerzlich wird mir bewusst, wie ängstlich ich bin. Leider habe ich mit meiner Koma-Allmacht meine Furchtlosigkeit bis auf den letzten Rest verloren. Kann es sein, dass ich von Geburt an ein riesengroßer Feigling war? Oder liegt es an meinem fehlenden Glauben und an der Abwesenheit jeglichen Vertrauens in Gott? Warum nur bin ich alles andere als furchtlos? Warum bin ich nicht zum Helden geboren? Hätte mir der Unfall, die Lebensgefahr, der Etappensieg über den Tod nicht den Weg zur Tollkühnheit weisen können? Oder zumindest zu einem vertrauensvollen Glauben an Gott? Nichts davon hat geklappt. Nichts macht mir das Leben oder das Sterben leichter. Das Gefühl meiner permanenten existenziellen Lebenskrise führte mich nur zu Egoismus und Rücksichtslosigkeit, aber nicht zu mannhafter Kühnheit oder gar Gottvertrauen. Einzig mein Entschluss, meinem Leben ein baldiges Ende zu setzen, scheint mir ein mutiger Schritt und sorgt in mir für etwas wie ein Glücksgefühl.

Tocktocktock. Tocktocktock. Tock!

Es hört und hört nicht auf. Er hört und hört nicht auf. Warum kann dieser Friedrich nicht einfach aufhören, mich zu bedrängen, mich zu verstören, mir Angst zu machen. Ich beginne ganz leise zu flüstern, ich will ihn anschreien, aber er soll mich nicht hören.

»Geh weg! Geh weg! Geh weg!«

Ich drehe mich von der Tür weg, versuche den Rückweg zu meinem Bett, stütze mich mit den Armen an den Flurwänden ab, mal links, mal rechts. Torkle ich etwa so stark? Aber warum sollte ich, es gibt keinen Grund. Oder doch? Ist es Friedrich? Meine Gedankenwelt scheint zu implodieren.

»Geh weg, gehweg, gewebeweg, gewecktweg, gewehrweg, gewerbeweg, werbegag. Wegwegwegwegwegweg wegweg!«

Warum nur hört er nicht auf zu klopfen? Nur noch vier Schritte bis zu meinem Bett. Ich schaffe es nicht, breche zusammen. Die Beine knicken ein, klappen zusammen wie ein Regenschirm. Unsanfte Landung der Astronauten in der kasachischen Steppe. Das Letzte, was ich sehe, ist das Buch, das mir vorhin runtergefallen ist. Mit letzter Kraft schiebe ich es von mir weg und schleudere es unter das Bett. Auf diese Welt will ich nicht mehr sehen. Ich will gar nichts mehr sehen.

Wieder ist es plötzlich Nacht. Es müssen Stunden verstrichen sein. Die angeknipste Lampe hat verhindert, dass ich schon wieder im Dunkeln sitze. Das Geklopfe hat aufgehört, immerhin. Schräg gegenüber brennt die Straßenlaterne, die um 23 Uhr erlischt. Ein klares Signal. Ebenso deutlich wie der Hinweis meiner brennenden Nachttischlampe für Friedrich. Da er meine Wohnungstür gefunden hat, wird er von außen auch mein helles Fenster gesehen haben. Er weiß also, dass ich zu Hause bin. Und dass ich ihm trotzdem nicht geöffnet habe.

»Dann wird er sicher wiederkommen. Er wird wiederkommen und verärgert sein. Sehr verärgert!«

Fange ich jetzt an, mit mir selbst zu reden?

»Na, laut gedacht habe ich wohl kaum! Du führst tatsächlich Selbstgespräche? Mein lieber Schwan, jetzt wird es wirklich Zeit, dass du deine Probleme in den Griff bekommst!«

Ich fange sofort damit an, und zwar indem ich meine Gedanken Gedanken sein lasse. Unhörbar, unausgesprochen, ohne peinliches Gebrabbel mit mir selbst. So, erster Schritt absolviert. Nun folgt der zweite Schritt: Aufstehen vom Fußboden und aufs Bett setzen. Es klappt besser als gedacht. Ich stehe auf, ohne zu straucheln oder umzukippen. Mit festem Blick auf meine Füße zwinge ich mich die wenigen Schritte bis zum Bett, lasse mich auf die Matratze plumpsen. Ein lautes Seufzen der Erleichterung folgt.

Wenig später erschreckt mich ein merkwürdiges Geräusch. Ich blicke Richtung Tür, wo ich es vermute, und erblicke, während sich mein Mund zu einem Röcheln blanken Entsetzens öffnet, eine männliche Gestalt. Das Phantom hebt den rechten Arm und klopft mit den Knöcheln der geballten Faust leise gegen die Innenseite des Türrahmens: Tocktocktock. Tocktocktock. Tock.

»Na, sieh mal einer an. Schneewittchen ist doch wieder erwacht. Sogar im doppelten Sinne. Einmal aus dem Koma, zum anderen aus der Ohnmacht. Apropos: Seit wann so schreckhaft? Ich bin's doch nur, der gute alte Friedrich. Kein Grund, hier den Flachmann zu machen!«

Ich starre ihn mit aufgerissenem Mund an. Er ignoriert dies ebenso wie mein berechtigtes Entsetzen über sein Eindringen. Doch als könne er meine Gedanken lesen, klärt er mich auf:

»Du fragst dich allen Ernstes, wie ich hier reingekommen bin? Ich lach mich tot! Du denkst doch nicht wirklich, dass es irgendein Schloss auf dieser Welt gibt, das ich nicht aufkriege?«

Ich habe keine guten Tage im Moment. Schon wieder habe ich die Stimme einer Krähe, als ich ihn frage, ob er etwas zu trinken möchte. Er lehnt ab, sagt, er habe sich schon selber bedient. Und ergänzt, einen deutlichen Vorwurf in der volltönenden Stimme:

»Junge, du warst knapp zwei Stunden weg. Was sollte ich denn anstellen die ganze Zeit. Erst hab ich versucht, dich wach zu kriegen, aber ich sage dir: Absolut nichts zu machen. Wenn du mal weggetreten bis, dann aber richtig.

Hab's sogar mit ein paar Spritzern Wasser versucht, aber wieder nichts. Also hab ich mir was zu trinken geholt und gewartet.«

»Bis jetzt!«

»Bis jetzt, genau. ›Da Jesus das gesagt hatte, rief er mit lauter Stimme: Lazarus, komm heraus! Und der Verstorbene kam heraus.‹ Johannes, Kapitel 11, Vers 44.«

Ich versuche einen unverfänglicheren Kurs. Weg von der Bibel, weg von Jesuszitaten. Daher sage ich:

»Du siehst wirklich gut aus. Ausgesprochen gut. Keinen Tag älter, als ich dich in Erinnerung habe.«

»Willst du mir etwa schmeicheln? Böser Bube, du!« Friedrich droht, immer noch in der Tür stehend, mit dem Zeigefinger. Ganz so, als sei ich ein kleines Kind. Dann lacht er, als habe er nur scherzen wollen, und läuft zu mir herüber. Ganz selbstverständlich nimmt er breitbeinig auf dem Stuhl Platz, auf dem vor ihm Dr. Wilhelm und Raoul gesessen haben.

»Viel wichtiger ist doch, wie *du* aussiehst. Du siehst nämlich auch gut aus, viel besser als zu der Zeit, als du still vor dich hingeträumt hast.«

»Hast du mich eigentlich oft besucht?«

»So oft ich konnte. Du warst schließlich mein interessantester Fall. Deine Gedanken und Träume waren die besten, die ich je mitverfolgen konnte. So klar und deutlich, ganz wunderbar! Du hast gesendet wie ein Funkturm. Mit einer Intensität, dass ich mich jedes Mal gewundert habe, dass ich der Einzige war, der dir auf die Schliche gekommen ist!«

Mein Mund öffnet sich, schließt sich, öffnet sich wieder, schließt sich erneut. Ein Fisch auf dem Trockenen, scheinbar nach Luft schnappend, tatsächlich mit ausgetrockneten und funktionslosen Kiemen, so gut wie tot. Nun hat mich also sogar die krächzende Krähe, flatternd vor Angst, verlassen und mich zum Schweigen verdammt.

Friedrich dagegen versprüht gute Laune. Und sein Himmel ist die Redseligkeit:

»Die Welt ist völlig verrückt. Heute habe ich gehört, dass ein Manager der Firma Bentley auf ein Riesenproblem hingewiesen hat, das der neue Bentayga jetzt endlich löst. Auf dem SUV-Markt habe es bislang nur Autos bis 150 000 Euro gegeben. Wer im Luxussegment etwas gesucht habe, habe schlicht nichts gefunden. Bentley habe nun endlich Abhilfe geschaffen. Den Bentayga gibt es ab 165 000 Euro.«

Friedrich lacht über diese Geschichte in einer Intensität, dass man sich beinahe Sorgen um ihn machen muss. Er schüttet sich aus vor Lachen, klopft sich die Schenkel, rudert mit den Armen, wippt mal mit dem Kopf, mal mit dem Oberkörper vor und zurück. Zwischendurch scheint der ganze Stuhl in Gefahr. Unter Prusten und Schnaufen und Lachen presst er ein paar Worte heraus, fragt, ob ich schon jemals etwas Kukidenteres gehört habe? Grölt vor Lachen über den absichtlichen Versprecher und korrigiert sich mit letzter Kraft: »Dekadenteres, ich meinte Dekadenteres.«

»Ich weiß nicht, was an diesem sündhaft teuren Auto so lustig sein soll!«, sage ich angewidert. Ich bin genervt von Friedrich, der in mein Leben eingedrungen ist. Seine gute Laune kotzt mich an, so sehr, dass ich sie ihm verderben will. Austreiben, notfalls aus ihm herausprügeln, Hauptsache er merkt, was er mir gerade zumutet, und hört mit seinem bescheuerten Gelache auf.

»Mir ist nicht zum Lachen zumute, Friedrich, also hör bitte auf. Dass die Gesellschaft den Götzen Geld anbetet ist nicht witzig. Autos dieser Preisklasse sind auch nicht dekadent, sondern schlicht obszön und unmoralisch. Ich war 20 Jahre weg, aber das weiß ich. Daher verstehe ich nicht, wie Menschen so hinter dem Geld herjagen, während Menschen anderswo auf der Welt verhungern.«

»Ach du lieber Gott, was sind wir heute aber empfindlich«, mosert mich der Alte an, sauer darüber, dass sein Talent als Stimmungskanone keine Würdigung findet.

»Komm mir nicht mit Gott, der all das zulässt. Wie können Milliardäre zulassen, dass die Armen verdursten, weil ihr Trinkwasser mit Chemikalien verseucht ist. Vergiftet durch das illegale Abwasser aus Industriebetrieben genau jener Milliardäre, die in Privatjets um die Welt fliegen, weil in New York gerade eine tolle Ausstellung eröffnet. Ich sage dir: Es gibt keinen Gott!«

»Meinst du? Wer weiß, vielleicht hast du recht. Aber kennst du Robert Mosley? Von ihm stammt das Buch »Teufel in Blau«. Darin heißt es: Geld ist zwar keine sichere Sache, aber auf dieser Welt habe ich noch nichts gesehen, was Gott so nahe kommt.«

Ich bin ungeduldig, ich bin genervt, ich bin ungerecht und ich bin granatenmäßig schlecht gelaunt. Friedrich darf und soll das spüren, denn ich will, dass dieses Treffen ein Ende hat. Bald. So schnell wie möglich. Daher versuche ich Friedrich zu stellen:

»Was zum Teufel willst du hier? Was willst du von mir? Ich möchte meine Ruhe, ich will niemanden sehen, daher bitte ich dich inständig zu gehen. Am besten jetzt gleich. Sofort! Unverzüglich! Falls es dir mit einem alten Wort leichter fällt: Schnurstracks!«

»Dein letztes Wort war das einzig gute, das du heute für mich übrig hattest, Erik. Du solltest dich in Grund und Boden schämen! Zeigst du dich so erkenntlich? Dankst du so einem alten Freund, der dir das Leben gerettet hat und es dir wieder retten möchte?«

Ich lache bitter und gehässig auf angesichts dieses leicht zu durchschauenden Versuchs, mich zurück in die Defensive zu bringen. Winke ab, um Friedrich zum Schweigen zu bringen. Leider ohne Erfolg:

»Ich bin gekommen, um dir dein angeblich so beschissenes Leben zu retten. Seit Tagen spüre ich deine Selbstmordgedanken und sinne auf Wege, wie ich dich davon abbringen kann. Ich will dich besuchen, du machst mir nicht auf. Ich schicke dir mein blaues Puzzleteil, aber du wirfst es einfach weg; in meiner Verzweiflung sende ich dir sogar Raoul ans Bett, doch du ignorierst selbst seine Rettungssignale. Was blieb mir anderes übrig? Was blieb mir noch übrig? Ich musste eindringen! Es war der einzige Weg zu dir!«

»Ich weiß nicht, wie du auf derartige Ideen kommst, du Spinner. Aber eines steht fest: Sollte ich wirklich vorhaben, mich zu töten, bist du mit Sicherheit der Allerletzte, der meinen Selbstmord verhindern könnte!«

Ich lege alle Verachtung, die ich aus meiner Seele kratzen kann, in meinen letzten Satz. Gehässige Geringschätzung soll den Aggressor aus meinem Leben vertreiben. Friedrichs Besserwissereien sind die Einsichten eines Neunmalklugen, der meint, die Weisheit mit dem ganz großen Schöpflöffel gefressen zu haben. Mir reicht mein Doktor. Mir genügen dessen Predigten, Standpauken und Appelle an Gewissen und Moral.

»Du solltest es endlich akzeptieren: Ich sehe in dich hinein und lese in dir, wie ein Computer die Daten seiner Festplatte. Keiner deiner Gedanken ist mir verborgen, ich weiß also ganz genau, welche verrückten Ideen du mit dir herumträgst. Du kannst nicht zurück in deine Traumwelt, kommst aber mit der Wirklichkeit nicht zurecht. Daher möchtest du sterben, damit du endlich deine Ruhe hast.«

Nun macht er auch noch Pausen wie Wilhelm, um mir das Mitdenken zu erleichtern und die Schockwellen abklingen zu lassen. Ich ärgere mich über diesen Clown, der mir auf den Kopf zusagt, was darin vor sich geht. Und ich habe nicht den Hauch einer Ahnung, wie er das macht. Natürlich hat er recht, aber ich werde den Teufel tun und ihn das merken lassen. Weil aber klar ist, dass ich ihn nicht so einfach loswerden kann, suche ich nach trickreichen Ablenkungsmanövern, kreativen Umleitungsschildern, perfiden Täuschungen, fantasievollen Vorspiegelungen falscher Tatsachen. Leider Fehlanzeige, kein Geistesblitz, der sein Potenzial entlädt. Letzter Notausgang früher: Fußball. Ob das noch wirkt?

»In Cloppenburg versucht eine ehemalige U19-Europameisterin als Trainerin der dortigen Fußballer, einen Oberligisten vor dem Abstieg zu retten. Dabei wurde sie von Journalisten allen Ernstes gefragt, ob sie denn eine Klingel trage, damit die Männer ihre Hosen anziehen könnten, bevor sie die Kabine betritt. Nö, antwortet die Jungtrainerin und ergänzt, sie sei Profi und stelle daher nicht nach Schwanzlänge auf.«

»Ein höchst bedauerlicher und eigenwilliger Fall von Sexismus«, meint Friedrich und ergänzt: »Nichts davon ist erwähnenswert, nicht einmal die grenzenlose Dummheit der Sportjournalisten.«

Der Fußball hat seine Allmacht verloren. Ich brauche dringend eine bessere Idee und versuche Manöver zwei:

»Hast du das Interview mit Björn Höcke mitbekommen?«

Das ZDF hatte den rechtsradikalen Politiker aus Thüringen unter die Lupe genommen und Parteifreunde mit einer Textstelle konfrontiert. Die Bundestagsabgeordneten sollten entscheiden, ob eine von Höckes Schriften oder Hitlers »Mein Kampf« die Quelle des Zitates ist. Und siehe da: Nicht einer konnte oder wollte antworten. Damit in einem Interview konfrontiert, blubberte Höcke ziemlich hilflos herum. Sein Pressesprecher bat, das Interview noch einmal von vorne zu machen. Der Journalist lehnte ab, Höcke beendete beleidigt das Gespräch, nicht ohne dem Interviewer zu drohen, er werde ihm nie wieder ein Interview geben. Es könne ja schließlich sein, dass er (Höcke) irgendwann zu einem interessanten Politiker werde...

»Ja, hab ich gesehen. Unfassbar, oder? Der Typ ist nicht nur politisch durchgeknallt, er freute sich regelrecht, mit Hitler in einem Atemzug genannt zu werden. Außerdem hält er sich offenbar durchaus für kanzlertauglich oder mindestens ministrabel. Darüber hinaus hat er einen ganz eigenen Ansatz in Sachen Pressefreiheit.«

Ein Zufallstreffer ins Schwarze? Friedrich hebt tatsächlich zu einer Rede an.

»Das ironische Sahnehäubchen dabei: Mit dieser Sicht auf die Pressefreiheit und mit diesem Versuch, die angebliche Lügenpresse mit Zuckerbrot und Peitsche zu disziplinieren, passt Höcke wunderbar zum Gedankengut der Nationalsozialisten«, doziert er und repetiert sofort passende Zitate:

»Nicht Höcke, sondern Hitler sagte kurz nach seiner Machtergreifung: ›In einer solchen Zeit hat die Presse eine große Mission zu erfüllen. Sie hat als Erstes zu erkennen, dass sie nicht ein Zweck sein kann, sondern nur ein Mittel zu einem solchen, und dass ihr Zweck kein anderer zu sein vermag als der des allgemeinen sonstigen politischen Lebenskampfes einer Nation. Das Recht zur Kritik muss eine Pflicht zu Wahrheit sein. Und die Wahrheit wird nur gefunden werden können im Rahmen der Lebenshaltung eines Volkes.‹ Und am gleichen Tag im April 1933 sagte ein gewisser Goebbels: ›Die geistigen Kräfte des deutschen Journalismus, die sich zu einem JA verpflichten, können der wärmsten ideellen und materiellen Unterstützung der Regierung gewiss sein.‹ Gemeint war übrigens das Ja zur ›Reform der deutschen Nation an Haupt und an Gliedern‹ im Sinne der Nationalsozialisten«, klärt mich Friedrich ungefragt auf, um sogleich das Goebbelszitat fortzusetzen:

»›Jene Kräfte aber, die sich aus Bosheit und Unverstand zu dieser Aufgabe verneinend verhalten, die glauben, sie hemmen oder sabotieren zu können, die müssen es sich am Ende auch gefallen lassen, dass sie aus der Gemeinschaft der aufbauwilligen Kräfte ausgestoßen und an der Bildung der öffentlichen Meinung des deutschen Volkes mitzuwirken als unwürdig erachtet werden.‹«

Er schweigt, offenbar in der Annahme, mein Hirn benötige die Pause, um die Dimension des Grauens angemessen zu würdigen.

»Du siehst: die gleiche Taktik. Schmeicheln und ködern auf der einen Seite, drohen und verunsichern auf der anderen.«

Ich sage nichts, weil ich – ganz ehrlich gesagt – nicht weiß, was ich antworten soll. Ich versuche ein weiteres Ablenkungsmanöver:

»Was hatte es denn mit dem Stück aus dem Puzzle auf sich?«

»Es sollte dich an etwas erinnern!«

»Aha? An was denn?«

»Weißt du es denn nicht?«

»Ich musste an eine deiner großen Reden denken. Die, in der du mir erklärt hast, dass die Leben der Menschen sich aus Puzzleteilen zusammensetzen und dass die Kunst darin bestehe, die Teile möglichst früh so zusammenzusetzen, dass das Bild zu erkennen ist.«

Friedrich sieht zu Boden. Dabei ist unschwer zu erkennen, dass er zwischen Verzweiflung und Zorn schwankt.

»Manchmal bist du wirklich entsetzlich dumm, mein lieber Erik. Dabei war das Puzzlestück so einfach zu verstehen. Du selbst bist das Teil, bist aber nichts ohne andere Menschen. Denk an den ›Wolkenatlas‹, ganz egal ob Buch oder Film, wir hatten darüber geredet: Darin dreht sich alles um einen zentralen Satz: ›Unsere Leben gehören nicht uns, von der Wiege bis zur Bahre sind wir mit anderen verbunden, in Vergangenheit und Gegenwart.‹ Der Tod ist zwar nur eine Tür. Dennoch ist es nicht erlaubt, sie egoistisch zu benutzen.«

»Mein Leben gehört mir. Und ich tue damit, was ich will!«

Ich habe genug von Friedrich Klugscheißer, es reicht mir.

»Mein lieber Erik, du irrst dich. Dein Leben gehört nicht dir! Zumindest ist dir die Entscheidung, dein Leben wegzuwerfen, genommen worden. Dieser Teil deines Lebens gehört dir nicht mehr, er gehört anderen!«

»Was du nicht sagst, alter Mann!«, gifte ich Richtung Stuhl. »Wem soll denn mein Leben gehören? Vermutlich dem großen Herrn und Meister in den Wolken? Oder womöglich dir persönlich, Friedrich?«

»Erik, ich verstehe nicht, was mit dir los ist. Du weißt ganz genau, in wessen Pflicht und Verantwortung du stehst, du kennst die Namen, denen du dein Schicksal und dein Leben verpfändet hast. Daher bitte ich dich ein letztes Mal: Spar dir deinen Egoismus, unterlass deine Arroganz, lass ab von deinem selbstsüchtigen Plan, dich selbst zu töten, denn dies ist dir schlichtweg nicht gestattet. Zwei Namen untersagen dir den Selbstmord. Zwei Namen von Menschen, die du sehr wohl kennst! Die Menschen, die für dich schon vor langer Zeit durch die Tür gegangen sind.«

Da fügt sich in meinem Kopf das Bild zusammen. Ein Film, der rückwärts läuft: Puzzleteile schweben vom Boden nach oben und formieren sich zu einer sinnvollen Summe. Plötzlich verstehe ich, begreife mit einem Mal, wie töricht mein Verhalten ist. Leise flüsternd gestehe ich Friedrich mein Versagen, indem ich ihm die beiden Namen nenne, sie aufsage, so wie ein kleines Kind dem Lehrer leise die Lösung einer simplen Rechenaufgabe nennt:

»Du hast völlig recht! Es sind Barbara und Raoul!«

KAPITEL 13

Es klingelt.
Habe ich nicht die Kabel herausgerissen, um diesen infernalischen Lärm unmöglich zu machen? Ja, habe ich. Aber irgendjemand hatte sie repariert. Friedrich vielleicht? Oder Raoul? Dr. Wilhelm sicher nicht, der wirkt eher so, als könne er sich schon beim Versuch, einen Schraubendreher aus der Schublade zu holen, ernsthaft verletzen.

Es klingelt erneut.

Wie spät mag es sein? Das Uhrenfenster zeigt späten Vormittag. Habe ich wirklich die ganze Nacht herumgelegen und geschlafen? Wie konnte das geschehen? Friedrich war in meine Wohnung eingedrungen, angeblich um mir zu helfen. Dann kramte ich den Selbstmord aus meinen Erinnerungen, schließlich die beiden Namen. Danach: Nichts mehr! Absolut nichts. Nur Wüste, Leere, grauer Nebel.

Das dritte Klingeln an der Tür.

Ich seufze laut und gestehe mir ein, dass ich nicht aufstehen will und auch nicht aufstehen kann. Nicht jetzt und wohl auch nicht heute. Davon abgesehen liege ich hier in den gleichen Klamotten wie gestern und vorgestern. Mindestens. Kein einziges Stück meiner Kleidung habe ich gewechselt, weder ein sichtbares noch ein nichtsichtbares Teil. Nicht einmal gestern nach dem Duschen. Ich war im Bademantel, oder nicht? Wieso habe ich dann wieder meine benutzten Klamotten an? Ich weiß es nicht!

Das Klingeln hat aufgehört. Endlich etwas Positives. Mein Magen fühlt sich an, als sei er prall mit gärendem Hefeteig gefüllt. Auf meiner Brust sitzt ein seltsames Tier. Könnte ein Wasserschwein sein. Mein Kopf vibriert wie die Luft vor dem Subwoofer bei einem Metal-Konzert.

Es klopft mehrfach an der Wohnungstür. Es klingt, als stünde draußen ein Sondereinsatzkommando der Polizei. Das Gute an dem Krawall ist, dass Hefeteig, Wasserschwein und Subwoofer sofort verschwinden. Dann plötzlich Ruhe, als drohe ein Sturm. Ich bin in Versuchung zu öffnen, und zwar genauso ungewaschen und ungepflegt, wie ich gerade aus dem Bett gescheucht werde. Ein barbarischer, aber womöglich erfolgversprechender Plan zur Abschreckung ungebetener Gäste. Andererseits: Es kann durchaus kurz vor elf sein. Egal: Mein Entschluss steht fest.

»Ich komme ja schon, einen Moment noch, bitte!«, rufe ich Richtung Eingang. Sekunden später schaffe ich es tatsächlich aus dem Bett und bewege mich zur Tür. Auf dem Weg schießt mir ein merkwürdiger Gedanke durch den Kopf: Türen sind wie Schalter. Letztere schalten ein oder aus, Erstere führen rein oder raus, sind Ein- oder Ausgang. Ich spähe durch das Guckloch, sehe das bekannte Gesicht meines Analytikers und öffne ihm schwungvoll. Mein Ausruf »Kommen Sie rein!« marschiert im Gleichschritt mit meiner Drehung um 180 Grad. Während Dr. Wilhelm noch verdutzt an der Wohnungstür steht, bin ich schon auf dem Rückweg zum Bett. So gehe ich locker als Erster durchs Ziel und kann den Therapeuten auf meinem Bett erwarten und ihm gönnerhaft seinen Sitzplatz mir gegenüber anbieten. Er nimmt tatsächlich Platz, damit habe ich die gewohnte Rollenverteilung umgedreht und bin ein klein wenig stolz auf mich. Ich will heute unbedingt versuchen, gegen meinen Herausforderer zu bestehen.

»Nun, Erik, wie geht es Ihnen heute? Ich hoffe besser.«

»Ich hatte eine ungewöhnlich spannende Nacht und habe bis gerade eben geschlafen. Bis Sie mich aus dem Bett geklingelt haben.«

»Das tut mit leid! Aber ich danke für Einlass und nette Worte!«

War das Ironie? Ein Hang zum Zynismus wäre neu, daher scherzt er wohl. Ich revanchiere mich mit einem »Nichts zu danken! Aber um ehrlich zu sein, hoffte ich, dass mein verwahrloster Anblick Sie erschreckt und verscheucht.«

»Sie wissen doch: Ich bin nicht besonders schreckhaft! Wollen Sie mir nicht lieber von Ihrer spannenden Nacht erzählen?«

»Ehrlich gesagt, möchte ich das nicht!«

»Oh, wie schade! Warum denn nicht?«

»Ich habe zum einen das Gefühl, dass Sie die gestrige Nacht therapeutisch im Grunde nichts angeht, zum anderen befürchte ich, Sie könnte Ihnen menschlich leichte Unruhe bereiten.«

»Es freut mich, dass Sie sich so um mich sorgen, das müssen Sie aber nicht. Schließlich bin ich hier, um Ihnen zu helfen, nicht umgekehrt.«

Damit hat er recht, aber das Lächeln, das den letzten Satz begleitet, ist so falsch wie die Hitler-Tagebücher des »Stern«. Ich beschließe also, auf der Hut zu sein. Bis auf Weiteres schweigend. Aber natürlich komme ich damit nicht durch.

»Lassen Sie uns doch auf die gestrige Nacht zurückkommen. Sie haben wohl schlecht geschlafen?«

»Nein, so kann man es nicht nennen!«

»Nicht? Aber wie denn dann?«

»Geschlafen habe ich gut, aber ich hatte vorher Besuch!«

Wieder dieses Lächeln, das mich an Politiker im Wahlkampfmodus erinnert.

»Sie hatten tatsächlich Besuch? Das ist doch ganz wunderbar!«

Kein Zweifel, »wunderbar« ist ein schönes Wort, allerdings selten so wenig angebracht wie in diesem Moment. Nichts war wunderbar in meiner Welt, am Zerbröseln der Gesellschaft oder der Lage der Wirtschaft. Der Dax-Konzern Continental zum Beispiel will angeblich 20 000 Arbeitsplätze streichen; die deutsche Tochter von Thomas Cook ist genauso pleite wie der Mutterkonzern; bei der Deutschen Bank, einst Stolz der guten alten Zeit, gibt es immer wieder mal eine Razzia, weil irgendein Banker einem Kunden bei einer Geldwäsche geholfen hat oder zumindest nicht allzu genau hinschauen wollte.

»Erik?«

»Ja?«

»Wer hat Sie denn nun besucht?«

»Sie meinen außer Raoul? Über Raouls Besuch habe ich mich wirklich gefreut – auch wenn es dann unterm Strich nicht wirklich toll gelaufen ist. Eher genervt hat der andere

Besuch: Friedrich. Der kam nicht nur ohne Einladung, er ist auch noch bis in die Puppen geblieben.«

»Ich fürchte, das verstehe ich nicht ganz. Beides nicht! Aber vielleicht lassen Sie uns das der Reihe nach aufdröseln! Wie war das mit Friedrich?«

»Er stand einfach in der Tür. In der Zimmertür, wohlbemerkt. Die Wohnungstür hat er einfach überwunden, als wäre sie nicht da. Wie früher in einem amerikanischen Krimi. Dann textete er mich zu, ganz wie in seinen besten Tagen. Kaute mir ein Ohr ab, bis ich nicht mehr konnte. Besonders missfiel ihm der Gedanke, ich könne mich umbringen wollen. Komischer Zufall, nicht? Woher er das wohl wusste?«

»Woher soll ich das wissen? Abgesehen davon: Was ich von Friedrich halte, habe ich Ihnen mehrfach gesagt!«

»Sie hatten nicht zufällig Kontakt zu ihm und haben mich bei ihm verpetzt?«

»Erik, bitte hören Sie mir jetzt ganz genau zu! Friedrich hat Sie nicht besucht, weil es ihn definitiv nicht gibt. Die Person, die Sie in der Pflegeklinik gesehen haben wollen, dieser Friedrich, existiert in der Realität nicht. Ich vermutete anfangs, Sie hätten während Ihres Komas derart intensive Traumerlebnisse gehabt, dass Sie den Besuch und die Person ›Friedrich‹ für real gehalten haben. Dass Sie ihn aber jetzt wieder zu sehen glauben, macht meine bisherige These zwar nicht komplett hinfällig, verleiht Ihren Problemen jedoch eine andere Dimension.«

»Ich verstehe nicht, wovon Sie reden!«

»Es gibt keinen Friedrich! Er hat Sie nie besucht. Weder in der Klinik noch in Ihrer Wohnung. Schon gar nicht hier!«

»Sie irren sich!« Meine Stimme klingt eindeutig zu schrill, viel zu schrill. Ich schalte zwei, drei Gänge herunter. »Friedrich war hier! Und er war auch in der Klinik. Mehrfach! Ich habe ihn heute sofort wiedererkannt. Er hat sich kaum verändert...«

»Ein interessanter Punkt. Sie haben ihn angeblich sofort wiedererkannt, und zwar weil sich sein Aussehen und seine Kleidung kaum verändert haben, nicht wahr?«

»Ja, genau. Er sah genauso aus wie früher!«

»Derselbe alte Mann?«

»Ja!«

»Obwohl zehn bis fünfzehn Jahre vergangen sind?«

»Ja!«

»Ein alter Mann, der nicht älter wird, der Patient in einer Pflegeklinik für Komafälle ist, der aber nicht im Koma liegt, ein Mann, der mit der Stimme eines Schauspielers spricht, der alles über Sie zu wissen scheint, zwischendurch sogar Ihre Gedanken lesen kann. Und noch eines: Ein alter Mann, der Sie besuchen kommt, indem er verschlossene Wohnungstüren überwindet? Sie wie von Zauberhand öffnet? Oder einfach hindurchspaziert?«

Mir fehlen die Worte. Wenn es der Psycho-Doc derart zusammenrafft, dann ist ein Bild plötzlich kein Bild mehr. Mir ist, als hätte ich ein Fassadengemälde betrachtet, während Wilhelm es gesprengt hat. Meine Psyche zittert wie der Vibrationsalarm eines stummgeschalteten Smartphones kurz vor dem Rangehen. Mein Therapeut kann offenbar sehen, dass mir gerade Bruchstücke meines vermeintlichen Lebens um die Ohren fliegen.

»Bleiben Sie bei mir, Erik! Sie müssen sich bemühen, bei mir zu bleiben. Kämpfen Sie gegen die Ohnmacht an, damit wir weiter an Ihren Problemen arbeiten können! Erzählen Sie weiter!«

Ich kann fühlen, dass aus meinem Hals wieder nur dieses schnarrende Kraaah Arr kommen würde, daher spare ich mir das Krächzen. Mund auf, Mund zu, auf, zu, auf, zu, auf. Ich sehe vermutlich aus wie die Karikatur eines Karpfens, aber es dauert quälend lange Sekundenberge, ehe ich diesen… was? … darf man das »Reflex« nennen? … endlich beenden kann. Mund zu. Auf meiner Zunge schmecke ich Verzweiflung, bitter als hätte ich an einem Gallenröhrling geleckt. Mir fällt mein Großvater ein. War nicht er es, der mit mir, dem damals vierjährigen Enkel, im Wald Pilze suchen ging? Der beim Fund eines Gallenröhrlings, den ich triumphstolz als Steinpilz präsentiert hatte, dessen Stiel mit seinem Messer ritzte und mich lecken ließ. Mich so den Unterschied lehrte für alle Zeit. Mir aber für die gleiche Spanne auch das Suchen und den Genuss von Pilzen verleidet hat. Mir aber auch Wissen vermittelt hat, das gerade aus dem Vergessensschlummer geweckt wurde. Da waren sie plötzlich alle wieder, die Warnungen vor den tödlichen Gefahren, die im Wald lauern konnten. Nur dass sie nun in meinem Kopf nicht warnend, sondern hilfreich erschienen bei der Suche nach dem Zielpunkt meines Lebens: das Amanitin des Fleischrosa Schirmlings oder des Gifthäublings, das Gyromitrin der Frühjahrslorchel, die Hämolysine des Kahlen Kremplings und die Amatoxine des Runzeligen Glockenschüpplings oder des allseits bekannten Grünen Knollenblätterpilzes.

Wie doch alles Schlimme immer auch sein Gutes hat. Da kommt Dr. Wilhelm, um mich zu kurieren, setzt mir dabei zu, dass aus dem Dunkel unseliger Tage Wissen emporsteigt, das alle meine Probleme lösen kann. Sofern, oh ja: Sofern ich es schaffen sollte, nicht nur meine Wohnung zu verlassen, sondern darüber hinaus noch die bedrohliche Wildnis eines Waldes zu betreten.

»Erik!«, fährt mich mein Wissenswecker wider Willen an. »Sie sollten aufhören, in Schweigen zu verfallen. Reden Sie mit mir. Verraten Sie mir, was Ihnen im Kopf herumgeht!«

Meine Gedanken fließen nur langsam, formieren, strukturieren, konfigurieren sich nur zäh und widerwillig. Ich beschließe, es mit einem Bluff zu versuchen. Meistens ist das Einfachste am Ende doch das Beste. Komplizierte Lösungsversuche bieten nur zahllose Möglichkeiten des Scheiterns. Sophies Welt konnte mir helfen…

»Ich habe über Friedrich nachgedacht! Sie könnten womöglich recht haben und das hat mir Angst gemacht. Bin ich womöglich verrückt? Aber falls ich mir Friedrich nur eingebildet habe, welcher Teil meiner Erinnerungen ist dann auch nur meiner komatösen Fantasie entsprungen? Ich musste an die Romantiker denken…«

Dr. Wilhelm stutzt sichtlich, ringt kurz nach Worten, findet diese aber nur Sekunden später in einer seiner Standardfragen:

»Wie meinen Sie denn das? Welche Romantiker?«

»In der Epoche der Romantik gingen einige Philosophen der Frage nach, was Realität und was Traum ist, ob, wann und wie die Grenzen womöglich verschwimmen könnten. Bin ich im Moment hier oder träume ich nur, hier zu sein?«

»Aber mein lieber Erik, natürlich sind Sie hier! Wir beide sind hier, ganz real und wirklich, weit entfernt von jeder Träumerei!«

»Kennen Sie den Film ›Matrix‹, Herr Doktor?«

»Ähm, ich glaube ja, das ist der Film mit einer Art technischer Traumwelt, in der sich der Held befindet, nicht? Ist lange her, dass ich ihn gesehen habe. Und ich fand ihn auch nicht so besonders…«

»Er kam bereits 1999 in die deutschen Kinos, ist also lange her. Es geht mir auch nur um eine Szene, die mit den beiden Pillen. Erinnern Sie sich?«

»Wenn ich ehrlich sein soll: leider nein!«

»Der Held erfährt, dass sein bisheriges Leben lediglich eine computergeschaffene Simulation, die Matrix, ist. Er wird vor die Wahl gestellt, eine von zwei Tabletten einzunehmen. Mit der blauen Pille kann er in sein bisheriges Leben zurückkehren, durch das Schlucken der roten Pille jedoch würde er die Wahrheit über die Matrix erfahren.«

»Ich hatte es leider vergessen, aber er wählte natürlich die rote Pille und die Wirklichkeit!«

»Ja, richtig. Aber in dem Film geschieht damit auch etwas absolut Irrwitziges. Vordergründig flieht der Held aus der Matrix in das wirkliche Leben, gleichzeitig geht es aber auch um Fluchten in die Matrix. Das reale Leben ist unwirklich, ein von brutalen Zwängen bestimmter Albtraum, die Matrix dagegen bedeutet grenzenlose Freiheit und pures Abenteuer. So gesehen ist ›Matrix‹ ein Film mit einem äußerst romantischen Ansatz, finden Sie nicht?«

»Das mag ja durchaus so sein, aber ich finde vor allem eins, Erik: Dass wir recht weit von unserem eigentlichen Thema abgekommen sind: Von Ihnen!«

»Nein, sind wir gar nicht! Wir sind mitten drin in unserem Thema, weil Sie mir im Grunde auch nichts anderes anbieten wollen als eine blaue oder eine rote Kapsel.«

»Aber um Himmels willen, derartige Vergleiche oder gar Parallelen dürfen Sie keinesfalls ziehen!«

»Und warum darf ich das nicht?«

»Weil es hier nicht um Wirklichkeit oder Spiel geht!«

»Sondern?«

»Es geht darum, Ihnen die Realität klar zu machen. Und Ihnen die Tragweite und die Folgen Ihrer 20 Jahre andauernden Komaphase vor Augen zu führen. Ich glaube, dass Sie sich jahrelang in einer Mischung aus Traumwelt und Realität befunden haben. Je länger Sie darin ›lebten‹, desto mehr verschwammen die Grenzen. Doch nun haben Sie den Weg zurück gefunden, daher müssen Sie endgültig damit beginnen, Träume und Wirklichkeit auseinanderzudividieren. Trennen Sie sich von irrealen Bestandteilen wie Friedrich, bekennen Sie sich zur Realität!«

»Sie reden gerade wie Morpheus, nur dass Sie mir die blaue Pille andrehen wollen. Sie wollen mich in der Matrix behalten!«

»Bitte lösen Sie sich von Kinofilmen. Lassen Sie uns in der Realität bleiben!«

»Dann lassen Sie es mich anders sagen: Sie möchten, dass ich in dieser entsetzlichen Realität lebe, doch das kann ich nicht. Ich habe es versucht, aber ich komme einfach nicht zurecht. Mir fehlen entscheidende 20 Jahre, vielleicht auch nur zehn, aber mir fehlen Jahre. Jahre, die ich dringend gebraucht hätte, um in dieser Welt, wie sie sich mir heute darstellt, zurechtzukommen. Ich kann das nicht! Und, ehrlich gesagt, ich will es auch nicht, nicht mehr! Daher habe ich Sie um Hilfe gebeten. Weil Sie mir diese Hilfe verweigern, werde ich nach anderen Wegen suchen müssen.«

Eine Pause tritt ein. Ich bin wild entschlossen, diese Stille nicht zu durchbrechen. Nicht dieses Mal. Ich habe nichts mehr zu sagen.

»Okay, wissen Sie was, Erik? Wir lassen die Diskussion für heute so stehen. Wir haben beide unsere Standpunkte, da geht im Moment nicht besonders viel zusammen. Aber ich denke, wenn wir beide darüber geschlafen und nachgedacht haben, werden sich auch andere Aspekte ergeben. Nicht wahr?«

Ich blicke auf meine Hände, die auf meinen Oberschenkeln liegen. Ich streife sanft vor bis zu den Knien und wieder zurück. Meine Fingernägel sind eine Spur zu lang, weil die Maniküre schon ein paar Tage zu lang zurückliegt. Mein Schweigen ist ein Fels. Keine Sturmflut kann ihn brechen, nicht heute, nicht morgen, nicht in einem langen Menschenleben. Das Rascheln von Dr. Wilhelms Papieren ist nur ein sanftes Plätschern, das die Zehen am Felsfuß kitzelt, dort wo sie im Strandsand stehen. Das richtige Meer rauscht, weil sich in winzigen brechenden Wellen Milliarden von Luftbläschen ins Wasser mischen. Der Druck des Wassers verformt die Luftperlen und bringt sie zum Schwingen. So erzeugen die Wellen der See eine zweite Welle aus meeresrauschendem Schall. Das Räuspern hier und das anschließende Knacken promovierter Fingerknöchel ist nicht einmal ein Flüstern. Im Vergleich zur Brandung ist es still und bemüht wie Meeresrauschen in Gebärdensprache.

»Wir müssen noch über etwas ganz anderes reden.«

Ich summe leise in mich hinein: *Der Fels steht schwarz und schweiget und aus den Wassern steiget, das weiße Brautkleid wunderbar.*

»Es geht um Ihren Sohn. Raoul. Sie erwähnten, auch er habe Sie gestern besucht?«

»Ja, er war hier. Er ist noch geblieben, als Sie schon gehen mussten. Er hat gewartet, bis ich aufgewacht bin!«

»Aha, wie interessant. Aber auch nett von ihm. Sehr nett. Was geschah denn, als Sie erwacht sind?«

»Er saß da. Auf Ihrem Stuhl. Wir haben uns dann eine Zeit lang unterhalten. Später ist er wieder gegangen.«

»Nicht so schnell bitte! Wann ist er gekommen?«

»Das müssten Sie genauer wissen als ich, schließlich haben Sie ihn reingelassen. In der Zeit als ich ohnmächtig dalag, und offenkundig bevor Sie gegangen sind.«

Für einen Moment scheint Dr. Wilhelm überrascht, kommt jedoch rasch darüber hinweg. Er fragt: »Ich habe also Raoul in Ihre Wohnung gelassen, bevor ich gegangen bin?«

»Exakt! Wer sollte ihm auch sonst aufgemacht haben?«

»Sie hatten aber doch meine Nachricht erhalten? Lag sie noch auf dem Schränkchen, wo ich sie hingelegt hatte?«

»Ja, sie lag hier«, sage ich und deute auf mein Nachtkästchen.

»Raoul hatte sie nicht weggenommen und woanders hingelegt? Oder Sie Ihnen direkt gegeben?«

Ich denke nur kurz nach, denn ich bin mir sehr sicher: »Nein, hat er nicht! Wieso hätte er so etwas auch tun sollen?«

»Da haben Sie auch wieder recht«, stimmt Wilhelm zu, runzelt dabei aber unübersehbar die Stirn. »Wann hatten

Sie Raoul eigentlich vorher das letzte Mal gesehen oder gesprochen?«

»Na, Sie sind ja lustig. Sie erinnern sich schon noch, dass ich ein paar Jährchen im Koma lag?«

»Soll das heißen, Ihr Sohn hat Sie seit Ihrem Aufwachen weder besucht noch angerufen? Sie hatten während Ihrer ganzen Genesungsphase keinerlei Kontakt? Nicht ein einziges Mal?«

Mein Therapeut legt den großen Auftritt hin. Die Stimme moduliert in seine Fragen ein großes Drama. Das »Mal«, mit dem er endet, scheint über mindestens fünf »a« zu verfügen. Dazu versucht er sich als Laiendarsteller, der mit vollem Körpereinsatz ungläubiges Staunen simuliert. Er lässt sich sogar verleiten, die Arme rudernd zu erheben und fassungslos wieder fallen zu lassen. Mir fällt dazu nur ein einziges altmodisches, aber aus meiner Sicht passendes Wort ein: Schmierenkomödie.

»Stellen Sie sich vor: nein! Und um es gleich hinzuzufügen, ich war sehr froh über dieses rücksichtsvolle Verhalten. Nach meinem Koma brauchte ich monatelang, um mich überhaupt wieder mit der Tatsache zu befassen, dass dort ›draußen‹ eine Welt existiert, in der die Zeit nicht stehen geblieben ist! Für den Fall, dass mich jemand hätte besuchen wollen, hatte ich strikte Anweisung erteilt, niemand zu mir zu lassen. Ich hatte keinerlei Besuch gestattet. Nicht einmal den von Raoul oder Barbara.«

»Was Sie nicht sagen! Das hatte man mir gar nicht erzählt. Sehr erstaunlich, aber im Moment nicht so wichtig. Ich finde es überraschend, dass ein Sohn seinen Vater, der eine außerordentlich lange Zeit im Koma gelegen hat, nach seinem plötzlichen Erwachen nicht sofort besuchen möchte. Und nebenbei: Woher sollte Raoul denn ahnen, dass Sie Ruhe brauchten und ihn, also Ihren einzigen Sohn, nicht wiedersehen wollten?«

»Können Sie mir erklären, worauf Sie eigentlich hinauswollen? Oder geht es Ihnen lediglich darum, mir die Freude über Raouls Besuch zu vermiesen?«

»Lieber Erik, seien Sie sicher, dass es mir darum bestimmt nicht geht! Alles, was ich hier tue, ist ausschließlich auf ein einziges Ziel ausgerichtet: Ihre Genesung. Ihnen zu helfen, nur darum geht es. Nichts will ich mehr, als dass es Ihnen gelingt, die lange Zeit Ihres Komas zu überwinden und in einen Alltag, in die Normalität Ihres neuen Lebens zu finden. Aber das sollten Sie eigentlich wissen. Und Sie sollten mir vertrauen, zumindest in diesem einen Punkt.«

»Ist ja gut, ist ja gut, ich glaube Ihnen ja. Aber was wollen Sie mit Ihren versteckten Vorwürfen? Was soll die dauernde Fragerei nach Raoul?«

Dr. Wilhelm lehnt sich auf seinem Stuhl zurück. Er greift neben sich, nimmt den Aktenkoffer und legt ihn sich auf die Oberschenkel. Mit dem sonoren Klacken teurer Schlösser schnappen die beiden Schließen nach oben. Der Arzt öffnet den Koffer, sucht ein paar Sekunden zwischen seinen Papieren, zieht ein Blatt heraus, schließt den Deckel wieder und legt sein Fundstück ab. Mit der Rückseite nach oben. Es scheint sich um eine Fotografie zu handeln.

»Ganz einfach: Sie können Raoul gestern ebenso wenig getroffen haben wie Friedrich. Ihr einziger Sohn starb nämlich schon vor über 20 Jahren. Er wurde bei dieser unglückseligen Zugfahrt getötet, die auch Sie aus Ihrem bisherigen Leben riss. Während Sie in ein jahrelanges Koma fielen, starb Ihr Sohn noch an der Unfallstelle.«

Zur Bekräftigung seiner Worte greift er nach der Fotografie auf dem Koffer, dreht sie um und hält sie hoch, so dass ich sie sehen kann. Die Aufnahme zeigt ein Grab. Auf die Entfernung kann ich nicht viel von dem lesen, was auf dem Grabstein steht.

Nur die größten Buchstaben.

Fünf Versalien.

Der Name.

Er lautet Raoul.

KAPITEL 14

Wenn ich könnte, flüchtete ich zurück in mein buntes Koma.

Aber die Realität mit ihren schwarzen und grauen Grausamkeiten duldet darüber keine Diskussion.

Wenn ich könnte, liefe ich einfach davon.

Aber die Welt mit ihren schmerzlichen Überraschungen zwingt mir gerade die Realität eines Grabsteins auf. Durch meinen Kopf donnern Explosionen. Die Detonationen kommen mit der Regelmäßigkeit eines Metronoms, das die Größe des Eiffelturms haben muss, so laut sind die Schläge. Ich suche verzweifelt nach einem Weg zurück in eine menschliche Normalität. Doch außer Starren mit aufgerissenen Augen gelingt mir im Moment wenig. Dr. Wilhelm redet auf mich ein, zumindest bewegt sich sein Mund. Dabei hält er immer noch das Bild mit dem Grabstein hoch.

Das Schlimmste am Koma war nie die Bewegungsunfähigkeit. Die störte mich die letzten Jahre so gut wie nicht mehr. Jetzt aber, wo geistige und körperliche Mobilität wieder als Beweis meines Menschseins gelten, leide ich umso mehr unter meinem Erstarren.

Das turmhohe Metronom wird langsam leiser, dennoch erwarte ich jedes einzelne Geräusch wie einen rechten Haken gegen mein Kinn. Die Hiebe trommeln auf mich ein, nur die Intensität nimmt allmählich ab. Ich hebe mühsam meinen rechten Arm, um Dr. Wilhelm zu bremsen. Er verstummt offenbar tatsächlich: Seine Lippen stehen still. Ich versuche ein Flüstern, doch es misslingt. Ein Gutes hat die Anstrengung doch: In meinem Kopf herrscht plötzlich Stille, eine klebrige Geräuschlosigkeit. Mein Therapeut schweigt und gehorcht weiter meinem Arm. Erst als ich ihn sinken lasse, folgt sein nächster Anlauf: Lippenbewegungen und tatsächlich Worte, die ich hören und verstehen kann.

»Sie müssen lernen, psychische Belastungen hinzunehmen. Sie müssen solche Dinge aushalten, müssen Stärke zeigen. Trainieren Sie Ihre Härte im Nehmen, aber entwickeln Sie bei Bedarf auch Flexibilität. Nicht jeden Schlag muss man einstecken. Man kann auch mal ausweichen. Dann aber, ohne gleich umzufallen, wenn Sie wissen, was ich meine.«

»Bin ich verrückt?«, frage ich. Sogar ich selbst kann sofort hören, dass mein Krächzen nichts anderes ist als ein kläglicher Hilferuf.

»Natürlich sind Sie nicht verrückt!«, sagt mein Arzt. Damit ich ihm glauben kann, betont er besonders das Wort »nicht«. »Was Sie durchmachen, kann sich kaum jemand vorstellen. Erik, Sie waren zwei Jahrzehnte im Koma. Ihre Rückkehr war und ist vielleicht ein Wunder, mindestens aber eine medizinische Sensation. Wer weiß, was Ihr Gehirn alles verarbeiten musste. Wer weiß, welche Visionen, Fantasien und Träume Sie in der extrem langen Zeit Ihrer

Bewusstlosigkeit gehabt, aber vergessen haben. Sie müssen weiter kämpfen, dürfen aber auch nicht zu streng mit sich sein.«

»Wie ... ist ... mein ... Raoul ... Sohn ... mein Sohn ... denn ... gestorben?«

»Vielleicht sollten wir lieber eine Pause machen?«

»Keine ... Pause ... nein ... sagen ... mir ... Sie ... es!«

»Das kann ich, aber Sie waren dabei, als er starb. Sie wissen es vermutlich nur deshalb nicht mehr, weil Ihr Gehirn die Erinnerung an den Unfall einfach gelöscht hat. Wir könnten abwarten, ob es Ihnen irgendwann wieder einfällt...«

»Nein! ... Sagen ... smir!«

»Eines vorweg: Wir führen dieses Gespräch nicht zum ersten Mal. Ich habe Ihnen die Geschichte vom Tod Ihres Sohnes schon viermal erzählt. Bei jedem meiner Versuche sind Sie in eine Ihrer Ohnmachten geflüchtet. In allen Fällen verweigerten Sie sich der Erinnerung an Raouls Tod. Es könnte sein...«

Ich unterbreche ihn, weil ich seine Samthandschuhe nicht mehr aushalte: »Legen ... Sie ... los ... bitte!«

»Ich werde vorgehen wie bei den letzten Malen. Ich lese Ihnen vor, was ich mir zu Raouls Tod notiert habe. Einverstanden?«

Er fragt, ohne auf eine Antwort zu warten. Stattdessen zieht er wieder ein Blatt Papier aus seinem Koffer und liest mit betont ruhiger, beinahe monotoner Stimme vor:

»Sie hatten einen Streit mit Ihrer Frau. Offenbar ziemlich heftig. Am Ende stiegen Sie ins Auto und fuhren nach Hannover. Sie nahmen nichts mit, kein Gepäck, nur Ihren Sohn Raoul. Wir wissen nicht, wo Sie gewohnt haben und was sich sonst ereignet hat. Ihr Auto wurde später in einer Werkstatt gefunden, mit einem leichten Blechschaden.«

Dr. Wilhelm macht eine Pause. Er blickt mich erwartungsvoll an. Da ich schweige, fährt er fort.

»Was wir wissen, ist, dass Sie und Raoul am 3. Juni 1998 mit dem ICE nach Hamburg fahren wollten und ausgerechnet in den Zug stiegen, der bei Eschede verunglückte. Laut der Helfer, die Sie gerettet haben, lag Raoul direkt bei ihnen. Für ihn kam aber jede Hilfe zu spät. Da Sie schwer verletzt und ins Koma gefallen waren, kümmerte sich Ihre Frau um die Vorbereitung von Raouls Beerdigung.«

Raschelnd legt Dr. Wilhelm das Papier zurück in den Koffer. Als er sich mit einem Räuspern auf dem Stuhl zurechtsetzt, knarzt eines der Stuhlbeine. Es gehört zu einem dieser preisgünstigen Ikea-Stühle, die nur von einigen Inbusschrauben zusammengehalten werden. Alles andere als ein Konzept für die Ewigkeit, kein Wunder, dass der Stuhl knirschend um Hilfe schreit.

Mir laufen Tränen die Wangen und das Kinn hinunter. Einmal mehr bin ich absolut stummgeschaltet, aber zum ersten Mal bin ich froh darüber. Schluchzendes Geheule hätte mir jetzt gerade noch gefehlt.

Als hätten meine Tränenkanäle eine direkte Verbindung zu meinem Gehirn, purzeln plötzlich erste Bilder, zunächst noch verschwommen, aus einem bislang verschlossenen, dunklen Nebenraum mitten ins Licht meines Gedächtnisses. Ich fühle mich an Tausende Fotografien erinnert, die hereinfliegen und den ganzen Zimmerboden bedecken. Sie liegen kreuz und quer durcheinander, verdecken sich teilweise gegenseitig, ein Großteil ist aber gut zu erkennen. Bruchstücke meiner Vergangenheit liegen plötzlich herum, sind meiner Erinnerung von einem Moment auf den anderen wieder zugänglich.

Vorsichtig beginne ich damit, erste Informationen aufzusaugen, als Dr. Wilhelm dazwischengrätscht:

»Es gibt da noch eine Kleinigkeit, die ich Ihnen gerne sagen würde.«

»Was?«, entfährt es mir ziemlich ruppig. Eigentlich wäre ich jetzt am liebsten allein.

»In einer unserer früheren Sitzungen haben Sie etwas von einem Puzzleteil erzählt. Tatsächlich ist es so, dass einer der Helfer von Hunderten von Teilen eines solchen Legespiels erzählte, die, wild verstreut, um Sie herum lagen. Raoul lag darauf, mehr als eines der Teile klebte sogar an und in seinem Blut. Sie selber hatten merkwürdigerweise ein einzelnes Stück in der Brusttasche Ihres Hemdes. Wissen Sie irgendetwas darüber?«

»Nein«, entfährt es mir, obwohl ich sofort an Friedrich habe denken müssen. Und an das dubiose Fragment, das er mir geschickt haben will, das aber verschwunden ist. Hatte mir meine Psyche einen üblen Streich gespielt?

»Schade!«, bedauert Dr. Wilhelm und wirkt ein wenig enttäuscht.

Um ihn abzulenken, schiebe ich einen Satz nach: »Raoul hat wahnsinnig gerne gepuzzelt. Vielleicht hatte er ein Spiel mit im Zug?«

»Ja, das hatte er«, bestätigt mein Therapeut. »Sie haben es ihm vor der Abfahrt geschenkt. Eins mit ziemlich vielen Teilen. Er war ganz glücklich darüber, obwohl er das Puzzle im Zug natürlich nicht zusammensetzen konnte. Irgendwann hielt der Junge die Spannung nicht mehr aus und öffnete den Karton. Kurz darauf ereignete sich der

Unfall. Dabei wurden die Puzzlestücke wohl durch die Gegend geschleudert.«

»Woher wollen Sie … das … wissen?«, frage ich. Die Verärgerung in meiner Stimme ist nicht zu überhören.

»Sie selbst haben es mir erzählt. Früher!«

In mir öffnet sich ein Ventil, das ätzenden Zorn freigibt. Dieses kleine Arschgesicht von Psychiater spielt mit gezinkten Karten. Sitzt auf Informationen, die ich ihm gegeben habe, doch statt mir damit zu helfen, will er sehen, ob ich ihm alles wahrheitsgetreu erzähle. »Ich hätte Lust, diesem Wichser die Fresse zu polieren«, schießt es mir durch den Kopf, bedauerlicherweise in genau dieser Wortwahl, die außer mir aber gottlob niemand mit anhören muss.

Ich weiß natürlich, dass meine Gedanken nur Ausdruck eines Jähzorns sind, den ich, wenn auch mit Mühe, unterdrücke. Ich weiß aber auch, wie wenig es ist, das mich abhält: gesellschaftliche Zwänge und die große Angst vor »medizinischen« Folgen. Sollte der Eindruck entstehen, meine Genesung sei gescheitert, mein Geist unheilbar gestört, ich womöglich sogar eine Gefahr für andere Menschen, würde ich wohl sehr schnell meine mühsam erkämpfte Freiheit wieder verlieren. Ich lenke also begütigend ein. Natürlich lenke ich ein:

»Warum haben Sie mir nicht bereits davon erzählt?«

»Weil wir uns in einem mühsamen und fragilen Prozess befinden. Wir kommen voran, aber in winzigen Schritten. In jeder Sekunde gilt es abzuwägen, in welche Richtung der nächste Schritt führen soll. Ich hoffe, dass Sie bei unserem erneuten Versuch weiter vorankommen können als bei den bisherigen.«

Nach einer längeren Pause fügt er hinzu: »Was glauben Sie? Irre ich mich?«

Ich weiß sehr genau, dass er sich nicht irrt. Die Bilder in meinem Kopf konkretisieren sich mehr und mehr. Jedes setzt Erinnerungen frei, jede eine Lawine. Mal größer, mal kleiner. Einige begrüße ich lächelnd, andere drohen mich zu verschütten, mindestens einer muss ich noch ausweichen, weil sie mich sonst vernichten würde.

»Ich weiß es nicht!«, lüge ich.

»Immerhin sind Sie noch hier und reden mit mir. Damit sind wir weiter gekommen als in allen anderen unserer Bemühungen«, freut sich mein Therapeut.

Ich versuche den positiven Ansatz auszunutzen: »Können wir eine kleine Pause machen? Vielleicht eine Stunde? Und erst danach weitermachen. Vielleicht gelingt es mir, etwas mehr Ordnung in meinen Kopf zu bekommen.«

Ob Dr. Wilhelm ahnen kann, wie nahe der letzte Satz meinen tatsächlichen Zielen kommt? Wohl eher nicht! Er würde sonst sicher nicht so schnell zustimmen, wie er es gerade tut:

»Aber ja, ich halte das sogar für ein gute Idee! Ich werde einen Kaffee trinken gehen, sodass Sie etwas Ruhe haben und Abstand gewinnen können. Soll ich Ihnen etwas mitbringen? Einen Kaffee vielleicht? Oder ein Croissant?«

»Nein danke, ich brauche nichts!«, versichere ich. Ich habe mich zu einer strategischen Maßnahme durchgerungen, die meinen Psychiater in Sicherheit wiegen, eventuelle Sorgen oder Verdachtsmomente zerstreuen soll. Ich erhebe mich vom Bett, laufe in den Flur, nehme mein Schlüsselbund, kehre zurück und reiche es dem Arzt.

»Hier, nehmen Sie, dann müssen Sie bei Ihrer Rückkehr nicht klingeln!«

Er lächelt, bedankt sich artig, verabschiedet sich und geht Richtung Tür. Ohne seinen Aktenkoffer aus der Hand zu geben. Die Tatsache, dass er ihn mitnehmen will, beweist, dass er mir nicht wirklich vertraut. Doch wenn er geht und mich verlässt, spielt das keine Rolle mehr! Also öffne ich ihm die Wohnungstür, lächle ihm zu und bitte ihn im Hinausgehen, mir eine Stunde Zeit zu geben. Nickend bestätigt er, dreht sich um und geht, sodass ich die Türe schließen kann.

Kaum ist er weg, eile ich in die Küche und hole den Stuhl vom Fenster in den Flur. Ich drücke die Lehne schräg unter den Türgriff und verkeile die Stuhlbeine so fest wie möglich. Ich bin mir darüber im Klaren, dass mein kindischer Versuch niemanden stoppen würde, der ernsthaft versucht, in meine Wohnung einzudringen. Aber ich hoffe darauf, dass ein Schreibtischtäter vom Schlage meines Arztes in seinem Leben noch nicht allzu viele Türen aufgebrochen hat und daher scheitern wird. Letztlich ist es mir aber auch egal.

Ich gehe zurück zu meinem Bett und lege mich hin. Ich nehme mir fest vor, meine Erinnerungen zu ordnen und die Situation so gelassen und kühl wie möglich zu analysieren. Ich rede mir ein, dies werde im Liegen besser gehen als im Stehen oder Sitzen. Längst habe ich mir eine gedankliche Checkliste angelegt und ich beginne damit, sie abzuarbeiten.

Erster Punkt: Friedrich. Wenn es stimmt, dass er niemals existiert hat, steht außer Frage, dass ich mich auf keine seiner »Informationen« verlassen kann. Alle Details sind dann ausschließlich meinem Gehirn entsprungen, und wenn ganze Personen lediglich Hirngespinste sind, gilt dies für alles andere umso mehr.

Ich seufze und erinnere mich schmerzlich an meine Vergangenheit im Koma. Wie seligmachend einfach war mein dortiges Leben. Alles, was ich damals dachte, war verlässlich Teil meiner »Realität«, meiner empfundenen, imaginierten Welt. Doch da es für mich nichts anderes gab als diese Welt, musste ich mir auch keinerlei Sorgen machen. Ganz im Gegensatz zu meiner jetzigen Wirklichkeit. Hier darf nichts ungeprüft akzeptiert werden, alles birgt zwei Möglichkeiten: Wahnvorstellung oder Faktizität, Fata Morgana oder Wirklichkeit, Sumpf der Verrücktheit oder harter Boden der Tatsachen.

Bei Friedrich muss ich zugeben, dass ich keinen prüfbaren Beleg seiner Existenz vorlegen kann. Alle seine Auftritte können den Visionen meines geschädigten Hirns entsprungen sein, nichts anderes als schizophrene Hilfestellungen meines Ichs an mich selbst. Nichts davon muss real sein, nichts davon darf ich akzeptieren.

Punkt zwei: Raoul. Offenbar muss ich einsehen, dass mein Sohn nur noch ein Name auf einem Grabstein ist. Der arme Junge! Ein Kind, das niemals erwachsen werden durfte, weil es mit mir einen ICE bestieg, der sein Ziel nicht erreichte, sondern unterwegs aus den Gleisen sprang. Ein Kind, das durch die Luft geschleudert und in einem riesigen Metallzylinder, der an den Resten einer Betonbrücke zerschellte, zusammengedrückt, deformiert, zerquetscht wurde. Hier ist nichts zu retten, kein Jota zu beschönigen, kein Detail, nicht einmal das winzigste, schönzureden. Ich habe meinen Sohn getötet, indem ich ihn mit in diesen Mörder-Zug genommen habe. Er starb auf absurde Art und Weise. Mit Puzzleteilen, Glasscherben, Lacksplittern, Stofffetzen, Staub, Schmutz und Dreck in seinen blutenden Wunden. Er starb, weil ich überlebte. Sein Grabstein steht an einem Grab, in dem ich liegen müsste.

Dritter Punkt: Verwandte, Freunde und Bekannte. Ich habe den Punkt auf meiner Liste, also arbeite ich ihn ab. Im Grunde sind diese Personen aber völlig irrelevant. Sofern sie nicht längst verstorben sind, hatten sie und ich 20 Jahre Zeit, uns wechselseitig zu vergessen. Die Zeit ist über meine Beziehungen zu anderen Menschen hinweggefegt und hat sie ausradiert. Vor einigen Tagen habe ich auf einem Lesezeichen in einem Buch folgendes handschriftlich notierte Zitat gefunden, von dem ich leider nicht mehr weiß, von wem es stammt: *Die Zeit ist ein Fluss... und Bücher sind Boote. Viele Bücher machen sich auf den Weg den Strom hinunter, doch nur um auf Grund zu laufen und für immer verloren zu gehen. Nur wenige, sehr wenige, halten den Zeiten stand und überleben, um zukünftige Zeitalter zu erleuchten.* Diese drei Sätze sind mir in Erinnerung geblieben, weil sie nicht nur für Bücher gelten, sondern auch für Menschen. Oder für Gruppen von Menschen. Oder auch, wie in meinem Fall, für ein komplettes Umfeld. Alle meine Bekannten, Freunde und Verwandte sind nur gesunkene Boote, die längst auf dem Grund des Flusses liegen.

Nun bleibt mir nur noch ein Punkt. Der schwierigste, bedrückendste. Die Lawine, die mich zu begraben droht, weil ich viel, viel zu schwach bin, um mich dagegen stemmen zu können. Die Lawine, die von ganz oben brüllend auf mich zustürzt: meine Frau Barbara.

Wir hatten uns verliebt, hatten geheiratet, waren glücklich. Auch unser Sohn kam als Wunschkind zur Welt, wurde hineingeboren in eine Welt voller Liebe und Zuneigung. Doch keine fünf Jahre später war davon wenig übrig. Barbara kümmerte sich nur noch um sich und um das Kind, für mich blieb die Rolle eines geduldeten Gastes. Sie hörte auf, mich zu lieben, zumindest gab sie mir dieses Gefühl. Ich arbeitete viele Jahre hart. Für meine Karriere, natürlich. Aber auch für das Geld, das meiner Familie das Leben ermöglichte, das sie verdiente. Dazu gehörte auch das Haus, das Unsummen verschlang. Ein Vermögen, das wir nicht hatten, uns aber von der Bank gerne geliehen wurde. Ein Vermögen, das nicht nur den Besitzer wechselte, sondern auch seine Farbe. Aus Schwarz wurde Rot, aus Guthaben schlechtes Gewissen, aus Geld Schulden. Die Kredite waren die Ketten, die Zinsen die Peitsche in der Sklaverei der Schuldner, die ich schon nach wenigen Monaten als ungemein bedrückend empfand. Ich fühlte mich allem und allen ausgeliefert: dem Haus, der Bank, meinem Arbeitgeber und meiner Frau. Sogar meinem Sohn, der mich mit seiner Hilflosigkeit ebenfalls zu Unfreiheit und Knechtschaft verurteilte.

Es fehlte nur wenig, bis der Hass begann. Er kam rasch und mit voller Wucht. Eine gewisse Zeit konnte ich mich ablenken mit meiner Karriere, mit Journalistenpreisen und dem Gefühl, zu den wichtigen und prominenten Menschen der Stadt zu gehören. Natürlich war ich selbst nicht mächtig oder prominent, aber ich war dem Feuer so nahe, dass es mich schnell wärmte, später richtiggehend erhitzte.

Auch Frauen spürten diese Hitze und fuhren darauf ab. Kein schlechtes Gefühl, wenn sich Praktikantinnen auf deinen Schreibtisch setzen, im Minirock die Beine übereinander schlagen und dich fragen, ob sie sonst noch etwas für dich tun können. Und ob sie das konnten!

Barbara hatte das Spielfeld frei gemacht, aber ich hatte keine Lust, ganz allein um den Platz zu laufen. Die Gelegenheit, wieder zu spielen, kam wie gerufen, also nutzte ich sie. Ich ergriff die Chancen, wie sie kamen. Ausreden waren schnell gefunden: die vielen Termine, jede Menge Arbeit bis tief in die Nacht. Barbara fragte nie nach, sie interessierte sich nicht mehr besonders für mich und meine Arbeit. Sie sah nur Raoul, das Haus und die Kontoauszüge. Ich dagegen tröstete mich mit junger Haut, straffen Brüsten und engen Muschis. Es gab unendlich viele ambitionierte und zugleich willige Girls. Es war leicht für mich, sie zu verführen, es war geil, sie zu vögeln und es war unglaublich einfach, sie hinterher wieder loszuwerden. Für einen Zeitraum von knapp zwei Jahren halfen mir die Frauen, mein sexuelles Ego, die Geilheit und das Gefühl, täglich auf der Jagd zu sein, über alle sonstigen Widrigkeiten hinweg. Bis zu dem Tag, als Barbara doch noch Verdacht schöpfte, mich – ich konnte es damals kaum fassen – tatsächlich von einem Privatdetektiv überwachen ließ. Es war wie in einem schlechten Film: Das schriftliche Protokoll meiner Verfehlungen umfasste minutengenaue Details, Namen von Frauen und Hotels, sogar einige Farbfotos. Als Barbara das Beweismaterial zusammenhatte, ging sie zum Anwalt und ließ noch am gleichen Tag die Schlösser der Haustüre und der Garage auswechseln.

Es folgte eine weitere Nacht im Hotel, diesmal aber im Einzelzimmer. Am nächsten Tag beantragte ich Urlaub, legte mich vor Raouls Schule auf die Lauer, köderte ihn mit einem Ausflug in den Zoo von Hannover und verschwand aus der Stadt. Ich machte mir mit Raoul zehn lustige Tage, die ich besonders genoss, weil ich hoffte, Barbara würde zu Hause sitzen und entweder vor Sorge weinen oder vor Wut heulen. Der Rest der Geschichte war ebenso banal wie in seiner Wirkung fatal: Ein kleiner Auffahrunfall setzte mein Auto außer Gefecht, sodass ich kurzfristig auf den Zug umsteigen musste. Damit stolperten Raoul und ich mitten hinein in den schlimmsten Unfall in der Geschichte der Deutschen Bahn.

Nicht nur in diesem Punkt ging meine Rechnung nicht auf. Auch Barbara wurde durch mein Verhalten zu etwas getrieben, das ich nicht vorhergesehen und erst recht nicht gewollt hatte.

Ich weiß es, weil es mir Dr. Wilhelm erzählt hat. In einer dieser Sitzungen, die mich aus der Bahn geworfen haben. Auch diese Erinnerungen sind zurückgekommen. Ich weiß also nicht nur, dass sich Barbara nach Raouls Tod das Leben genommen hat, nein, ich kenne auch meinen Anteil der Schuld und weiß ganz genau, wie sie es getan hat. Und ich kenne dank Dr. Wilhelm und dank einiger detailliert schreibender Kollegen der »Revolverblätter« alle Gründe ihres Suizids. Barbara hinterließ einen Abschiedsbrief für mich. Der Schrieb erreichte zwar nicht mich – ich lag ja im Koma –, geriet dafür aber in die Hände eines Journalisten. Und wie eine Flaschenpost, die erst rund um die Welt schwimmen muss, bevor sie gefunden und gelesen wird, kam auch Barbaras Brief mit 20 Jahren Verspätung bei mir an. Mein Therapeut konnte nicht widerstehen und las mir den Brief aus einem fotokopierten Zeitungsbericht vor. Der Text ist sofort Wort für Wort wieder da. Ich kann ihn nicht nur hören, sondern auch vor mir sehen:

An Erik und alle, die es interessiert!
Mein Leben hat jeden Sinn verloren. Zunächst hat mich mein Mann verlassen. In Gedanken und in Gefühlen. Lange bevor er tatsächlich ging, war er schon weit weg von mir. Er verließ mich für andere Frauen, für seine Karriere, für seinen Chef und für das Geld. All das hätte ich verwinden können, auch dass Erik im Koma liegt, ist mir mittlerweile egal. Aber dass er mir meinen Sohn entrissen hat, hat meine Seele getötet.
Als er mir Raoul weggenommen, ihn einfach gestohlen hatte, war ich entschlossen, mir meinen Sohn schnell zurückzuholen. Ich war überzeugt, Anwälte und Gerichte würden Raoul und mich beschützen. Vor diesem Mann und vor seinen Untaten. Ich war ganz sicher, dass sich für Raoul und mich alles zum Guten wenden würde. Doch alles kam anders. Erik hat mir alles genommen, was für mein Leben wichtig war: Meinen Sohn und damit mein ganzes Glück.
Nun kann ich nicht mehr und ich will auch nicht mehr.
Ich werde gehen.
Barbara Dahlmann

Sie unterschrieb – einen Brief an mich, ihren Mann – tatsächlich mit Vor- und Nachnamen und ging in die Elbe. So unglaublich es klingt: Sie saß noch ein halbe Stunde gemütlich an der »Strandperle«, machte sich dann auf

Richtung »Alter Schwede«. Noch bevor sie ihn erreichte, bog sie geradewegs in die Elbe ab. So wie sie war: mit all ihrer Kleidung. Sie schwamm zügig und kraftvoll, so als wolle sie hinüber ans andere Elbufer. Doch in der Mitte des Flusses hielt sie an. Es gibt mindestens zwei Zeugen, die alles beobachteten. Sie hielt in der Mitte der Elbe an, einer der Zeugen schwört, sie habe noch einmal gewunken. Dann sei sie einfach untergegangen.

Trotz sofortigen Alarms und aufwendiger Suche wurde ihre Leiche erst am nächsten Tag gefunden. Weit flussabwärts. Auf der anderen Elbseite.

Ich sitze auf meinem Bett und stelle mir die Wasserleiche vor. Die Frage, wer sie wohl identifiziert hat, beschäftigt mich nur einen Moment. Dann beherrschen mich andere Gefühle, die gleichen, die mich vorhin zu überwältigen drohten, als mir Dr. Wilhelm meine Erinnerungen zurückbrachte: Schmerz, Selbstmitleid und ein Hauch von Zorn über die verpassten Chancen meines völlig verpfuschten Lebens.

Ich wünsche mir, ich hätte nicht geheiratet, keinen Sohn gezeugt, den verdammten Zug nicht genommen, alles anders gemacht. Aber eines wünsche ich mir noch mehr: Dass ich all dies hier nur zusammenfantasierte, dass ich in Wahrheit in einer Pflegeklinik für Komapatienten läge, dass ich aus meiner Bewusstlosigkeit niemals erwacht wäre, dass es das Jahr meiner Genesung niemals gegeben hätte und dass mein Sohn und meine Frau noch lebten. Dass Raoul erwachsen und glücklich ist, Barbara einen anderen Mann hat, der sie auf Händen trägt. Barbara hat ihm zur Perfektionierung eines neuen familiären Glücks vielleicht eine Tochter geschenkt, die heute 18. Geburtstag feiert, weshalb ein schneeweißer Opel Adam mit riesiger roter Geschenkschleife auf dem Dach vor einem aufgeräumten Reihenhaus steht.

Ich seufze und mein trockener Mund macht knirschende Geräusche. Wieder diese unangenehmen Tränen, die es in meinem früheren Leben nicht gab.

Ich lege mich auf den Rücken, blicke vom Bett aus gegen die tränenverschwommene Zimmerdecke. Mein Atem geht tief. Nach dem dritten Zug halte ich die Luft an, lege meine Arme über Kreuz vor die Brust und entfessle in mir die Entschlossenheit zu gehen.

Als es so weit ist, schließe ich einfach die Augen und befehle meinem Geist zu verschwinden.

EPILOG

Der Mann hat einen Blaubeermuffin mitgebracht. Und ein weißes Kuchenkerzchen. Keine Blumen, keine Geschenke. Bringt ja alles nichts. Nur im T-Shirt steigt er aus dem Wagen. April und Mai sind sehr warm gewesen, der Juni macht so weiter, wer braucht da eine Jacke? Er prüft, ob sein Wagen ordentlich geparkt ist. Ja, alles okay! Er weiß, dass die Klinikmitarbeiter wegen der knappen Besucherparkplätze etwas eigen sind. Einmal hat ihn eine Krankenschwester, die vor der Türe rauchte, lächelnd angesprochen, weil sein Auto nicht zwischen den vorgesehenen Linien stand. Wenn das alle machten, dann würden Stellplätze verschwendet. Das sei doch schade, nicht? Vielleicht könne er das nächste Mal darauf achten? Danke!

Der Mann macht einen Schritt vom Auto weg und verriegelt im Weggehen den Wagen per Schlüsselfernbedienung. Nach dem zweiten Schritt bremst er sich abrupt ab, schließt wieder auf, kommt zurück zum Auto und öffnet die hintere Tür auf der Fahrerseite. Er hat den Kuchen vergessen. Auf dem Rücksitz steht eine Plastikbox mit dreimal vier Feldern. Er hebt den Deckel und entnimmt aus Feld B2 vorsichtig den Muffin. Er hat nur einen gekauft, einer reicht ihm. Er isst niemals zwei. Zu viele Kalorien. Die Kerze liegt auf B3. Er steckt sie in den Muffin. Schön gerade, prüft er mit einem Blick von der Seite und startet zum zweiten Mal Richtung Klinikeingang. Im Losgehen hört er das Klacken, mit dem die Fernbedienung die Türschlösser verriegelt. Im Auto wird es unerträglich heiß werden. Die Sonne scheint, der Nachmittag versinkt selbst im Schatten in beinahe 30 Grad. Vielleicht hätte er doch ein Fenster offen lassen sollen? Er schmunzelt, als er sich vorstellt, wie Diebe versuchen, sein Auto zu stehlen, aber von der Polizei geschnappt werden, weil eine der aufmerksamen Schwestern sie rechtzeitig alarmiert hat.

Er geht dennoch nicht zurück. Er will es endlich hinter sich bringen. Die Hitze im Auto ist jetzt völlig unwichtig. Aber der Mann ist froh, als er den Schatten des Klinikgebäudes erreicht. Noch etwas kühler ist es im Innern des Gebäudes. Über einen dunklen Flur findet er den Weg zum Fahrstuhl und drückt den Knopf. Leises Rumpeln bei der Ankunft, automatisches Öffnen, einsteigen, Stockwerk drücken, die Käfigtür schließt sich. Der Mann fragt sich, ob es normal ist, dass er sich in einem Aufzug jedes Mal fühlt wie Schrödingers Katze, also gleichzeitig lebendig und tot. Der Fahrstuhl hält mit einem kleinen Hüpfer, dann öffnet sich die Tür und Schrödingers Katze lebt. Wieder ein düsterer Flur. Er weiß, er muss nach links, an ein paar Türen vorbei, bis er eine Glaswand mit Öffnung erreicht. Dahinter liegt das Zimmer des Pflegepersonals.

Schwester Anja hat ihn offenbar schon kommen sehen. Aus ihrem Pfannkuchengesicht lächelt sie ihn freundlich an: »Hallo Herr Dahlmann, wie schön, Sie zu sehen. Gehen Sie ruhig schon nach hinten. Der Herr Doktor wollte auch vorbeikommen, er muss eigentlich in zehn Minuten hier sein«, sagt sie und blickt erst danach auf ihre Schwesternuhr, einen dieser Zeitmesser, die statt eines Armbands einen Clip haben, mit dem sie an der Dienstkleidung befestigt werden können. Das Wichtigste an dem Ding ist der exakt laufende Sekundenzeiger, um den Puls zu messen. Dennoch ziert die Befestigung oft genug irgendeine Scheußlichkeit: ein Herzchen, Kätzchen oder Smiley.

Der Mann hat den kleinen Kuchen mit der Kerze vor dem Bauch, weiß nicht so recht, wohin mit seinem Blick. Diese Schwester hat von allem etwas zu viel: Gewicht, Backen, Bauch, Busen, Haar, Hüften, Hintern, Oberschenkel, Lächeln ... alles an ihr ist etwas zu viel. Er versucht krampfhaft, nett, offen, charmant zu wirken. Er will mindestens freundlich sein, also lächelt er. Als sie verkrampft voreinander stehen, kommt dem Mann eine Idee. »Hier, für Sie«, stammelt er und reicht der Schwester den Muffin hinüber. »Damit Sie ein wenig mitfeiern können!«

»Oh, wie reizend!«, sagt sie. Aber ihr Gesicht erzählt etwas anderes: Eine Geschichte, in der Wörter vorkommen wie Idiot, arme Frau, ein winziger Kuchen, wüsste nicht, was es hier zu feiern gibt, lieblos, einfach verschenkt. Der Mann dreht sich um, durchschreitet die gläserne Wand und läuft weiter den Flur entlang. Bis zu der Tür, die in das Zimmer führt, in dem Barbara liegt, die Frau, die er heute besuchen will. Zum letzten Mal. Auch sie ist eine Schrödinger-Katze, ein Wesen, das lebend und tot zugleich ist. Seit 20 Jahren schon. Bewegungslos, atemlos, blicklos, leblos. Er hält kurz inne. Wie vor jedem Besuch bei Barbara atmet er bewusst besonders tief ein. Zum wievielten Mal? Er weiß es nicht. Aber egal, wie oft er schon versucht hat, mit diesem Taschenspielertrick seine Seele zu wappnen, es ist noch immer nicht oft genug, um das Entsetzen bei Barbaras Anblick aufzulösen in etwas Angenehmes, zum Beispiel Wiedersehensfreude.

Der Mann hat schon die Hand auf der Klinke, als er hört, dass irgendwer seinen Namen ruft. Er dreht sich um, lässt seine Finger aber zunächst auf dem kühlen Metall liegen. Dr. Wilhelm, wie immer in geschäftiger Eile, naht auf weißen Schwingen: Die Enden seines geöffneten Mantels stehen seitlich ab, wehen vor und zurück wie die Flügel eines Schwans. Doch der viel zu kurze Hals und das daran baumelnde Stethoskop lassen die Vision der Eleganz schnell verschwinden. Der Kurzzeitschwan ist noch drei Meter entfernt, da streckt er schon seinen rechten Arm zur Begrüßung aus. Erik muss wohl oder übel die Klinke loslassen. Bei einer Distanz von zwei Metern beginnt der Arzt zu reden, wie meist ohne Punkte und ohne Kommata, allenfalls mit ganz vereinzelt und wie Kostbarkeiten eingestreuten Satzzeichen, meist fragende oder ausrufende:

»Mein lieber Herr Dahlmann wie schön Sie zu sehen ich freue mich sehr dass Sie zu diesem wichtigen Termin persönlich kommen konnten. Vielleicht wollen Sie schon hineingehen zu Ihrer Frau? Sie wollen sich sicher verabschieden und dazu vielleicht ungestört sein nicht wahr? Ich muss noch eine Kleinigkeit erledigen bin aber in spätestens zehn Minuten bei Ihnen und bei Ihrer Frau natürlich auch.«

Während Dr. Wilhelm spricht, legen sich die rechten Hände der beiden ineinander. Der Mediziner sieht Erik anderthalb Sekunden mitfühlend ins rechte Auge, legt seine linke Hand kurz über das Paar rechte Hände, lässt alles wieder los und spurtet weiter den Gang hinunter. Ob dieser Mann jemals länger stillsteht? Oder sitzt? Oder liegt? Erik schüttelt den Kopf, dreht sich zurück zur Klinke, atmet erneut tief ein und öffnet die Tür. Da liegt sie. Seine einst junge und schöne Barbara, sichtlich gealtert. Ihre Haare sind grau, beinahe weiß. Ihr Gesicht ist ungesund blass und trägt viel mehr Falten als die Gesichter anderer Frauen um die fünfzig. Die Jahre künstlicher Ernährung haben sie schlanker gemacht, doch vorteilhaft wirkt das nicht, nur schlapp und hilfsbedürftig und krank.

»Sie ist seit 20 Jahren tot!«, schießt es Erik durch den Kopf. Kein Zweifel, er hat gut daran getan, auf die Ärzte zu hören, die ihm prophezeit hatten, dass Barbara nie wieder die Frau sein würde, die in Hannover in den unseligen ICE gestiegen war. Es ist richtig gewesen, sich schon vor gut 15 Jahren scheiden zu lassen. Sein Leben musste ja weitergehen. Irgendwie. Und noch immer hat er die Erkenntnisse der Schulmedizin im Ohr: Alle Komapatienten überleben nur dank moderner Hightech-Versorgung. Sie werden künstlich beatmet und ernährt, so lebt ihr Körper trotz schwerster Verletzungen weiter. Doch der frühere Mensch ist tot. Sein Geist ist fort, die Empfindungen sind erloschen, das Bewusstsein entschwunden. Wäre Erik religiös gewesen, er hätte vielleicht über den Aufenthaltsort der Seele gerätselt.

Anfangs hatte er natürlich gehofft. Hatte mehrfach geglaubt, kleine Bewegungen zu erkennen, ein Seufzen zu hören, Lebenszeichen zu erkennen.

Zum Beispiel als Barbara nach Jahren plötzlich die Augen öffnete. Sie riefen ihn sofort über Handy an. Längst begrabene Hoffnungen feierten triumphale Auferstehung.

Er raste unter Einsatz seines Lebens und seines Führerscheins in die Klinik, nur um möglichst schnell bei ihr sein zu können. Doch was geschah? Nichts! Er saß an ihrem Bett, hielt ihre Hand, streichelte, redete, flehte sie an, doch ohne den geringsten Erfolg. Die Ärzte erklärten ihm, derartige Dinge kämen vor, sie seien wie ein Reflex, dahinter stecke keinerlei Bewusstsein. Auch nicht im sogenannten Wachkoma, dem Zustand Barbaras, die seither mit offenen Augen vor sich hinstarrt und ab und an sogar unkontrollierte Bewegungen macht. Viele Patienten scheinen zu genesen. Auch Barbara atmete irgendwann wieder von allein, wirkte wacher, schläft seitdem regelmäßiger, allerdings in einem merkwürdigen Rhythmus.

Das Tückische daran: Jede noch so kleine Veränderung wirkt auf Angehörige wie ein Trippelschritt nach vorne. Doch die Wahrheit ist bitter: Tatsächlich verbessert sich Barbaras Situation überhaupt nicht. Sie reagiert auf nichts und niemanden. Monate vergingen, Jahr um Jahr verstrich, doch Barbara lag unverändert und wie tot in ihrem Bett. Alle vorhandenen und zu Hilfe gerufenen Mediziner sind sich schließlich einig: »Die Patientin Barbara Dahlmann zeigt keine Reaktionen auf ihre Umwelt und nimmt absolut nichts bewusst wahr!«

Zeitungsartikel über Komapatienten, die wieder aufwachen, teilweise nach vielen, vielen Jahren, nennt Erik irgendwann nur noch Janusmeldungen. Denn diese Nachrichten tragen wie der römische Gott zwei Gesichter: Sie schenken Hoffnung, stürzen aber auch in tiefste Verzweiflung. Ja, immer wieder finden Patienten zurück zu sich, doch niemand weiß, warum es dem einen gelingt, während andere, wie Barbara, vielleicht nie zurückkommen.

Auch die Mediziner rätseln, spekulieren und untersuchen, aber ohne auch nur ein bescheidenes Etappenziel zu erreichen. Erik hat einige Zeit die berüchtigten »bewusstseinsbeeinflussenden Medikamente« im Verdacht, die die meisten komatösen Patienten erhalten. Die Fachleute widersprechen heftig. Immer wieder wird auf die Komplexität des Problems, auf die in allen Fällen vorliegende Mischung verschiedenster Zustände der Patienten hingewiesen. Am Ende bleibt für die Experten eine Tatsache unumstößlich: Jedes geschädigte Gehirn sei ein einzigartiger Sonderfall, daher sei auch jede Situation anders und nichts daran, »leider, leider, leider«, eindeutig zu interpretieren.

Erik tritt an Barbaras Bett. Er spricht nicht, ringt nicht um Aufmerksamkeit, das hat er vor Jahren aufgegeben. Er weiß, dass es sinnlos ist. Barbara ist austherapiert, seit geraumer Zeit als hirntot eingestuft, sie liegt da wie immer.

Oder doch nicht? Ist da nicht irgendetwas anders als sonst? Je länger Erik auf seine erste Frau starrt, desto sicherer ist er, dass irgendetwas nicht stimmt. Schade, dass Manuela nicht mitgekommen ist, sie hat einen unfehlbaren Sinn für Details. Sie hätte ihm sofort sagen können, was nicht stimmt. Er selbst dagegen blickt immer wieder zu der noch atmenden, liegenden Frau, sucht den Widerhaken, findet aber nichts.

Ist das am heutigen Tag nicht auch egal? Falls es irgendwann einmal nicht egal gewesen sein sollte, mittlerweile ist es das. Mit Sicherheit. Es ist zu spät. Für Barbara. Für ihn. Für alles. Aufgeben ist ein seltsames Wort, wenn es um ein Menschenleben geht, aber er hat aufgegeben. Als Letzter aller Beteiligten, lange nach den Ärzten, den

Pflegern, anderen Verwandten. Erik glaubt immer noch daran, dass die Erste, die aufgegeben hat, Barbara selber gewesen ist. Sie hat schon nach wenigen Tagen im Koma gewirkt, als sei aus ihr alles Leben für immer gewichen.

Erik wollte das damals nicht glauben. Er sah seine Frau an und stellte sie sich träumend vor. Sie lebte in einer Fantasiewelt und merkte vielleicht gar nicht, dass sie nur vor sich hinträumte. Vielleicht hatte sie mal aufregende und mal langweilige Tage, womöglich erlebte sie Abenteuer wie in einem Rollenspiel. Er wünschte ihr (und sich), sie hätte Atlantis gefunden oder lebte auf einer tropischen Insel, sie könnte in ihrem Koma sogar einen lebenden Raoul wiedergefunden haben.

Die Erinnerung an den toten Jungen gibt Erik noch immer einen Stich. Hört das irgendwann auf? Er hofft darauf, wird mit den Jahren aber immer unsicherer. Er kann ja spüren, dass diese Wunde noch weniger Chancen auf Heilung hat als Barbara. Ihr kann er aber wenigstens die Schuld geben. An dem ganzen Chaos, das sie angerichtet hat. Warum nur musste sie alle drei Leben ihrer Familie auf derart entsetzliche Art zerstören: Raoul tot, Barbara im Koma und er selbst dazu verflucht, mit all dem klarzukommen.

»Machen Sie sich keine Sorgen, Herr Dahlmann! Sie haben richtig entschieden. Sie tun das einzig Richtige. Für alle Beteiligten, am meisten für Ihre Frau!«

Dr. Wilhelm hat, ganz im Gegensatz zu seinen sonstigen Auftritten, den Raum in aller Stille betreten, wollte offensichtlich nicht bemerkt werden. Erik registriert nur nebenbei, dass der Klinikchef sogar seine Stimme zu einem Flüstern gesenkt hat. Offenbar aus Rücksichtnahme ihm gegenüber, Barbara hört ja nichts. Ob diese ungewohnte Zurückhaltung daran liegt, dass sie gemeinsam einen langen Kampf ausgefochten haben? Immerhin hat es fast ein Jahr gedauert, die Genehmigung für das Abschalten der lebenserhaltenden Maßnahmen zu bekommen. Die Probleme begannen schon mit der fehlenden Patientenverfügung, ein Wort das 1998 kaum jemand kannte; erst elf Jahre später wurde sie gesetzlich vorgeschrieben. Aber selbst wenn es sie schon gegeben hätte: Barbara war bei dem Unfall 30 Jahre alt – kein Alter für solche Regelwerke. Als Erik sich, nach langen Gesprächen mit zahllosen Ärzten, endlich durchgerungen hatte, Barbara sterben zu lassen, begann ein Hickhack mit dem Vormundschaftsgericht, der erst nach einer Entscheidung des Bundesgerichtshofs endete.

Seit vier Tagen liegt der Klinik und Erik nun die schriftliche Erlaubnis vor. Sie dürfen Barbaras künstliche Ernährung einstellen, da diese wegen irreversibler Bewusstlosigkeit und Gehirnschäden nur zu einer Verlängerung des Sterbens, aber nicht zu einer Genesung führt.

Weil Erik das Gefühl hat, etwas in dieser Richtung sagen zu müssen, greift er zu einer Lüge: »Ich wünschte, Barbara würde jetzt, in diesem Moment aufwachen!«

»Ich kann Sie verstehen, Herr Dahlmann. Sie müssen sich aber klar machen, dass Sie lange gewartet haben, lange genug, vielleicht sogar zu lange. Ihre Entscheidung ist richtig, also lassen Sie Ihre Frau nun endlich gehen!«

Erik pflichtet dem Mediziner innerlich bei, will sich seine Erleichterung aber nicht anmerken lassen. Wieder hat er das Gefühl, er müsse mindestens traurig, wenn nicht sogar unglücklich wirken. Wieder lügt er: »Es ist alles so schrecklich. Jetzt, wo der Moment gekommen ist, bricht es mir fast das Herz!«

Erik findet, dass das passend klingt. Auch überzeugend. Der Doktor scheint nun aber doch etwas ungeduldig zu werden. Er weist auf die Konsole neben dem Bett. Noch blinken dort Lichter, wäre der Ton nicht lautlos gestellt, wäre ein dauerndes Piepsen zu hören.

»Sie legen diesen Schalter von oben nach unten, dann ist es auch schon getan«, erklärt Wilhelm, jetzt wieder ganz in der Rolle des Klinikchefs. Und um den Prozess nicht unnötig zu verkomplizieren, schiebt er, in einem mehrfach geprobten Versuch, Mitgefühl zu heucheln, mit immer leiser werdender Stimme nach:

»Am besten, Sie nehmen danach gleich Abschied und gehen. Der Prozess wird etwas dauern, und sie sollten ihn sich nicht bis zum Schluss antun! Ihre Frau ist in guten Händen. Sobald Sie den Raum verlassen, kommt Schwester Anja!«

Erik geht einen Schritt Richtung Konsole, sodass der Schalter in Reichweite seines rechten Zeigefingers ist. Wieder beschleicht ihn das Gefühl, er müsse vor Traurigkeit zögern, doch sein Gemütszustand ist ein ganz anderer. Eine andere Emotion dominiert: Erleichterung, unendliche Erleichterung. Doch sichtbar gibt Erik ihr nicht nach. Stattdessen lässt er seinen Arm mit der Hand und dem Finger auf halbem Weg in der Luft stehen. Da er nichts sagt, fühlt sich Dr. Wilhelm erneut genötigt einzugreifen:

»Sie tun das einzig Richtige, Herr Dahlmann. Es gibt Menschen, deren Schädigungsausmaß so stark ist, die dermaßen erschöpft sind, dass sie zwar nicht tot sind, aber längst sterbensnah. Mit den Möglichkeiten der Palliativmedizin können wir diese Patienten bei ihrem Sterben begleiten. Wir müssen sie nicht zum Sterben bringen und wir wollen sie auch nicht zum Sterben bringen. Denn diese letzte Entscheidung trifft der Organismus selbst. Wohl bemerkt: der Organismus, nicht der Mensch. Ihre Frau ist schon lange dahin, was nun noch geschieht, ist nur der Abschluss eines ganz natürlichen Prozesses.«

Mitten in Dr. Wilhelms letztem Satz bewegt sich Eriks Arm zur Konsole. Sein Zeigefinger legt sich auf den Kippschalter. Wieder dieses Gefühl, er müsse zögern, er müsse trauern, er müsse eine Rolle spielen. Dieses Gefühl, das ihn trotz der Hitze mit unangenehmer Kälte erfüllt.

»Es ist genug«, denkt Erik und drückt die Spitze seines Zeigefingers nach unten. Das schnappende Klacken des Schalters scheint absurd laut zu sein, wodurch die anschließende Stille noch bedrohlicher wirkt.

Barbara atmet noch.

Ganz wie immer, denn sie atmet ja schon seit Jahren selbstständig.

»Ich muss jetzt gehen. Und Sie sollten das auch tun!«, sagt der Leiter der Klinik, in der Barbara die letzten 16 Jahre verbracht hat. Träumend oder hirntot, je nachdem, woran man glauben möchte. Er räuspert sich, als ob er seine Stimmbänder wieder in den Normalbetrieb schaltet, und ist sichtlich erleichtert, dass die Flüsterei endlich vorbei ist.

Erik setzt sich in Bewegung, versucht dem Arzt nach draußen zu folgen. Im Wegdrehen fällt ihm etwas auf. Barbaras rechte Hand!

Das ist es! Das also hat ihn die ganze Zeit irritiert. Ihre Hand befand sich nicht wie sonst auf dem Bettzeug. Zwar

war sie an der gleichen Stelle wie sonst zu finden. Aber während die Hand stets mit ausgestreckten Fingern und mit der Innenseite flach auf dem Bezug gelegen hat, liegt da heute eine geballte Faust.

Erik fühlt sich für eine schrecklich lange Sekunde, als habe sich ihm diese Faust in den Magen gerammt. Er stöhnt leise auf, krümmt den Rücken, wankt sichtlich. Selbst Dr. Wilhelm bekommt die Veränderung mit, dreht sich nach Erik um. Er legt ihm stützend und väterlich den Arm um die Schultern, weil er glaubt, da verkraftet wieder mal einer das Geschehen nicht, mit dem Ärzte Tag für Tag fertig werden müssen.

»Lassen Sie nur«, sagt Erik beruhigend. »Ich setze mich nur zwei Minuten hier auf die Bank, dann wird es wieder gehen! Bitte lassen Sie sich durch mich nicht aufhalten!«

Dr. Wilhelm erfüllt diesen Wunsch nur zu gern, froh diesen Moment unangenehmer Nähe schnell beenden zu können. Er drückt noch einmal Eriks Schulter, dann verschwindet er in den Weiten des Flurs. Erik blickt ihm nach, bis er um eine Ecke biegt.

Erik weiß, er muss zurück. Zurück zu Barbara. Diese Faust geht ihm nicht mehr aus dem Kopf. Das kann nicht sein und das kann so nicht bleiben. Er muss zurück, nachsehen, sich Klarheit verschaffen. Gehetzt blickt er sich um, voller Angst, Schwester Anja zu entdecken. Sollte die nicht schon gekommen sein? Egal, er muss sich beeilen. Der Schmerz in seinem Unterleib ist weg. Er springt auf und läuft zur Tür, so schnell es geht, ohne Aufsehen zu erregen. Er huscht hinein, schließt sofort die Tür hinter sich, prüft mit einem Blick das Zimmer. Alles ist unverändert! Die Schwester ist noch nicht da, gut! Jetzt aber schnell.

Erik rennt ans Bett und erstarrt vor der sterbenden Barbara, obwohl sie unverändert daliegt. Er bückt sich nach vorn, um ihr die Faust zu öffnen, doch der erste Versuch misslingt.

Die Hand schließt viel, viel kräftiger, als er dies erwartet hätte.

Ob Barbara womöglich etwas in der Hand hält?

Den zweiten Anlauf macht Erik mit der nötigen Entschlossenheit. Barbaras Finger öffnen sich endlich. Eine Kleinigkeit fällt heraus und Erik vor die Füße.

Er muss sich bücken, um seinen Fund aufzuheben.

Was ist das nur?

Zwei Finger, Daumen und Zeigefinger, genügen, um es festzuhalten.

Staunend hält Erik ein Puzzleteil in Händen und ins Licht.

Die Rückseite ist grüngrau, die Vorderseite himmelblau.

ENDE